여행 먼저 할까요

여행 먼저 할까요

최호택 장편소설

bookin

Contents

여행 먼저 할까요

제1장 … 함께 여행하실래요?

낯선 여자와의 해외여행이라!
나쁘지는 않았지만 썩 명쾌하지도 않았다.

수필가 한 선생을 만나고 차를 몰아 집으로 돌아오는 강변도로 위에 마대자루가 떨어져 있었다. 지나칠까 하다가 아무래도 누군가가 치우지 않으면 안 될 것 같아 비상등을 켜고 차에서 내려 마대자루를 길가로 옮겼다.

확인해 보지는 않았지만 가볍고 부스럭거리는 것이 종이쓰레기가 들어있는 듯했다. 도로에 뒹구는 자루가 세 개나 되는 걸로 봐서 단단히 묶지 않고 가던 차에서 떨어진 것이 분명했다. 운전할 때는 몰랐는데 도로에 서 있자니 달리는 차의 속도가 상상외로 빠른 것이 느껴졌다. 차가 지나갈 때마다 복지경 열기가 몸을 휘감고 돌았다.

며칠 후, 쓰레기를 무단 투기했기 때문에 벌금을 부과한다는 벌금고지서가 날아들었다. 무슨 소린가 싶어 시청으로 전화를 했다. 시청의 담당 직원은 누군가가 신고했고, 차량 조회 결과 선생님으로 확인되어 벌금고지서를 발급했다고 했다. 당시 상황을 설명했으나 담당 직원은 막무가내였다. 누구나 함부로 버리고, 그런 식으로 변명한다는 것이다.

글쎄, 세상 사람이 다 그런지는 몰라도 나는 그런 걸 버린 적도 없고, 다만 치웠을 뿐인데 어찌 내 말은 안 믿고 신고자의 말만 믿느냐고 따졌지만 먹혀들지 않았다. 그만 나무랄 수도 없는 것이 온통 사람들이 하는 행동이 그러니 함부로 내 말을 믿기도 어렵기는 했을 것이다. 그의 뇌리에는 그 따위 변명에는 안 속는다는 생각으로 단단히 무장되어 있는 것이 분명했다. 욕이라도 한마디 해주고 싶었으나 공연한 말싸움만 하게 될 것 같아 그곳으로 가겠다고 하고 전화를 끊었다. 상이 벌이 되고 말았다.

금요일 오후의 시청은 그리 붐비지 않았다. 미동도 하지 않는 플라타너스 가로수에서는 매미가 울고, 손질을 하지 않은 시 청사 주변에는 팔월의 잔디가 지저분하게 자라고 있었다. 그런 직원들이 근무하니 청사 주변도 지저분하지, 하는 엉뚱한 생각이 들었다. 졸다가 깬 것 같은 담당 직원은 올 줄 알았다는 듯 아예 관심 밖이라는 표정이었다. 은근히 부아가 치밀어 직원에게 호통을 쳤다.

"이보시오. 민원인이 왔으면 앉으라든가, 서 있으라든가 말을 해야지, 이게 무슨 경우요? 내가 죄인이요?"

그는 별 사람 다 본다는 표정으로 마지못해 자리를 끌어다 앉으라고 했다. 책상 위에는 두 개나 되는 종이컵에 티백이 담긴 채로 한 쪽 구석에 아무렇게나 놓여 있었다. 내 호통소리에 잠이 깼는지 눈동자가 빛나기 시작했다. 서류로 어질러져 있었지만 일하려고 준비된 것은 아니었고, 일하는 척하려고 내놓은 서류로 보였다. 그는 슬리퍼를 신고 꼬고 앉았던 다리를 내려 가지런히 했다.

"자, 내가 쓰레기를 버렸다는 증거와 그 쓰레기가 내 것이라는 증거를 좀 봅시다."

직원은 잠시 머뭇거리더니 당시 쓰레기를 길가로 치워놓는, 아니 버리는 행위로 보였을 법한 사진이 붙어 있는 서류를 뒤적여 내놓았다. 좋은 세상이었다. 맞은편에서 오던 차에 부착된 블랙박스로 촬영한 듯했다. 그 사진에는 내 얼굴이 선명히 찍혀 있어서 그 사람이 나라는 것에는 변명의 여지가 있을 수 없었고, 비상등을 켜고 서 있는 내 차의 번호가 뚜렷했다.

"내가 맞구먼. 그럼 이 쓰레기가 내 것이라는 증거가 뭐요?"

"어르신이 버렸으니까 어르신 거죠. 여기 어르신 말고 다른 누가 있습니까? 쓰레기 자루를 들고 계시잖아요."

직원은 의기양양해서 말했다.

"자, 다시 설명하리다. 당시 나는 신시가지에서 약속을 끝내고 강변도로를 타고 집으로 돌아가던 중이었소. 여기쯤 왔을 때 길 가운데 마대자루가 떨어져 있는 걸 보았고, 사고로 이어질 수도 있겠다는 생각이 들어 도로가에다 옮겨놓은 것이요. 젊은이 같으면 그냥 가겠소? 그걸 누군가가 내가 버리고 있는 줄 안 모양인데 잘못 본 것이요. 상식적으로 생각해 보시오. 이 큰 마대자루 세 개가 내 승용차에 실리기나 하는지. 또 어떤 바보가 그걸 싣고 와 버릴 데가 없어 그것도 대낮에 거기다

버리겠소."

직원은 잠시 머뭇거리는 듯했지만 말을 이어갔다.

"우리는 신고 들어온 대로 처리할 뿐입니다."

"이런 딱한 젊은이 보았나. 당사자인 내가 아니라고 하지 않소. 나잇살이나 먹은 사람이 그깟 벌금 몇 푼 아끼려고 젊은이에게 없는 거짓말하겠소? 그리고 그 내용물이 뭔지 확인은 해 보았소?"

"그것까지 알 필요가 없죠."

"알 필요가 없다! 혹시 인근에 CCTV가 설치되어 있소?"

"한 백 미터 후방에 있습니다."

"그럼 그 시간에 지나간 차를 수소문해 그 마대자루가 도로에 있었는지를 확인하면 되겠네요."

"그건 우리가 할 일이 아닙니다."

"할 일이 따로 있소? 당장 그 때문에 피해자가 발생하는데, 그건 알 바 아니라는 말이군. 말이 통하지 않는 양반이군. 당신 상관이 누구요?"

나는 목소리를 높였다.

"지금 과장님이 출장 중이십니다."

그는 과장 자리를 흘끔 돌려다보며 말했다. 화가 치미는 것을 참을 수가 없었다. 나도 모르게 소리를 버럭 질렀다.

"과장 없으면 국장 있을 것 아냐? 시장은 있나? 이게 시청야, 시장바닥이야?"

갑자기 큰소리가 나자 사무실의 시선이 나에게 쏠렸고, 시장 운운하자 그 곁을 지나던 한 오십쯤 됐을 법한 여자가 다가와 담당 국장이라며 무슨 일이냐고 물었다. 식곤증으로 졸고 있던 것(?)들이 모두 깨어났는지 그 바람에 갑자기 사무실 안에 생기가 돌기 시작했다. 놀란 선풍기도 돌아가기 시작했다.

그녀는 자기 방으로 안내하고 앉을 것을 권했다. 그리고 차를 한 잔 내왔다. 그 바람에 마음이 다소 진정되었다. 자초지종을 다시 설명해야 했다. 말끝에 명색이 글 쓰는 사람이라고 덧붙이고는, 내 집에 가보면 알겠지만 마대자루에 담을 만한 쓰레기도 없고, 그 큰 자루를 내 차에 실을 수도 없다고 말했다. 그 직원은 상식적이지도 않으며 무엇보다도 민원인을 죄인으로 몰려고 하는 나쁜 습관이 몸에 밴 것 같았다.

"예, 어르신 알았습니다. 직원의 업무 처리가 경솔했던 것 같습니다. 죄송합니다. 잘 알았으니 아무 걱정 말고 돌아가시고 그 벌금고지서는 폐기해주세요."

"잘 알았습니다만, 일을 열심히 하는 것과 똑바로 하는 것과는 다릅니다. 이렇게 민원인 속을 뒤집어놓는 것은 잘하는 일이 아니지요. 내 가겠는데, 그 직원에게 한마디만 듣고 갑시다."

"무슨 이야기를 듣고 싶으세요?"

"그 이야기는 그 직원이 알아서 할 것이지요."

눈치 빠른 국장이 인터폰을 눌러 그 직원을 불렀다. 그리고는 말씀을 들어보니 뭔가 잘못되었다며 어르신께 사과하라고 말했다. 국장은 쓰레기의 주인은 내가 아니라고 확신하고 있는 듯했다.

"죄송합니다. 잘 알아보고 다시 처리하겠습니다."

직원은 국장의 말을 거역하지 못하고 사과했다. 말하는 것으로 보아

다시 생각해 보니 자신의 판단이 그르다고 느끼고 있는 듯했다. 그 바람에 분이 가라앉기는 했지만, 그 역시 당장 물러설 생각은 없어 보였다.

"젊은이, 그 사과는 진정성이 없소. 내 이쯤에서 그냥 가기는 합니다만, 일은 그렇게 하는 게 아니요. 어떤 경우도 나랏일에는 억울한 사람이 생겨서는 안 되지요. 이게 뭐요? 좋은 일 하고 한 나절이나 이 일로 시간을 허비했잖소? 다시 조사해 내 잘못이 명백하면 벌금을 부과하고 공무집행방해죄가 성립하면 그리 조치하시오. 지금부터라도 내 이야기 뜻을 알아들었거든 쓰레기를 버린 차를 수배해 잘잘못을 가리시오. 그리고 꼭 처벌하고 그 결과를 나에게 알려주시오. 그게 여러분 할 일이 아니오? 내 말이 맞거든 그리하시오. 사과하라고는 안 하겠소. 아시겠소? 어쨌든 나잇살이나 먹은 사람이 큰소리를 내 미안하오."

그는 듣는지 마는지 멀뚱멀뚱 서 있기만 할 뿐이었다. 참 못 말리는 젊은이였다. 국장은 내 말을 듣고는 알았다며 대신 사과했다. 자리에서 일어나 나오려고 할 때 국장이 뒤따라 나오며 나를 불렀다. 그리고는 뒤를 돌아보며 목소리를 낮춰 말했다.

"어르신, 죄송합니다. 요새 젊은이들이 저렇습니다. 같이 일하는 저희들도 어떤 때는 속이 터집니다. 어르신이 이해해주세요. 혹시 명함 있으면 한 장 주고 가시지요."

지갑을 꺼내 명함을 한 장 건네주었다. 표정이 밝은 그녀는 고맙다며 문까지 따라나와 배웅했다. 기분이 몹시 나빴다. 이 놈의 건물에는 세금 갉아먹는 좀벌레만 살고 있다는 생각이 떠나지 않았다. 원, 저 따위로 일하고 월급을 받으니……. 밖으로 나오자 가뜩이나 더운데 아스팔트에서 훅 하고 열기까지 올라왔다.

그 즈음, 8월 초에 문을 연 카페에서 음악도 듣고, 글도 쓰며 소일하고 있었다. 사우디아라비아에서 주재원 생활을 하던 1980년 중반에 구입한 오디오와 음반들, 그리고 지금껏 모아온 책들을 전시하고 사무실 겸 카페로 꾸몄다. 어머니가 돌아가시자 아버지와 둘이 살기 시작했는데, 카페는 나에게 활력을 불어넣어주는 장소가 되었다. 그럴 수만 있다면 꾸미고 가꾸어서 아이에게 물려주고 싶었다. 운영만 잘하면 그럴듯한 볼거리를 제공할 수도 있고, 그렇게만 된다면 아이가 먹고 사는 데는 별 지장이 없을 듯싶었다.

평생 모은 책, 음반, 그리고 여행 중 모은 소품과 축구 관계 일을 하면서 수집한 기념품들이 그런 대로 볼 만했다. 게다가 좋은 커피와 해외에서 직수입한 얼그레이Earl-grey 차가 준비되어 있었다. 내 집에 오는 손님이라면 누구나 오래된 음반이나 귀한 기념품처럼 소홀함 없이 대접받아야 한다는 생각에서 모든 것을 최고급으로 준비하고 그리 대접겠노라고 작정했다.

근자에 쇼팽콩쿠르에서 우승한 조성진의 우승 실황 중계 음반을 듣고 있을 때 전화벨이 울었다. 아침나절인데도 한여름의 햇살이 대지를 달구고 있었다.

"안녕하세요? '카페760' 최호택입니다."

기침을 두어 번 해 목청을 틔우고 가급적 딱딱하지 않게 부드러운 목소리로 전화를 받았다.

"어르신, 안녕하세요? 저는 ㄷ시청의 김이연 국장입니다. 저를 기억

하시겠어요?"

"아, 예. 존함은 몰라도 기억은 합니다. 대한민국에 제가 아는 여성 국장은 한 분뿐이거든요."

그녀는 소리 내어 웃으며 영광이라고 말했다.

"명함을 정리하다가 어르신 명함을 발견했어요. 자세히 보니까 카페라고 적혀 있는데 이게 뭐예요?"

"말 그대로 카페예요."

"차 마시는 카페 말씀하시는 거죠?"

"예, 맞습니다."

"그러면 여기 적힌 주소 찍고 가면 되나요?"

"예, 어디서 오시는지는 몰라도 시청이라면 아마 한 십오 분이면 될 거예요."

"가깝네요. 어르신, 제가 오후에 가서 차 한 잔 마셔도 되나요?"

"그럼요. 아니, 찻집에 허락받고 오나요. 오세요. 제가 맛있는 커피 대접할게요."

그녀는 전화를 끊었다. 무슨 일로 오겠다는 건지 궁금하기는 했지만 차 한 잔 대접하면 되겠지 하고는 잊고 말았다.

조성진이 콩쿠르에서 우승 연주를 하는 광경을 TV로 보았기 때문인지 음악을 들으면서도 그의 정열적이고 역동적인 몸짓이 생생하게 느껴졌다. 건반 위를 춤추듯 오가는 손 모습과 들썩이는 어깨와 궁둥이가 눈에 보이는 듯했다. 눈을 감고도 건반이 보인단 말인가. 갓 스물을 넘긴 연주자라지만 그의 연주는 잘 여물어 가는 과일처럼 풋풋함이 느껴졌다. 특히 무덥고 늘어지는 여름, 탱탱한 공처럼 튀어오르는 피아노 소리는 생동적이었고 연주는 아름답고 황홀했다. 한동안 청중의 환호와 박수, 그리고 앙코르 연주가 이어졌다. 나도 모르게 가슴이 뭉클해졌다. 피아노는 여름에 잘 어울리는 악기고 바이올린은 가을에 잘 어울린다. 그의 피아노 연주는 그의 젊음만큼이나 싱싱하고 정열적이었다. 잠시 오디오 앞에 서서 참 살기 좋은 나라가 되었어, 하고 되뇌었다.

시계가 열두 시를 지나고 있었으므로 아버지 점심을 차려야 했다. 무얼 대접할까 하다가 간단하게 토스트를 해드려야겠다는 데 생각이 미치자 냉장고에 있는 식빵을 꺼내 들고 이층으로 올라갔다. 아버지는 목욕을 마치고 모자를 쓴 채로 잠이 들어 계셨다. 갑자기 아버지의 삶이 고단해 보이고 딱하다는 생각이 들었다. 속으로, 아버지 그렇게라도 사셔야겠어요, 하고 물었다. 하기야 마음대로 되는 일은 아니지만 어떤 때는 너무 삶에 집착하는 모습이 썩 좋아 보이지 않았다. 자시고 주무시곤 하는 반복되는 무료한 일상을 보는 것도 때로는 괴로웠다. 이런 망할 생각을 하다니!

아, 오늘이 금요일이구나. 매주 금요일이면 목욕을 하신다. 주말을 기다리는 사람 같았다. 문득 아버지는 토요일이나 일요일 날 돌아가실 것이라는 생각이 들었다.

주방으로 가 햄과 달걀과 치즈를 넣고 토스트를 구웠다. 루이보스 차를 끓여 상을 대충 보고 아버지를 깨웠다. 아버지는 덜거덕거리는 틀니로 토스트와 과일을 맛나게 드셨다. 구순 노인답지 않게 빵을 즐기신다. 사과 두 쪽으로 입가심을 하고 다시 카페로 내려왔다. 철지난 과일이라 푸석하기는 했지만 먹을 만했다.

잡지사에 보낼 수필을 퇴고하다가 단어가 떠오르지 않아 덮어두었던 글을 다시 끄집어내 읽고 있었다. 글을 쓰면서 느끼는 바지만 단어는커녕 때로는 토씨 하나 찾아 쓰기가 쉽지 않다. 형편없는 어휘 실력에 놀라기도 하고 실망하기도 한다.

이번에도 마찬가지였다. '필요', '까닭', '이유', '원인' 중 어떤 단어를 택해야 옳은지 혼동하고 있었고, 결정을 내리지 못하고 있는 중이었다. 단어가 많아서 못 찾아내는 것인지, 부족해서 못 찾아내는 것인지조차 혼란스러웠다. 문제는 나쁘게 든 글쓰기 습관에 있었다. 습관을 고치기가 쉽지 않다.

모두 다른 말이다. 그러나 문장 속에 섞어 넣고 보면 그 의미는 다 통한다. 그런데 자세히 읽어보면 어딘가 뒤틀린 양말처럼 불편하기도 하고 어색하기도 하다. 어제 저녁 내내 고민하다가 덮어놓고 말았다. 글을 열어 다시 읽기 시작했을 때 정작 그곳에 필요한 단어는 그 어떤 단어도 아니고 '~다'로 끝내는 것이 제일 좋다는 걸 알았다. 웃음이 났다. 때로는 별 것도 아닌 일로 고민하는 것이 인생이듯 글쓰기도 마찬가지다.

조성진 판을 내리고 이미자의 판을 올리려고 할 때 그녀가 들어섰다.

"잘 찾았네요. 어르신, 안녕하셨어요?"

"어서 오세요. 이렇게 와주니 고맙습니다."

"전 찻집이라고 해서 여느 찻집으로만 생각했는데, 와! 분위기가 영 다르네요."

그녀는 카페 안을 휘둘러보면서 말했다.

"그렇죠? 찻집이라기보다는 작업실 겸 제 개인 공간이죠. 더우시죠?"

"글 쓰시는 공간 말씀이죠?"

"그렇다고 봐야죠. 아무튼 잘 오셨어요. 이리 앉으세요. 에어컨 좀 틀어드릴까요?"

"아네요. 이 정도면 시원하네요. 전 에어컨 바람이 싫어요."

의자를 뒤로 빼 자리를 권했다.

"국장님, 마침 이미자 노래를 들으려 하던 참인데 괜찮으시겠어요? 싫으시다면 다른 음악을 골라볼게요."

"좋아요. 오랜만에 한번 들어보죠. 그런데 여기 오니까 어쩐지 어르신이라는 호칭이 어울리지 않는 것 같군요. 작가님? 아니면 뭐가 좋을까요? 아, 선생님이라고 부르는 건 어떨까요?"

"저는 아무래도 좋아요. 보통 그렇게 많이 불러요."

"예, 그럼 선생님이라고 부르겠습니다. 책 냄새 좋다. 커피향도."

그녀는 흠흠거리며 혼잣말로 말했다.

"차는 뭘 드시겠어요?"

"글쎄요, 커피로 한 잔 주세요. 카페에 왔으니 커피를 마셔야지요."

"그러세요. 그런데 바쁘실 텐데 여기는 어쩐 일이세요?"

"그게, 참, 선생님도 같이 차 한 잔 하세요, 제가 대접할게요. 그러니까 몇 년 있으면 제가 정년퇴직예요. 그런데 그때까지 기다리기도 그렇고 빨리 퇴직하고 할 일을 해 보려고 사직서를 냈어요. 책상 정리를 하다 보니 초록색 명함이 눈에 띄잖아요. 자세히 보았죠. 그때서야 카페라는 문구가 눈에 들어왔어요. 명함 받아두기를 잘했죠? 시간도 나고 해서 와보려고 한 거죠. 요새는 할 일이 없어요. 솔직히 의례적으로 명함을 받기는 하는데 이렇게 선생님 명함이 저를 여기까지 오게 할 줄은 몰랐어요."

"왜, 그만두려고 하세요?"

"말씀드려야 하나 모르겠네요. 사실은 얼마 전에 시장하고 다툼이 있었어요. 그러고 나니 더 해서 뭘 하나 하는 생각이 들고, 만사 다 싫어지더라고요. 뭔 영화를 볼 것도 아니고……, 이만하면 됐다 싶어서요. 그리고 하고 싶은 일이 있는데, 더 나이를 먹으면 어쩌면 못할지도 모른다는 생각이 불현듯 드는 거예요. 그래서 이참에 겸사겸사 그만두자 결심했죠."

"국장님답군요."

"아니, 선생님이 저를 어찌 안다고 저답다고 말씀하세요?"

"그게 아니죠. 알아서 하는 말이 아니고, 국장쯤 되면 그런 결정은 할 수 있어야 국장 자격이 있다는 말이죠."

"아, 예. 그렇게까지는 아니고요."

"그런데 할 일이 뭔데 그리 급히 사직서를 내게 했나요?"

우리는 차를 마시면서 잠시 뜸을 들였다. 그녀는 카페 안을 훑어보면서 말을 이어 나갔다.

"선생님, 저런 그림은 어디서 구하셨어요? 사려고 하면 마땅히 살 곳이 없던데요."

그녀는 벽에 전시되어 있는 삼십여 점의 그림을 올려다보며 말했다.

"한 서너 군데서 샀죠. 루브르박물관, 벨기에 왕립미술관 그리고 저 건 대영박물관에서 샀어요. 왼쪽에 있는 건 프랑크푸르트의 괴테하우스, 그 다음 건 벨기에 그랑플라스 광장에서 아마추어 화가에게서 샀고요, 저 안에 있는 그림은 로마 콜로세움에서 화가가 직접 그린 그림예요. 다 싸구려예요. 저기 저 나뭇잎 그림은 제 문학회 동료회원이 그린 건데 멋져요."

"어머, 그러세요. 여러 나라를 여행하셨나 봐요?"

"일 때문에 여기저기 많이 다녔어요. 그러고 보니 그것도 저에게는 복이었지요."

"사실 저도 해외여행을 해 보고 싶어서 그만두기로 했어요. 아무래도 선생님 앞에서는 주제넘은 이야기지만 나이를 먹는 것이 저를 두렵게 하네요. 한 살이라도 더 먹기 전에 여행을 해야겠다고 생각하니까 조바심이 났어요. 그래서 그만두기로 작정했죠."

"그렇군요. 대단한 용기입니다. 제가 안내하면 되겠네요. 그리고 저 몇 살 안 먹었어요."

"선생님이요? 그게 정말이세요? 혼자 가기는 그렇고 그렇다고 아무에게나 여행 가자고 할 수도 없고……, 잘 되었네요, 함께 가세요. 올해 몇이세요?"

"농담예요. 제가 어떻게 국장님과 여행을 가요. 제 나이요? 몇이나 된 것 같아요?"

"왜 못 가요? 함께 가면 누가 뭐래요? 아, 그렇지. 사모님이 못 가게 하겠군요."

마치 몰랐던 것을 알아내기라도 했다는 듯 말했다. 그 바람에 나이 이야기는 실종되고 말았다.

"그럴 일은 없어요. 오히려 바깥양반께서 못 가게 하면 몰라도요."

말끝을 흐렸다. 내가 사는 형편을 설명할까 하다가 2년 전에 출간한 수필집을 한 권 건넸다. 그 책을 다 읽으면 나에 대한 것을 알 수 있으니 관심이 있으면 읽어보라고 말했다. 한동안 이런저런 이야기를 나누고 싱가포르에서 수입한 얼그레이 차를 한 잔 더 대접했다.

그녀는 생각도 깊고, 말도 조리가 있었으며, 구김살이 없고, 무엇보다도 얼굴이 맑고 밝았다. 그녀는 가겠다고 하며 자리에서 일어섰다. 매일 와도 되겠느냐고 물었고, 함께 여행을 가려면 좀 더 친해져야 하지 않겠느냐고 농담처럼 말했다. 아니, 농담이었다. 차값은 받지 않으려 했지만 던지다시피 하고 도망치듯 문을 나섰다.

그녀는 들풀이 익어가기 시작할 무렵인 시월 초에 퇴임식을 하고는 거의 이삼일에 한번 꼴로 바람처럼 카페에 들렀다. 그녀에게서는 은은한 박주가리 꽃향기가 났다. 풀냄새를 잔뜩 묻혀왔다. 캐주얼한 복장으로 마치 어디 여행이라도 가는 차림으로 나타났다.

종종 오늘은 어디로 여행을 가시는 중인가요, 라고 묻고는 했다. 화장을 즐겨하지 않는 얼굴은 검게 그을었지만 건강미가 넘쳤다. 바짓가랑이에 도깨비 풀씨가 묻어 있기도 한 날은 풀숲으로 걸어들어 갔던 것이 틀림없었다. 그런 날은 꼭 산에서 내려온 간첩 같다고 놀려댔다. 강변 운동길을 걷다가 풀섶에 들어가 꽃향기를 맡고 왔노라고 했다. 아이처럼 바짓가랑이에 붙어 있는 도깨비 풀 씨앗을 하나씩 떼어내 탁자 위에 늘어놓기도 했다.

그녀에 대해 많은 것을 알아갔다. 그녀는 여행하면서 사는 게 꿈이었고, 돈이 있어야 가능한 일이어서 돈을 모을 요량으로 고등학교를 졸업하고 공무원이 되었다. 어차피 대학에 진학할 형편도 못 되었다. 마지막 꿈이 세계 일주였다. 결혼 생각을 안 한 것은 아니었지만 어찌어찌하다 보니 결혼은 하지 못했다. 결혼하지 않은 것을 잘했다고 생각하지는 않지만, 그렇다고 후회하지도 않았다.

그러다보니 여기까지 왔는데 정작 하고 싶은 여행은 생각지도 못했다. 언제부턴가 문득문득 조바심이 났다. 사는 일로 바빠서 원래 하고자 하던 일을 잊고 지낼 수밖에 없었다. 어느 날 문득 그 일이 생각났을 때 조바심에 견디기가 어려웠다. 그럴 때는 배낭을 꺼냈다 넣었다 하며 안절부절못하기도 했다. 그런 생각을 다시 떠올리게 한 것은 무심코 본 TV 화면의 어느 외국 풍경이었다. 그것이 사직을 재촉하게 했다. 시장과의 다툼은 구실에 불과했다.

나에게 몇 나라나 여행을 해 보았느냐고 물었다. 한 이십여 나라쯤 되는 것 같다고 대답했다. 자신은 겨우 동남아 세 나라를, 그것도 뛰듯이 가보았다며 세계 일주가 꿈이라고 했다. 그러고 나면 죽을 것이라고 깔깔대며 웃었다. 죽기는, 여행하고 나면 새로운 세상이 열릴 텐데, 왜 죽느냐고 대꾸했다.

나에 대해 묻지 않는 걸로 봐서는 내 책을 얼추 읽은 듯했다. 하기는 남의 개인사에 관심을 두는 것도 썩 바람직하지는 않은 일이다.

그녀는 여행을 준비하고 있었다. 매일 아침 한 시간 이상 걷기 운동을 하며 체력훈련 중이었다. 아무래도 차를 많이 타겠지만 될 수 있으면 걸을 예정이라며 체력을 길러두려고 한다고 했다. 예정을 두지 않는 여행을 하겠단다. 여행하기 위해 돈을 모으고, 여행지의 자료를 수집하고, 여행에 필요한 물품을 준비하는 사람들이 대부분이었지 여행을 준비하느라 운동한다는 사람은 처음 보았다. 등산하는 것도 아닌데 여행 준비에 운동을 넣다니. 그런 치밀한 그녀가 아름다웠다. 그녀는 여행을 하겠다고 작정한 후부터는 마음이 안정되고 사는 일이 즐거워졌다고 한다. 어떤 때는 그렇게 여행하다가 슬그머니 세상에서 사라져도 좋겠다는 생각도 했다는 것이다.

전에 동남아에 갔을 때 차에서 내려주고는 한 시간 후에 이곳으로 다시 모이라는 등 막말로 뭐 몰 듯하는 바람에 3박 4일 동안 무얼 보고 왔는지 알 수가 없었다. 다시는 여행사 따라다니는 여행은 안 하겠다고 그때 작정했다. 당시에 찍은 사진을 들여다보아도 거기가 어딘지 도무지 알 수도 없고, 급히 찍은 사진임이 확연히 드러난다며 부끄러워 얼굴이 다 화끈거린다고 했다.

어디를 갈 것이냐고 물었을 때, 아직 미정이라며 천천히 생각해 보겠다고 했다. 열심히 걷는 걸로 봐서 스페인의 '산티아고 순례길'이나 칠레의 '토레스 델파이네 W트레킹 코스'를 가려고 하는 건 아니냐고 물었고, 그렇지 않아도 거기도 염두에 두고 여러 가지 경우에 대비하고 있다고 말했다. 어디를 가든 많이 걸을 것만은 틀림없어 그에 대비해 맹훈련 중이라고 자신의 결심을 밝혔다. 혹시 추천할 만한 곳이 있으면 추천해달라고 했다.

그런 일은 쉽지가 않다. 세계 방방곡곡을 다 다녀본 것도 아니고, 여행자의 취향도 모르는데 어떻게 마음에 드는 추천이 가능하겠나. 그저 해 보는 소리라고 여겼다. 다만 나는 백 번 말로 듣거나 여행기를 보는 것보다 한번이라도 직접 여행에 나서보는 것이 좋다고 말했다. 내 경우 여행이라면 그저 떠나는 것만으로도 좋다. 그곳이 어디든 그런 게 무슨 문제가 되는가. 빗나간 말이기는 하지만 당송 팔대가 구양수 선생이 글을 씀에 있어서 많이 읽고[多讀], 많이 습작하고[多作], 많이 생각하라[多商量]하라고 말했지만, 나는 이에 덧붙여 여행을 많이 하라고[多旅行] 충고한다. 그런 내 설명에 선생님이 동행하면 좋을 것이라고 대답했다. 농담처럼 들렸지만 그 말이 점차로 역마살을 부추겼다.

하기는 해마다 나돌던 해외에 다녀온 지도 두 해가 되어가고 있으니 궁둥이가 들썩이지 않는 것도 아니었다. 그렇다 해도 그녀의 말이 진담이라는 것이 확인되지 않는 이상 함부로 대답하기도 어려웠고, 여행 경비를 마련하는 일도 불가능해 입맛만 다시고 있었다.

11월이 되자 S프로축구팀이 터키로 전지훈련을 결정했다며 계약을 요청해왔다. 해마다 해외여행을 할 수 있었던 까닭은 프로축구팀을 데리고 터키로 동계전지훈련을 가기 때문이었다. 이 일을 시작한 지가 십오 년쯤 되는데, 두서너 해를 빼고는 한 해도 거르지 않고 터키로 전지훈련을 갔다. 국내에서는 터키 전지훈련의 스페셜리스트가 되어 있었다. 그곳 호텔을 누구보다도 잘 알았고, 좋은 조건에 좋은 가격을 받아냈다. 금년에는 아무래도 어려울 것이라고 생각했었는데, 마침 S구단이 내 제안을 받아들였다.

출국은 1월 5일로 결정되었다. 아직 한 달 정도의 여유가 있었지만 그들보다 며칠 일찍 들어가 준비해야 하므로 실제로는 한 이십여 일의 시간밖에는 없었다.

호텔 측에 메일을 보내 일정과 숙박 계획을 논의하고 있을 때, 그녀가 문을 열고 들어섰다. 그녀는 컴퓨터 앞에 앉아 있는 나에게 말했다.

"선생님, 호떡 드세요. 맛있어 보여서 사왔어요."

"웬 호떡? 벌써 호떡철이 됐나요? 잠시만요. 하던 것 좀 끝내놓고요."

"방해를 했나 봐요. 급한 일이세요?"

"아, 네. 급히 메일 하나 보낼 게 있어서요. 다 됐어요. 단추만 누르면 돼요."

'보내기' 단추를 누르고 자리에서 일어나 차를 준비했다. 아무래도 커피보다는 홍차가 호떡에는 어울릴 것 같았다.

"저 때문에 일 멈춘 건 아니시죠?"

"물론 아니죠. 다 끝났어요. 오늘도 걸어오셨어요?"

"그럼요. 선생님 청바지 잘 어울리네요."

두어 달째 계속되는 걷기운동에 얼굴이 가무잡잡하게 타 있었다. 마스크도 하지 않고 단지 선크림만 바른다고 했다. 건강미가 넘쳤다.

"여행 준비는 잘 돼가요?"

"그냥 일단은 열심히 걷기만 해요. 마음먹으면 언제라도 떠날 수 있게요."

"오리무중, 안개 속 여행이구먼요."

그녀는 웃었다. 빈말이 아니니 두고 보라는 의미가 웃음 속에 담겨 있었다. 호떡 맛이 든 걸로 봐서 계절이 바뀌고 있었다. 따듯한 호떡에 홍차는 궁합이 잘 맞았다.

"입이 궁금하던 차에 잘 먹었네요. 그나저나 김 선생보다 내가 먼저 여행을 떠날 것 같아요."

"그게 무슨 말씀예요? 같이 가자고 할 때는 아무 말씀 없으시다가 혼자 가시겠다는 거예요?"

"같이 가자고요? 에이, 무슨 농담을……."

"농담 아녜요. 제가 왜 농담을 해요."

"그래도 그렇지. 제가 어떻게 김 선생하고 여행을 해요."

"어머, 선생님 보기보다 순진하시다. 이것도 세대차인가요? 그게 뭐가 어때요. 말씀은 안 드렸지만 만약 여행을 하게 되면 누군가와 함께 갈 것이라고 작정했어요. 혼자 가기는 그렇고 여행사 따라가는 여행은 싫고요. 막상 누가 좋을까 생각하니 마땅한 사람이 없었어요.

친구들은 모두 가정주부거나 더러는 일찌감치 할머니가 되어 애 보느라 정신이 없고, 그보다도 마음이 맞는 사람이어야 하는데 그런 사람 하나 구하기가 쉽지 않아요. 인생 헛살았어요. 그래서 떠나지 못하고 망설이고 있었는지도 몰라요. 지금도 동행자를 구하고 있는 중인 걸요. 선생님이 딱 좋은데. 선생님이라면 말도 통하고, 경험도 있으시고, 무엇보다도 영어가 되잖아요. 그래서 선생님 눈치만 보고 있었는데 섭섭해요. 제가 마음에 안 드세요?"

적잖이 실망하는 눈치였다.

"네에? 제 눈치를 보고 있었다고요?"

"네. 선생님, 저를 여자로 보세요?"

그녀는 호탕하게 웃었다.

"그럼 여자가 아니면 뭐예요? 김 선생은 나를 남자로 보지 않으셨나 봐."

"세상에 젊고 싱싱한 남자 많아요. 선생님이 무슨 남자예요. 죄송해요, 선생님. 그냥 수필가고, 카페 주인이고, 마음씨 좋은 할아버지죠."

"김 선생 나를 너무 무시하고 있네요. 나도 남자예요."

"그러면 더욱 좋지요."

그녀는 까르르 웃었다. 그 말이 그리 싫지는 않았다. 왜 터키에 가는지를 설명했고, 그 일이 언제 시작해 끝나는지에 대해 일정을 이야기했다. 언제나 그렇듯이 여행은 일이 끝나기 전이나 끝난 후에 시작한다고 말했다. 본격적인 여행은 주로 중유럽과 북유럽 쪽이라고 말했지만, 그건 전에 그랬다는 것이고 얼마든지 여정이야 조정이 가능하지 않겠느냐고 말했다. 그녀는 가방에서 메모지를 꺼내 내 일정을 적어나갔다.

"그럼 선생님, 한갓지게 일이 끝날 때쯤 제가 그곳으로 가 합류하면 되겠네요?"

"기왕에 결심이 섰다면 여정을 짜보는 것도 좋지요. 우선 얼마나 오랫동안 여행을 하실 예정인데요?"

"죽을 때까지요."

숨도 안 쉬고 대답했다. 여행을 몹시 갈망하고 있었고, 약간은 흥분하고 있다는 생각이 들었다.

"죽을 때까지라. 내가 먼저 죽겠네요. 아무튼 일정은 구애받지 않는다는 뜻으로 알고 여정을 짜면 되겠네요. 내 생각으로는 각자 여정을 짜본 다음 만나서 조정하는 게 어떨까요?"

"역시 선생님다워요. 그럼 며칠 후에 만나면 어떨까요?"

"며칠 후라, 좋아요. 그런데 경비도 생각해야 하니 그 점을 잘 참고하세요. 특히 유럽 쪽이라면 햄버거 하나도 가격이 만만치 않거든요."

"선생님, 오해하지는 마세요. 이번 여행 경비는 제가 대요. 어차피 터키까지 왕복 비행기표는 끊으실 테고, 방은 둘이 쓰나 혼자 쓰나 그게 그거고, 먹고 현지에서 이동하는 비용 더 드는 건데 선생님을 안내원으로 썼다고 생각하면 그만이죠 뭐. 기분 안 나쁘시죠, 안내원이라 해서?"

"안내원이 아니라 보호자 같은데요. 보호자가 피보호자에게 돈을 쓰라고 해서야 되겠어요?"

"저 세계 일주 하려고 돈 모았어요. 그리고 누군가와 함께 가려고 그 사람 몫까지 준비했거든요. 인생 뭐 별 건가요. 그렇게 사는 거지. 죄송해요, 선생님 앞에서 인생 어쩌고저쩌고 해서요. 함께 가자고 하면 갑자기 누가 그렇게 큰돈을 대고 시간을 내 선뜻 간다고 하겠어요. 그래서 경비 부담 안 주려고 작정했죠. 다행히 선생님은 터키까지 가시니 그만큼 돈이 절약되네요. 아무 걱정 마세요. 그리고 선생님은 고급 안내원이니 그럴 만한 자격이 충분해요. 몹시 기대가 돼요."

"하여간 그 이야기는 나중에 하고 일정 먼저 짜보죠."

"네. 그리고 부탁이 하나 있어요. 선생님 저에 대한 호칭을 바꿔주세요. 김 선생이니, 김 국장이니 하는 것 말고요. 그건 싫어요."

"그럼 뭐라고 불러요?"

"글쎄요. 아무튼 바꿔주세요. 시간을 드릴 테니 다음 번 만날 때는 새 호칭을 쓰세요. 이건 부탁이 아니라 명령예요."

함께 점심을 먹으러 가자고 했지만 아버지 점심을 드려야 하니 다음에 하자 하고 헤어졌다.

카페를 나서기 전에 머뭇거리며 나에 대해 물었다. 아무래도 완전하게 궁금증이 해소되지는 않은 듯했다. 책을 읽었다면 알겠지만 혼자 산다고만 웃으며 말했다. 더 이상 묻지 않는 걸로 봐서 책에 적힌 나의 신상을 확인한 것으로 여겨졌다.

여기저기서 온 책의 여분을 골라 몇 권 챙겨주었다. 그녀는 다른 곳 커피는 맛이 없어 못 먹겠다며 '카페 760' 커피에 중독이 되었다고 웃었다. 그녀를 보내놓자 묘한 기분이 들었다. 낯선 여자와의 해외여행이라! 나쁘지는 않았지만 썩 명쾌하지도 않았다. 이런 일이 가능한 일인지도 믿어지지 않았다. 참 당돌한 사람이라는 생각도 들었다.

제2장 … 칠봉산의 가을

고향에 있어도
고향이 그립다.

아침저녁으로 칠봉산이 서서히 변해가고 있었다. 설악산이나 내장산처럼 관광객을 끌어모을 만한 단풍은 아니었지만 동네를 감싸고 있는 병풍 같은 산이 단풍으로 물들어가는 모습은 적어도 나를 감동시키기에 충분했다. 지금 나이에 설악산이나 내장산 단풍에 감탄하는 것도 채신머리가 없다는 생각이 문득 들었다. 산을 올려다보고 내 모습이 궁금해 거울을 보았다. 머리가 더욱 희어진 것 같았다.

산은 젊잖게 늙어가는 노신사처럼 품위가 있었고, 현란하지 않지만 품격이 있었다. 올해는 가을 햇살이 좋고 비가 적어서인지 단풍이 제대로 익었다. 단지 레미콘 회사에서 채석하느라 까 내린 산이 벌겋게 맨살을 드러내고 있는 게 마음이 아팠다. 꼭 내 살이 베어져 빨건 속살이 드러나 보인다는 생각이 들기도 했다. 산은 아침마다 제 상처를 핥으며 아픔을 참아내고 있었다.

동네 사람들은 이 산을 '큰산'이라고 불렀는데 실상 산은 해발 500미터밖에 되지 않는다. '큰산'이라고 부른 이유는 산이 커서가 아니라 근처에서는 제일 높기도 했지만, 상징적 의미가 있다. 백두산이 아무리 높아도 우리에게 큰 산은 오직 이 산뿐이다. 그래서 우리는 백두산이나, 한라산이나, 설악산을 닮고 싶은 것이 아니라 칠봉산을 닮고 싶었다. 그래서 '큰산'이었다.

세상의 훌륭한 어머니가 아무리 많아도 존경할지언정 닮고 싶은 어머니는 내 어머니인 것과 같았다. 한결같이 그곳에 있으니 어머니와 조금도 다르지 않았다. 비록 배움이 없고, 자랑할 것이 없지만 자애로움을 잃지 않고 평생 우리를 감싸고 있지 않은가. 그런 어머니 같은 산이 칠봉산이다. 어머니 가슴에 붉은 상처가 나 아물지 않고 있었다.

'큰산'에 느닷없이 서리가 내리면 속을 환히 드러낼 판이었다. 오늘, 내일 서리가 내릴 것이다. '큰산'은 우리에게 많은 것을 주었다. 봄으로는 나물을, 여름에는 시원한 물과 바람을, 겨울에는 땔감을 준비했다. 우리 마을이 수백 년 이상 존재가 가능했던 까닭이다. 무엇보다도 선산이 그 발채에 있어서 내가 갖는 '큰산'에 대한 애착은 남달랐다.

서울에 살 때도 '큰산'이 눈에 들어오면 마음이 놓였다. 큰산 산자락에 있는 선산에 오를 때면 마치 고향 속의 고향에 온 것 같은 기분이었다. 고향에 오면 마룻바닥에 드러누웠다가 부리나케 일어나 할아버지 산소에 가 그 곁에 또 누워서 응석을 부리고는 했다. 훗날 나이를 먹어 깨달은 바지만, 결국 그곳이 마지막이자 돌아가서 영원히 쉴 곳이므로 더 포근하게 느껴진다는 걸 알았다. 내가 나온 곳이 어머니의 자궁인 것처럼 내가 돌아갈 곳도 '큰산' 자락인 것이다.

카페의 남쪽 창문으로 '큰산 수리봉'에서 떠오른 해가 햇살을 들여보내고 있었다. 아름다운 풍경이었다. 아니, 아름답다기보다는 무어라 감사해야 할지 모를 만큼 붉은 아침 햇살이 곱고도 고마웠다. '큰산'이 없으면 해도 떠오르지 않을 것이다. 처음 여행을 시작하기 전까지는 해는 '큰산 수리봉' 위에서만 떠오르는 줄 알았다. 해는 하나였음으로 뜨는 곳이 달라야 할 까닭이 없었다. 그때는 바다에서도 해가 뜬다는 것을 듣지도 못했고, 보지도 못했었다.

저녁나절에는 오른쪽 창문으로 비치는 석양도 아름답다 못해 황홀하기는 마찬가지였다. 나이가 들면서부터는 석양을 바라보는 버릇이 생겼다. 구름이라도 끼거나 비라도 내리는 날이면 석양을 볼 수 없어 안달하곤 했다. 언젠가는 그것마저 시들해지겠지만. 단 한번도 투덜거림 없이 늘 저녁이면 같은 곳으로 지는 해는 믿음직한 아버지 같았다.

큰산에서 떠올라 큰산을 바라보며 떨어지는 해를 보면서 그렇게 살고 싶었다. 누구의 해이기도 싶었고, 누구의 석양이기도 싶었다. 앞집 은행나무 뒤로 보이는 소래 쪽, 말하자면 다섯 시 방향을 바라보며 이제 나도 그쯤에 떠 있는 해일 것이라는 생각을 해 본 적도 있다. 어쨌거나 마무리를 잘하고 산등성이를 넘어야 할 것이었다. 고향에 살아도 고향이 그립다는 생각이 근래에 와서 머릿속을 떠나지 않았다.

연전, 고등학교 동창들이 칠봉산 산행을 한다고 했을 때 며칠을 두고 그들이 오기만을 기다렸다. 내 집에 오는 친구들을 맞는 기분이었다.

산이 높지는 않지만 참 아담하고 정겨운 산이라는 덕담 끝에 자네도 칠봉산을 닮았네, 하고 돌아갔다. 그 말이 고마워 어떻게든 차라도 한 잔 대접하고 싶었지만 신세지지 않겠다며 서둘러 서울로 떠났다.

회암사 주차장에서 버스를 떠나보내고 칠봉산을 다시 한번 우러러보았다. 여전히 그 모습 변하지 않은 채 그대로였다. 지금도 그 생각을 하면 나의 어디가 칠봉산을 닮았다는 것인지 궁금하기도 하지만 마음이 뿌듯해진다.

동쪽 끝 칠봉산이 떨어지는 곳에 천보산이 있다. 그 천보산을 보고 지공선사指空禪師가 당신의 고향인 인도의 천축국 나란타 절터와 같은 명당이라며 이곳에 절을 중창하라고 했다니 그 절이 회암사다. 조선의 숭유억불 정책으로 폐사廢寺된 후 땅속에 묻혀 있던 것을 발굴해 그 터를 찾아냈지만 중창은 요원해 보인다. 그런 명찰이 있는 명산이기도 하다.

시대를 달리해 할아버지는 지게를 지고, 아버지는 리어카를 끌고, 나는 자동차를 몰고 동네를 오르내리건만 우리가 스스로 이 마을과 산에 지은 죄 말고는 변한 것은 없다. 레미콘 회사 사람들은 산을 허물어 채석을 했고, 산으로부터 흘러내리는 물을 고갈시켰다. '큰산'은 한 귀퉁이가 굼벵이가 파먹은 고구마처럼 볼썽사납게 변했지만 묵묵히 그 자리에 있다. 언제나 무지하고 염치없는 건 인간이었다.

산은 인간이 깨닫기 바라겠지만 여전히 돈에 눈이 먼 사람들은 산을 허물기 위해 안달이다. 아침마다 산이 아파하는 신음 소리가 들린다. 그 상처 또한 보기 딱하고 흉하다. 사람이라면 죽는다고 아우성쳤을 것이며, 진즉에 그 목숨 다하고 말았을 것이다.

왜 사람들은 자연에는 측은지심도 수오지심도 없는 것일까? 말없는 것들에는 함부로 해도 되는 걸까? 이기적이라는 말. 사람들은 우선 자신에게, 그 다음은 다른 사람에게, 그리고 동식물에게 관심을 둔다. 그나마 말없는 자연은 애당초 관심 밖이다. 결국 그 피해는 거꾸로 오기 시작할 것이다. 폭포수처럼 산이 무너져 우리를 덮쳐올지도 모른다.

'큰산'을 올려다보며 우리가 큰 잘못을 저지르고 있다고 생각하니 눈시울을 절로 붉혀졌다. 누군가가 내 이름 한자에는 물이 많다고 한 후부터 눈물이 많다는 걸 알게 되었다, 물 수 변도 아니고 아예 끝 자는 연못[澤]이 아닌가. 그녀의 차가 주차장에 들어서고 있었다. 문득 무어라 불러야 할까 하는 데 생각이 미쳤다. 대충 눈가를 정리하고 문을 열고 나가 그녀를 맞았다.

"어서 오세요. 날이 좋네요."

"네, 선생님. 나들이라도 가고 싶은 날예요."

"근데, 오늘은 왜 걸어오지 않고 차를 타고 오셨나요?"

"귀찮아서요."

그녀의 대답은 간결하고 분명했다.

"그리고 음, 내가 김군이라고 부를게요. 어때요?"

"김군? 아, 좋다. 그런데 그렇게 부르려거든 말씀을 낮추세요. 나이도 한참 어리잖아요. 선생님 우셨어요?"

"객지 벗 십 년이라는데 말 낮추는 건 좀 그러네요. 게다가 그래도 되는 건지도 모르겠군요. 네, 좀 울었어요."

"괜찮아요. 저도요, 아무에게나 그런 부탁 안 해요. 남이 함부로 말을 낮추는 것도 자존심이 상해서 싫어요. 선생님께만 특별히 말씀드리는 거예요. 근데 왜 우셨어요?"

"네, 그건 차차 기회 봐서 그렇게 합시다. 그냥 슬퍼졌어요. 칠봉 산을 쳐다보고 나도 모르게 눈물이 났어요. 특별한 까닭은 없었어요."

"괜히 저도 슬퍼져요. 가을은 남자의 계절이라고 하더니 선생님 혹시 계절 타세요?"

"그것도 잘 모르겠어요. 나를 울리는 것들이 나이가 들면서 몇 가지 생겼어요. 저 산을 올려다보면 그렇고, 아버지라는 말만 들어도 눈물이 핑 돌아요. 특히 저 창문 너머로 지는 해를 보면 가끔, 아주 가끔 슬픔이 복받쳐요. 오늘은 저 산을 보고 울었어요."

그녀는 내 말을 듣고 잠시 당황스러워하는 듯했는데 뜻밖의 대답에 아마도 어떻게 이 상황을 빗겨가야 하나 하는 생각 때문인 것 같았다. 질문이 너무 깊이 들어갔다고 여겼던지 잠시 주위를 둘러보며 마음을 진정시키는 듯했다.

커피를 마시면서 그녀는 자신의 구상을 말했다. 내가 일이 끝날 때쯤 터키에 들어가 안탈리아Antalya에 머물다가 일이 끝나면 함께 여행을 시작하는 게 좋겠다며, 괜찮다면 그 다음 여정은 나에게 맡긴다고 했다.

걱정이 되었다. 비행기로 훽훽 날아다니는 것은 몰라도 기차나 버스 등은 그리 많이 타보지는 않았다. 브뤼셀에서 파리로 갈 때와 영국으로 갈 때 기차를 이용한 적이 있었지만, 그것도 십오 년도 더 된 일이라 처음부터 다시 점검해야 했다.

경험이 준비해주겠지만 아무래도 이 문제에 대해서는 아이에게 자

문을 구하는 것이 빠를 듯싶었다. 터키에서는 버스 여행을 많이 해 보았기 때문에 별로 문제가 될 것이 없었다. 일단 여정을 짠 후에 다시 만나서 일정을 확정하자고 동의를 구했다.

헤어지기 직전에 나는 그녀를 김군이라고 불렀다. 조금은 겸연쩍었지만 부부가 처음 여보, 당신이라고 부를 때 어색함과 별로 다르지 않았다. 그녀는 싹싹하게 대답하고는 막상 들으니 괜찮다고 했다. 내일은 대전 친척 결혼식에 가야 한다며 사흘 후에나 다시 들르겠단다. 그녀는 웃음을 지어보이며 그만 우세요, 하고 맹세하라는 듯하고 떠났다. 칠봉산 땅거미가 내려오고 있었다.

제3장 … 우리는 터키로 간다

나는 이스탄불에서 뉴욕을 보기도 한다.
한때의 영화란 얼마나 허망한가!

눈발이 날리고 있었지만 오는 모양을 봐서는 많이 올 눈 같지가 않았다. 그러고 보니 근래 들어서는 눈 구경하기조차도 쉽지가 않았다. 전깃줄에 까치가(그러고 보니 까치를 본 것도 오랜 만이었다) 앉아서 울다가 입으로 눈이 들어가 기분이 언짢았는지 고개를 획 돌리고는 어디론가 급히 날아갔다. 기후가 변하고 있는 것은 확실한데 어떻게 변하고 있다고 뚜렷하게 보여주지 않고 있으니 서서히 적응하라는 자연의 뜻인가 보다. 아닌 게 아니라 오는 시늉만 하고는 슬며시 눈이 그쳤다.

12월이 중순을 지나 연말이 다가오고 있는데도 날씨는 여전히 영상에서 맴돌았다. 일기예보는 화이트 크리스마스커녕 더운 크리스마스가 될 것이라고 연일 떠들어댔다. 미국 세인트루이스에 사는 친구는 한겨울에 물난리가 나서 자기네 동네에서도 집이 떠내려가고 사람이 실종되는 등 때 아닌 홍수가 났다고 문자를 보내왔다. 초겨울임에도 불구하고 반바지 차림으로 나다니는 사람들이 카메라에 잡혀 뉴스에 방영되고 있었다.

어릴 적, 이맘때쯤이면 타던 썰매를 찾아 정비하며 겨울 채비를 끝냈다. 지금야 그런 놀이를 할 장소도 없고 더 이상 아이들의 놀이거리도 아니지만 눈이 쌓인 곳도, 얼음이 얼어 있는 곳도 볼 수가 없다. 뛰어 놀다 목이 마르면 얼음과자라며 짚 냄새가 밴 처마 밑 고드름을 뚝 따서 어적어적 씹어 먹기도 했었는데……. 그런 장소도 TV를 통하거나 계획적으로 조성된 곳이 아니면 볼 수가 없다니 세상이 변해도 너무 변했다. 못 믿을 세상이라 함부로 고드름을 씹기도 찜찜한 것이 그 속에 무엇이 들어 있을지 누가 알겠는가.

지금쯤이면 고모가 짜기 시작한 벙어리장갑이 완성되어야 한다. 안방 윗목에는 고구마 가마니가 자리를 잡고, 아버지는 뒤꼍에 김장항아리를 묻었다. 내 기억이 맞는다면 이미 김장을 끝내고 볏짚을 엮어 만든 김장집이 오뚝하니 서 있어야 했다. 할아버지는 큰 눈이 오기 전까지 부지런히 '큰산' 나무를 해 겨울나기 나뭇가리를 장만하셨다. 밤마다 쥐들이 천정을 뛰어다니고 이따금 고구마를 먹기 위해 방안에 들었던 쥐를 잡느라 온 식구가 자다 말고 난리를 쳤다. 어느 해엔가는 하루 저녁에 일곱 마리의 쥐를 잡기도 했다.

월동준비를 하는 어머니와 할머니의 손길도 바빴다. 아침이면 우리는 살을 에는 추위에도 겨울방학을 기다리며 학교에 간다. 거북등처럼 갈라진 채로 때국물이 줄줄 흐르는 손을 조개탄난로에 쬐면서 추위를 녹이고는 했다. 왜 그때는 그리도 추웠는지 모르겠다. 며칠 안 있으면 겨울방학이 시작될 것이었다.

잠시 옛 생각에 잠겨 있을 때 문이 열리며 그녀가 들어섰다.

"아, 김군 오셨나? 결혼식에는 잘 다녀왔어요?"

김군이라고 부른 것이 겸연쩍어 얼른 말을 덧 이을 참이었다.

"아니, 선생님. 잘하시다가 갑자기 '왔어요'는 뭐예요."

"아무래도 어색해서……."

"저는 조금도 안 어색하니까 아무 걱정 마세요."

"그래요? 알았어."

지금처럼 그렇게 하라고 함빡 웃으며 손뼉을 쳤다. 손뼉을 치는 바람결에 향긋한 냄새가 그녀로부터 풍겨왔다. 향수 냄새가 은은하면서도 강렬했다. 갑자기 안아보고 싶은 충동이 일었지만 용케 참았다. 언제부턴가 그런 생각이 들었고 그녀에게 들키지나 않을까 걱정이 되었다.

"자, 그러면 차 한 잔 하실까, 우아하게. 일정은 대충 짜보았어요?"

"또 그러신다."

살짝 눈을 흘겼지만 괜찮아 보였다. 서로 충분히 교감하고 있었고, 겉으로는 별 문제가 없는 무난한 사이가 되어가는 중이었다. 마음이 가깝게 간다는 것은 어려운 일이지만 가깝게 갈 수만 있다면 좋은 일이다. 서양 속담에 '눈에서 멀어지면 마음에서도 멀어진다'고 하는데, 그 말이 꼭 맞는 말이다.

하기야 틀린 속담이라면 지금까지 사람들의 입에 오르내리지도 않을 것이다. 우리가 가까워진 것 역시 자주 보기 때문일 것이며, 자주 만나다 보니 이런저런 이야기도 나누게 되고, 그런 반복되는 행동이 우리를 가까워지게 했다. 그녀는 말을 이었다.

"아무리 생각해도 저는 아는 게 없어서 일정을 짜기에는 무리가 있어요. 그래서 일정은 선생님이 짜는 게 효과적일 것 같아요."

"요새야 인터넷 뒤적이면 가본 사람보다 안 가본 사람이 더 잘 알잖아. 게을러서 그렇지 못할 것도 없지."

'요' 자를 급히 빼느라고 말이 섞였다.

"아무리 인터넷을 뒤적여도 뭐가 뭔지 모르겠어요. 장소 선택이야 어찌어찌 해 본다고 해도 일정을 짠다는 건 안 되겠어요. 뭘 아는 게 있어야지요. 그렇다고 나라만 지정해놓고 여행계획 짰다고 할 수는 없잖아요."

일단 내가 알아서 할 것이나 여행 일수에 대해서는 어찌하면 좋겠냐고 재차 물었다. 그것도 알아서 하라고 했다.

"아니 여행에 한이 맺힌 사람 같아."

"맞아요. 평생 제가 꾸고 있던 제일 큰 꿈이었어요. 언젠가 시청에 아프리카 사람들이 온 적이 있어요. 무슨 민속 프로젝트를 그들과 함께 해 보려고 구상 중이었는데, 그 사람들과 미팅을 끝내고 헤어질 때 따라가고 싶더라니까요."

"따라가지 그랬어."

"왜 아니래요. 그럴 걸 그랬나 봐요. 그랬더라면 시집도 가고 일석이조였는데, 호호호."

그녀가 웃을 때 사람 냄새가 났다. 거짓도 과장도 없었다. 사람이 좋아지면 그렇게 보이는 건지는 몰라도 저 나이가 먹도록 어쩌면 저렇게도 천진난만할까 하는 생각이 들었다. 그녀의 웃음은 스위치를 올리면 팍, 하고 솟아오르는 분수 같았다.

그러자 로마에 있는 '트래비 분수Fontana di Trevi'에 생각이 미쳤다. 한번 가보기는 했지만(그때 나는 백 원짜리 동전 하나를 분수에 던졌다) 내가 본 것보다는 〈로마의 휴일Roman Holiday〉에서 본 분수가 더 생생하게 기억났다. 그레고리 팩과 오드리 햅번이 함께 거닐던 영화 속 풍경이 떠올랐다. 분수보다는 그들의 사랑이 감동적이어서 분수는 배경쯤이었다. 나 혼자 맥없이 걸으며 보았던 그 풍경이 뭘 그리 기억에 남겠는가.

로마시대에 성 아우구스투스 황제가 만들었다는 오래된 분수, 아름다운 뭇 사랑이 그곳에서 이루어졌나니! 이번에 간다면 그녀와 함께할 것이니 좀 더 생생하고 감동적으로 기억될 것이다. 둘이서 함께 로마를 거닐 상상을 하자 즐거움이 전율처럼 느껴져 왔다. 나도 그레고리 팩과 같은 여행을 할 것이라고 생각하자 웃음이 먼저 났다. 김칫국부터 마시는 꼴이었다.

"알았어. 그러면 내가 일단 계획을 짜는데……."

그녀가 말을 막고 나섰다.

"죄송해요, 선생님. 경비는 얼마든지 좋아요. 돈에 구애받지 말고 짜세요. 근데 왜 웃으셨어요?"

"눈치챘구먼. 그냥 웃음이 났어, 좋아서 그랬나봐."

"그럼요. 제가 그걸로 국장 됐는걸요."

"그렇군. 그럼 한 일억 준비해."

"알았어요. 거기다 예비비까지 준비할게요."

우리는 함께 웃었다. 무한정 돈을 쓰지는 않겠지만 계획을 잡는 데는 부담이 사라졌다.

"참, 내가 김군 나이 좀 알아도 될까?"

"숙녀 나이를 묻기도 하는군요. 저 올해 쉰셋예요. 그게 그렇게 궁금하셨어요?"

"안 궁금했다면 그것도 거짓말일 거고, 아무래도 알아두는 것이 좋을 것 같아서. 망령이 들었나봐."

"몸무게도 말씀 드릴까요?"

"농담도 잘해. 어떻게 숙녀 몸무게를. 쉰셋이라……, 그 나이에 나는 뭘 하고 있었지?"

"제 나이가 많아요, 아님 적어요?"

"적당한 나이지. 어제보다 적지도 않고 내일보다 많지도 않은 좋은 나이야."

"그런 말이 어디 있어요. 엉터리예요. 선생님 연세는 어떤가요?"

"나도 지금이 제일 좋은 나이야. 몸도 마음도 모두 건강해. 천당은 좀 멀어서 그렇고 지옥이라면 걸어서라도 갈 수 있거든. 엉터리란 말은 틀려. 잘 생각해봐요. 내 나이는 알잖아."

"네. 책에 있는 프로필에서 봤죠. 선생님도 저도 둘 다 건강해요. 아마 환상적인 커플, 환상적인 여행이 될 거예요. 좋아요. 근데 지옥이 천당보다 더 가까워요?"

"그렇지. 태어나서 지금까지 쭉 그쪽으로만 걸어왔거든. 원래 태어났을 때는 같은 거리였는데 그쪽으로 쭉 걸어왔으니 가까울 수밖에 없지. 나도 여행을 하려면 운동을 해두어야 할 것 같아. 내일부터라도 좀 걸어야 할까봐."

"너무 무리하지 마세요. 여행 떠나기 전에 지치면 안 되잖아요."

"알았어. 적당히 할 테니까 너무 걱정 마시라고."

생각해 보니 쉰이 넘은 여자를 '군'이라고 부르는 것은 어울리지 않았다. 그렇게 부르기에는 내 나이가 어정쩡했다. 그렇다고 이제 와서 고쳐서 바로잡기에는 어딘지 모르게 어색했다. 뭐라고 딱히 부를 만한 호칭도 없었다. 그녀에게 물었다.

"김군, 고등학교 다닐 때 국어선생님 연세를 알아?"

"글쎄요. 초임 총각 선생님이었으니까 아마 한 스물댓, 하여간 서른은 안 되셨을 거예요. 그건 왜요?"

"그냥, 물어본 거야. 김군이라고 부르는 것이 이상하지 않은가 하고 말이야. 내 나이 또래일 테니까 괜찮겠군."

새해가 되면서 분주해졌다. 작년 여름 15년째 하던 일을 아이에게 물려주기로 하고 의향을 물었고, 아이는 이내 다니던 회사를 그만두고 본격적으로 내가 하는 일에 뛰어들었다.

작년 가을부터 태국과 중국에 차례로 출장을 보내 새롭고 다양한 겨울 전지훈련 장소를 물색하게 했다. 결국 최종 전훈지가 터키로 결정되는 바람에 아이는 사전준비를 위해 정월 초이튿날 팀에 앞서서 출국했다. 나는 1월 20일경에나 갈 예정이었다. 올해도 구정은 터키에서 쇠게 되었다.

출국 전날, 그녀가 저녁을 먹자고 했고, 아버지 저녁을 제수에게 부탁하고 ㄷ시로 향했다. 우리는 제법 유명하다는 떡갈비집에서 저녁을 먹었다. 우리가 들어서자 주인여자가 그녀를 알아보고 반갑게 인사를 건넸다. 지난 번 시청에 들렀더니 국장님이 안 계셨다고 했고, 그녀는 지난 시월에 그만두었노라고 대답했다. 식당의 대접으로 공짜 저녁을 먹었다.

"선생님, 출국 준비는 다 하셨어요?"

"출국 준비랄 것도 없어. 해마다 하는 일이니 대충 꾸려서 떠나면 돼."

"고추장도 볶고, 김도 사고, 해야 하는 거 아네요?"

"아 참, 말이 나서 하는 말인데, 김군은 그런 거 준비하지 마. 여행이라는 게 그 나라 문화며, 유적이며, 음식을 먹어보고 즐기러 가는 것인데 그런 것 가지고 가려면 뭐 하러 가. 집에서 편히 먹고 있지."

"그래도 누구는 가져가라고 하던데요?"

"그건 그 사람 이야기야. 그냥 내 말대로 해. 다 사람 먹는 음식인데 유난 떨지 말자고. 음미한다는 말 있잖아. 여행 그 자체를 우아하게 음미하는 거야. 내 삶의 절반을 해외로 떠돌며 보낸 사람이야. 그리고 터키 음식은 세계 삼대요리라고 하니 먹는 데 문제가 되지는 않을 거야. 다양하고 맛도 있어."

"알았어요. 그럴게요."

"그만 일어나자고. 내일 아침 일찍 나가야 하니까."

"그래요, 선생님."

집으로 돌아오는 길은 한가했다. 며칠 전까지 몰아치던 갑작스런 한파도 물러가고 봄 날씨처럼 따듯했다. 내일 아침 공항까지 데려다주겠다고 했지만 그럴 것 없으니 정 그러고 싶으면 의정부터미널까지만 데려다달라고 했다. 공항버스를 타면 한 시간여면 충분했다.

아침 여덟 시까지 커피숍으로 오겠노라고 하고 떠났다. 다음 날 아침 버스터미널에 내려주면서 혼자서 무사히 안탈리아까지 갈 수 있을지 걱정이라고 했지만 아무 걱정 말고 나만 믿고 오라고 일러두었다.

세계 각국을 여행하면서 기이한 경험을 하게 되는데, 이상스럽게도 터키와 베트남에서만은 어떤 문화적, 인종적 이질감도 느끼지 못했다. 공항에서 입국심사를 마치고 출국장을 빠져나와 그들 나라 사람들과 섞여도 고국에서처럼 늘 편안함과 함께 알 수 없는 동질감에 휩싸이고는 한다. 터키는 그나마 그 이유를 알겠는데 베트남은 아직도 모르겠다.

알다시피 많은 터키 사람에게도 우리처럼 몽골반점Mongolian spot이 남아 있다. 말의 어순이 같아 우랄알타이 어족의 특성을 보인다. 머리털이 검고 굵다. 그들이 대화하는 것을 넋 놓고 들으면 꼭 우리나라 사람들이 달 밝은 밤, 아카시아 꽃잎이 뚝뚝 듣는 꽃그늘에 앉아 두런대는 그런 느낌을 받는다. 말의 높낮이가 거의 같다. 절임 음식이나 젓갈류도 비슷해 거부감이 없다.

단지 그들은 무슬림이므로 돼지고기를 먹지 않는다. 이는 훗날 종교적 문제로 식습관이 변한 것뿐이다. 언젠가 사프란볼루Safranbolu라는 터키 전통마을을 방문했을 때도 우리의 대문과 같은 그들의 대문을 보고 놀란 적이 있다. 대문의 빗장도 틀림없는 우리 것과 같았다. 문을 열고 잠그는 것이 같은데 그 문으로 드나들고 먹고 자는 것이 다를 리 없을 것이다.

노래 부르는 것을 보아도 안다. 2000년 초에 프로축구팀을 안내해 안탈리아에 머물렀다. 당시 거리에서 노인을 만났는데 그 할아버지는 나에게 한국 사람이냐고 묻고는 그렇다고 하자 길 한 가운데서 아리랑을 춤사위를 곁들여 부르기 시작했다. 한국전쟁 참전용사로 부산에 주둔했었다는 할아버지는 아리랑을 잊지 않고 있었다. 미국이나 다른 유럽 사람이 부를 수 없는 아리랑이었다. 외국사람이 우리 민요를 불렀다는 사실이 신기했던 것이 아니라 아리랑 리듬을 탈 줄 아는 것이 신기했다. 이것이 핏줄이라고 여겼다. 그러니 '형제의 나라'라고 부르는 것이다.

터키의 경제적 수도인 이스탄불 국제공항에 비행기가 사뿐히 내려앉았다. 비행기가 이스탄불 공항에 착륙했을 때부터 눈발이 흩날리기 시작했다. 눈은 점점 더 거세져 앞을 볼 수가 없을 정도였고, 순식간에 공항이 눈으로 하얗게 뒤덮였다. 두 시간 후에 떠나는 연결편이 과연 무사히 이륙할 수 있을지 걱정이 되었다.

눈은 순식간에 꽃도 되었다 나비가 되었다 하면서 제 마음대로 날렸다. 적어도 오늘은 횡포였다. 쉽사리 그 기세를 꺾을 것 같지 않았다. 저렇게 태연하고 처연하게 내리는 눈은 60평생 처음 보았다. 하늘이 주저앉고서야 그칠 것 같았다. 하늘 아래 있는 것은 모두 눈 속에 갇혀 꼼짝도 못하고 있었다. 콘스탄티노플로 진격해 오는 오스만 트루크 용사의 위용을 보는 듯했다. 누구든 무엇이든 저 사나움이 수그러들 때까지는 모르는 척 참아야 한다. 눈 내리는 모습을 보고 있자니 두려움이 몰려왔다. 할머니가 눈 속에 갇혀 알 수 없는 곳을 헤매다가 간신히 집을 찾아왔노라고 하시던 오십 년도 더 된 이야기가 문득 생각났다. 그때 그 눈이 저랬을까. 고개를 흔들어 눈구덩이에서 빠져나왔다.

이스탄불 공항은 세계적인 공항답게 붐볐다. 비행기가 연쇄적으로 이착륙을 중단했다. 감당할 수 없을 정도로 눈이 내려 제설작업도 멈춘 상태였다. 그 큰 비행기도 속절없이 내리는 눈발 앞에서는 속수무책이었다. 화산 폭발 직전의 새처럼 비행기는 모두 사라져버렸다. 전광판에는 출발 도착 편 모두 '연기'라는 문자가 주르르 달렸다.

안탈리아로 갈 수 없다는 안타까움보다는 무사히 이스탄불 공항에 도착해 라운지에서 커피를 마시면서 눈 내리는 광경을 즐길 수 있다는 기쁨이 한층 컸다. 이상스럽게도 안달스런 마음이 생기지 않았고, 느긋하게 기다릴 수 있다는 게 신기했다. 그것 역시 여행이 주는 여유로움이었다. 노트북을 꺼내놓고 글을 써야겠다고 생각했다.

노트북을 꺼내려고 가방을 열었을 때 전화기가 툭 하고 떨어졌다. 뭔가 허전하다고 느꼈었는데, 전화기를 손에서 놓고 있었다는 사실을 기억해냈다. 습관이 무섭기는 무서웠다. 전화기를 켜자 막혔던 물이 빠져나가듯 카톡 카카카 카톡 하면서 밀려 있던 문자가 봇물처럼 쏟아졌다.

전화기를 열어 하나씩 확인하기 시작했다. 고등학교 동창 아버님이 돌아가셨다는 동기동창회 부고가 하나 보였다. 두 번째 문자는 모임에서 온 정기산행 안내였다. 세 번째는 잘 도착했냐는 김군의 문자였고, 나머지 하나는 무슨 전시회에 와 이 문자를 보여주면 무료입장을 할 수 있다는 것과 문학회 회원 중 한 사람이 보낸 일정을 무사히 마치고 오라는 인사였다.

차례대로 답장을 보내고 친구에게 연락해 대신 조문하고 부의금을 전달해줄 것을 부탁했다. 마지막으로 카톡으로 그녀에게 전화를 시도했으나 연결이 되지 않아 잘 도착했지만 폭설로 이스탄불공항에 잡혀 있다고 걱정 말라는 문자를 보냈다.

언젠가 모 시인이 말한 어린아이 주먹만한 눈이 연신 떨어지고 있었다. 저런 눈은 보기도 처음이려니와 하늘이 무슨 억울함이 있어서 마구 쏟아붓고 있다는 느낌마저 들게 했다. 혹은 아름다웠다. 어떻게든 표현해 보려고 했지만 해볼 도리가 없었다. 역시 그 시인의 표현이 제일 알맞았다.

아기주먹만한 눈! 좀 더 자세히 보려고 창가로 다가갔으나 그렇다고 더 선명하게 보이지도 않았다. 단지 브리지에 기대 서 있는 비행기 몸체에 달라붙는 눈덩이가 가히 아기주먹만하기는 했다. 아기주먹이 비행기를 한 방 먹이는 장면을 찍어보려고 했지만 쉽지가 않았다. 하늘을 올려다보았다. 흐트러짐이 없는 걸로 봐서 변덕만 부리지 않는다면 곧 그칠 눈은 아니었다.

그때 카톡이 울면서 문자가 도착했음을 알려왔다. 서울 시간으로 밤 열 시를 가리키고 있었다. 그녀의 문자였다.

"ㅋ 잠이 안 와요, 선생님. 거기는 지금 몇 시예요?"

"지금 오후 네 시군요. 엄청나게 큰 눈이 쉴 새 없이 내려요. 이렇게 큰 눈은 처음 봐요. 만약 이게 비였다면 양동이로 쏟아붓는 정도일 거예요.”

“사진으로 찍어 보내주세요.”

“해 보려고 했는데 잘 찍히지가 않아요. 동영상으로 촬영해서 보내볼게요.”

동영상으로 찍을 시간을 주려는 의도인지 카톡이 멈췄다. 창가에 서서 눈이 오는 풍경을 열심히 촬영했다. 자리로 돌아와 촬영한 동영상을 재생시켜 보았다. 그런대로 볼 만했다. 그녀에게 보냈다. 대답은 눈을 하얗게 뒤집어쓰고 계류장에 서 있는 비행기가 목화솜으로 만든 장난감 같다는 말끝에 정말 눈이 오기는 많이 오네요, 하고 덧붙였다.

다행히 날이 그리 춥지 않아 저녁 일곱 시가 되었을 때 눈이 그치고 제설작업이 본격화되면서 활주로가 다시 열렸다. 잠시 후부터 비행기가 이착륙한다는 방송이 나왔다. 사람들은 눈 속에서 기어나온 듯, 막 잠에서 깨어난 듯 몸을 움직이며 웅성대기 시작했다. 세상이 다시 깨어나기 시작했다.

모니터를 쳐다보았지만 아직 안탈리아 행 비행기에 대한 안내는 없었다. 순서대로 띄우다 보니 뒤로 밀린 것 같았다. 향수 냄새를 짙게 풍기며 옆에 앉았던 뚱뚱한 신사가 캐리어를 끌고 어디론가 사라졌다. 그가 사라지자 공항 안 공기가 갑자기 맑아졌다. 안탈리아 행 비행기도 101번 탑승구에서 탑승 수속이 시작된다고 알리고 있었다.

아이는 안탈리아 공항에 나와 기다리고 있다고 문자를 보내왔다. 그곳 날씨는 눈이 부시도록 화창해 오늘 훈련도 정상적으로 소화했고 선수단 분위기도 매우 좋단다. 예정보다 다섯 시간이나 늦은 밤 열 시경이 되어서야 안탈리아 공항에 내렸다. 눈이 내리는 걸로 봐서는 그리 오래 지연된 도착은 아니었다. 밤이 되어 기온이 내려가기는 했지만 지중해 날씨는 온화하기 그지없었다. 별이 반짝거리며 빛나고 있었다.

언제나 그곳 공항에 도착하면 그랬듯이 버릇처럼 숨을 크게 들이쉬며 지중해를 마음껏 들이마셨다. 폐 깊숙이 푸른 바다와 무공해 공기의 상쾌함이 빨려들었다. 아이는 간단하게 그간의 진행상황을 보고했다. 문제는 전혀 없으며, 훈련은 차질 없이 진행되고, 선수단도 만족하고 있다고 했다.

선수단이 묵고 있는 곳은 행정구역상 안탈리아 시이기는 했지만 벨렉Belek이라는 우리로 말하면 읍이나 면 정도에 해당하는 작은 마을이었다. 그곳에는 수십 개의 특급호텔과 터키골프장의 70% 정도가 모여 있는 빼어난 관광지다. 한겨울 온도가 5도에서 20도 사이이니 지내기가 쾌적하고 운동하기에 알맞았다. 이들 호텔은 5월부터 9월까지는 해수욕객으로 붐볐다.

그곳 호텔이 기온이 내려가 해수욕을 할 수 없는 비수기 동안 구상한 영업이 프로축구팀의 유치였고, 그 계획이 적중해 해마다 겨울 동안에 약 1,000개 이상의 국내외 팀이 훈련을 마치고 돌아갔다. 국내에서는 이곳을 처음 전지훈련지로 개발한 것도, 처음 팀을 안내해 데리고 온 것도 나였다. 이곳에서는 유명인사가 되어있었다.

한때는 나를 잡기 위해 많은 호텔들이 나서기도 했지만 그저 한 해에 한두 팀 정도 데리고 온다는 걸 안 이후로는 내 인기도 시들해졌다. 훈련지로 좋기는 하지만 거리가 멀어서 동남아나 일본 등에 비해서는 영업하는 데 다소 애로가 있었다. 그럼에도 불구하고 여전히 매력적인 것은 뛰어난 훈련조건과 기후 그리고 환경에 비해 저렴하고 훌륭한 숙식조건이었다.

전지훈련은 가고 오는 날을 빼고는 보통 3주 정도 일정으로 진행된다. 그 기간이 집을 떠나서 효율적인 훈련을 할 수 있는 적당한 기간으로 인식되고 있는 듯했다. 우리 팀도 일정의 절반을 넘기고 있었다.

그곳에 머무는 동안 가끔 외국선수들이 우리말을 한두 마디씩 하며 다가오기도 했다. 우리나라의 프로팀에서 선수활동을 하는 동안 한솥밥을 먹던 선수를 만나면 반가워 어쩔 줄을 몰라 했다. 아는 사람이라고는 없는 이곳에서 안면이 있는 사람을 만난다면 반가울 것이었다.

한 주에 한두 축씩 오던 비도 올해는 오지 않았다. 기후와 날씨는 훈련하기에 더 없이 좋았고, 동유럽 프로팀들과의 연습경기 성적도 만족스러웠다. 일은 주로 아이가 했으므로 나는 예부터 친해 둔 터키골프장협회 회장이자 스웨노 골프호텔의 지배인인 쿠툴루스와 골프를 치면서 소일했다.

아이에게 이틀 후면 그녀가 도착한다는 사실을 어렵사리 말했지만 아이는 누구냐고 묻지 않았다. 나 역시 그녀에 대해 말하지 않았다. 눈치가 보이기는 했지만 아이는 오히려 신경 쓰지 말고 아버지 일정대로 움직이라고 말했다. 그녀가 오면 한 이틀 정도 머문 후 바로 차를 빌려 관광을 떠나기로 했고, 아이는 막바지에 이른 전지훈련은 자신이 알아서 잘 마무리할 것이니 걱정 말라했다.

숙소를 쿠툴루스가 근무하는 스웨노Sueno 골프호텔로 정하고 그리로 짐을 옮겼다. 선수단과는 여행을 떠났다가 바로 귀국할 것이라고 작별 인사를 미리 해두었다. L감독은 이제 사업은 아드님한테 넘겨주고 여행이나 다니시라며 인사를 건넸다.

이틀 후, 그녀가 도착할 시간에 차를 몰아 공항으로 나갔다. 그녀는 겁을 먹기는 했지만 일러준 대로 이스탄불 국제선 터미널을 빠져나와 무사히 국내선으로 이동해 안탈리아 행 비행기에 올랐다. 이럴 때는 손전화가 유용했다. 전화기를 켠 채로 통화하면서 실시간으로 움직임을 유도했다.

문제는 안탈리아 공항에서였다. 국제선으로 터키에 입국해 이스탄불에서 국내선으로 비행기를 갈아탄 손님들의 짐은 국제선 터미널로 나오는 데 반해, 비행기에서 내려 무심코 사람들을 따라 나오다보면 국내선 터미널로 향하기 일쑤다. 비행기에는 국제선 환승객과 국내선 손님이 동승하기 때문이다.

기내방송을 하고 항공사 직원이 국제선 손님은 셔틀버스를 타라고 안내하지만 자칫 언어에 서투르면 우르르 몰려나오는 국내선 승객을 따라 국내선으로 나오기 십상이다. 걱정이 돼 단단히 일러두기도 했거니와 만약의 경우에 대비해 아이에게는 국내선 터미널에서 기다리라고 해두고 전화기에 온 신경을 집중하고 있었다.

승객들이 나오기 시작했지만 그녀의 모습은 눈에 띄지 않았다. 전화기도 열려 있지 않았다. 삼십 분쯤 지났을 때 그녀가 나타났다. 아이에게 전화해 도착했으니 국제선 터미널로 오라고 했다. 아이는 차를 몰아 채 십 분도 되지 않아 나타났다. 시계가 오후 여섯 시를 가리키고 있었다. 왜 전화기를 켜두지 않았느냐는 물음에는 놀래주려 했다며 그 정도는 저도 해요, 라고 의기양양하게 말했다.

아이에게 그녀를 소개시키고 호텔로 돌아왔다. 공항에서 호텔로 오는 동안은 마음이 불편했다. 아이라도 무슨 말이건 했으면 했지만 그날 따라 입을 굳게 다물고 있었다. 나 역시 무슨 말인가 해 보려고 여러 번 시도했지만 그것도 눈치가 보여 그만두었다. 아이가 잠시 로비에서 기다리는 동안 우리는 방에 올라가 짐만 들여놓고 내려와 차를 한 잔 했다.

다행히 그녀가 분위기를 주도하며 대화를 이끌었다. 그녀는 무용담처럼 들떠서 말했지만 우리는 다 아는 이야기여서 웃으며 건성 들었다. 대부분 영어를 잘 알아듣지 못해 몹시 어려움을 겪었다는 이야기였다. 그녀와 아이는 서먹서먹해했지만, 나는 눈치를 보며 애써 태연한 척했다. 그렇지만 어색함은 초면에서 오는 것일 뿐 걱정했던 것처럼 다른 의도를 가지고 그러는 것이 아니라는 걸 곧 눈치 챌 수 있었다. 그녀도 아무 문제없다는 듯 자신이 본 것과 느낀 것을 솔직히 이야기하는 통에 분위기는 자연스러웠다. 특별히 아이를 의식하지 않아 오히려 아이가 의아했을 법도 했다. 휴, 하고 한숨이 절로 나왔다. 슬쩍 고개를 돌려 가끔 한숨을 뱉어냈다. 그녀는 간간히 주위를 돌아보기도 하고 밖을 내다보며 익숙해지려고 노력하고 있었다.

아이는 별일 없으면 돌아가겠다고 양해를 구하고 숙소까지 데려다 달랬다. 이곳 특징 중 하나는 어느 호텔에서건 목적지 호텔이나 골프장까지 모두 십 분 이내로 갈 수 있다는 점이다. 호텔 로비에서 바닷가는 걸어서 오 분 거리 안에 있었다. 모든 시설이 집중되어 있었지만 해송숲이 울창해 눈에 들어오지는 않았다.

그녀도 함께 아이의 숙소까지 다녀올 작정으로 차에 올랐다. 호텔 로비에서 아이를 내려주고는 바로 호텔로 돌아왔다. 그녀는 비행기에서 먹은 샌드위치가 소화가 안 된다며 저녁은 안 먹겠다고 했다. 작은 연못이 불빛에 반짝이는 열여덟 번째 그린이 보이는 테이블에 앉아 차를 한 잔 마셨다. 종업원은 친절했다. 특별히 잘 대접하라는 쿠툴루스의 지시가 있었던 듯했다.

방은 스위트였고 한 자 정도의 높낮이가 있는 이중구조에 아래위로 침대가 놓여 있었다. 윗부분에 있는 침대는 더블베드였고 아래층에는 싱글베드와 응접세트가 함께 놓여 있었다. 그녀에게 위에서 자라고 하고 나는 아래 침대로 내려왔다. 아래위층 사이에는 비교적 높은 수납장이 놓여 있어서 누우면 서로 볼 수는 없었다. 그녀는 샤워를 했으면 좋겠다고 했고, 나는 책을 볼 테니 마음껏 샤워를 즐기라고 했다.

아침 햇살이 창문으로 쏟아져 들어오고 있었다. 그녀가 샤워하는 중에 잠이 들어 아침까지 내처 자고 말았다. 그녀는 이미 일어나 나갔는지 보이지 않았다. 근자에 들어 시차를 극복하는데도 많은 시간이 걸릴 뿐만 아니라 잠을 자고 일어나도 썩 개운하지 않았다. 이곳에 온 지 일주일이 넘어가는데도 여전히 시차에 시달리고 있는 것이 그 증거였다. 대충 씻고 자리를 정리하고 있을 때 그녀가 들어왔다.

"길 잃어버리면 어쩌려고 막 나다녀."

고향에 있을 때보다 말도 편해졌고 행동도 자유로워졌다. 아무래도 이곳에서는 내가 주장이라는 생각이 그렇게 하게 했음이 틀림없었다.

“웬 잠을 그렇게 정신없이 주무세요? 깨울까 하다가 하도 맛있게 주무셔서 안 깨웠어요.”

“입 벌리고 자는 것 다 보았겠네. 근데 어딜 갔다 오셨나?”

“다 보았죠. 근처를 걸었어요. 너무 좋네요. 딴 건 다 좋은데 말을 시킬까봐 겁이 났어요.”

“말 시키면 대답하면 되잖아.”

“호호호, 그러면 얼마나 좋겠어요.”

“아니, 국제도시의 국장님이 영어를 못한다면 누가 믿겠어. 나도 못 믿겠네.”

“놀리지 마세요. 그렇지 않아도 사람을 만나면 말 시킬까봐 딴전피우다가 왔는데 선생님마저 왜 그러세요. 이슬이 내려앉은 풀숲을 본 것도 오랜만예요. 어쩜 부겐베리아 나무가 그렇게 커요. 화분에서만 보다가 야생에서 보니 넌 참 좋겠구나 하는 생각이 들었어요.”

“사람 오면 꽃 냄새 맡는 척했어? 오늘 산책은 만점짜리네. 밥이나 먹으러 갑시다. 배 안 고파요? 그나저나 식사가 입에 맞으려나 모르겠네.”

“저 아무 거나 잘 먹어요.”

“그건 국제도시 국장님답네.”

우리는 웃으며 방을 나서 엘리베이터를 타고 일층 식당으로 향했다. 사람을 만나거든 얼굴을 돌리지 말고 그냥 웃으라고 말했다. 그녀는 씩 웃으며 이렇게요, 라고 장난을 쳤다. 생각보다는 명랑하고 위트가 있었다. 손을 잡을까 하다가 그만두었다. 그녀는 장미꽃이 그려져 있는 흰 원피스에 짧은 바이올렛 카디건을 입고 있었다. 아주 안 어울리는 것은 아니지만 아무래도 골프텔에서 입기에는 좀 튄다는 느낌이 들었다.

고심하고 고심해 골라 입은 옷이겠지만 처음 가는 곳이 다 그렇듯이 쉽사리 동화하지 못하는 것처럼 옷도 그랬다. 카페에 올 때 입고 오던 캐주얼한 옷차림이 차라리 나았다. 그렇지만 키가 훤칠해 우아하게 보였다. 그곳이 골프텔이라는 걸 미리 말해두지 않은 나에게 책임이 있었다. 그걸 알아챘는지 내일부터는 청바지 차림으로 다녀야겠다고 말했다. 누구나 정장을 하는 저녁식사 자리에서는 지금 그 옷이 더 잘 어울린다고 귀띔했고, 그녀는 알았다고 고개를 끄덕였다.

식당에는 여러 나라 사람들로 붐비고 있었다. 우리는 자리를 정해놓은 후 접시를 들고 음식 테이블로 갔다. 그녀는 뒤를 따르면서 감탄을 연발했다. 굉장히 비싸겠다고 말했다.

"내가 뭐랬어. 한 일억쯤 준비해야 한다고 했잖아."

"굉장하네요."

"전에도 말했지만 터키 음식이 세계 삼대 음식 중 하나야. 가짓수도 많고 맛도 다양해. 약간 다르기는 하지만 동서양의 음식이 다 있어서 세계 어느 나라 사람이 와도 걱정할 것이 없지. 동로마제국 음식과 오스만 트루크 음식이 어우러져서 생겨난 것이겠지? 절임 음식이 좀 짜기는 하지만 우리가 먹기에도 괜찮아. 트라브존이라는 시에 가면 우리 젓갈 같은 것도 있어."

"정말 그렇겠어요."

"일단 조금씩만 맛을 보시라고. 입에 맞으면 더 먹으면 되니까. 시간도 많으니까 끝까지 즐겨보자고."

"알았어요. 먹는 데는 우리 양보 안 하니까 까짓것, 한번 해 보죠 뭐."

웨이터가 와서 음료수는 뭘 드실 것이냐고 물었다. 주문할 것을 정해 놓고 있었지만 그녀에게 예의상 물었다.

"선생님은 뭘 드실 거예요? 저도 같은 걸로 할게요."

"정말이지. 나중에 딴 소리하면 안 돼."

"뭔데요? 이상한 건 아니죠?"

"아냐. 괜히 촌사람에게 공갈 좀 쳐봤지."

아이란 두 잔을 주문했다.

"뭘 주문하신 거예요?"

"아아~, 그거 양젖으로 만든 일종의 요구르트야, 아이란이라는. 소화도 잘 되고 속도 편해. 한번 마셔봐. 좋다고 할 걸."

"저야 모르니 선생님이 추천해주세요."

"그러다 이상한 것 먹이면 어쩌려고."

"죽기밖에 더 하겠어요."

"죽음을 우습게 아는군 그래."

"피할 수 없으니까 친하게 지내야지요."

"피할 수 없다? 그거 좋은 생각인데."

"선생님은 죽음이 두려우세요?"

"두렵기는 뭘. 죽기밖에 더 하겠어?"

동의한다는 표시로 손을 내밀어 하이파이브를 청했다. 우리는 손을 들어 손바닥을 마주쳤다. 용하게도 손바닥이 잘 맞아 소리가 크게 났다. 주위 사람들이 우리를 보고 엄지손가락을 추켜세우며 뭔지 모르지만 축하한다는 웃음을 보냈다. 처음부터 옷차림도 심상치 않은데다 하는 짓도 이상스러워 저 사람들 어제 밤에 좋은 일이 있었나보다고 생각하는 것 같기도 했다. 그들에게 고개를 숙여 죄송하다고 목례를 보냈고, 그녀는 생각지도 않았던 상황에 입을 가리며 놀란 표정을 지었다.

"저 사람들 왜 그래요?"

"글쎄, 내가 보기에는 우리가 하는 행동이 뭔가 좋아보였나 보지. 뭔지는 모르지만 자기들도 우리 의견에 동의한다거나 축하한다는 표시 같아. 자신들 일이 아니더라도 누군가가 그들끼리 의견이 맞아 만족해하면 곁의 사람도 좋잖아. 저 사람들도 마찬가지 경우겠지, 뭐. 마음에 안 들었더라면 무관심했을 걸. 어쨌든 오늘은 우리가 베스트 커플이야."

한 접시를 다 비운 그녀는 이해가 간다는 듯 고개를 끄덕이고는 일어나 음식을 가지러 갔고, 나는 커피를 한 잔 들고 돌아왔다. 음식을 가져온 그녀는 그만 드실 거냐고 물었다. 돈이 모자라 더 이상 못 먹겠다고 농담을 건넸다. 그녀는 아이란이 생각보다 고소하다고 말했다.

"선생님, 아침 먹고 우리 뭐해요?"

"뭘하다니? 그런 질문이 어디 있어. 관광객답게 관광에 나서는 거지. 일단 안탈리아 시내에 가자고. 그곳에서 서성거리다가 시내에서 점심 먹고 몇 군데 들렀다가 오면 저녁 먹을 때쯤 될 거야. 지금 정도면 날씨는 관광하기에는 환상적이네. 뭐든 중심에는 식사가 있군. 하기야 먹고 살자고 하는 짓이니까. 우리 같은 소인에게 눈이 호사하고 입이 만족하면 더 바랄 게 뭐 있겠어. 김군 좋은 계획 있으면 말해봐. "

"으~음, 오늘은 일단 선생님께 맡길게요. 하시는 것 봐서 내일부터는 제가 스케줄을 짤 것이니 그리 알고 잘하세요."

"예, 손님. 알아 모시겠습니다."

"근데, 선생님 팔짱 끼면 안 되나요?"

"안 될 건 없지만 혹시 아는 사람 만나면 피차 입장이 곤란해지지 않을까? 이건 비밀인데 여기에서는 팔짱을 안 끼면 이상하게 보기는 해."

"막 가는 거죠, 뭐. 제가 공무원생활 하다보니까 워낙 바쁘게 살아서 아는 사람이 우리 동네 말고는 별로 없기는 해요. 아무 걱정 마세요. 음, 혹시 만나면 애인이라고 하죠 뭐. 이 나이에 뭐가 어때요?"

"내 나이가 어때서? 막 나가는 나인가?"

"까짓것 막 나가보죠, 뭐."

"하기는 죽기밖에 더 할까."

그녀는 까르르 웃었다. 눈에는 만족함과 행복감이 넘쳐보였다. 방으로 돌아와 소지품을 챙겨 다시 로비로 내려왔다. 로비에는 화려한 옷차림의 골퍼들이 하나같이 들뜬 채로 분주하게 움직이고 있었다. 골프는 참 좋은 운동이다.

삼십 년을 쳤지만 지금도 골프 치자고 하면 설렘이 먼저 와 마치 소풍 가는 학생처럼 밤잠을 설치기도 한다. 부끄러운 이야기지만 한잠도 못 자고 필드에 나간 적도 있었다. 나만 설렘으로 잠을 못 이루는 줄 알았는데 친구들의 말을 들어보니 생각보다 많은 사람들이 그렇다고 했다. 친구 중 누군가가 말했다. '이건 신이 내린 운동이야!'

저 사람들은 좋겠다고 했다. 그녀는 그게 무슨 말이냐고 물었고, 골프의 매력에 대해 잠시 설명했다. 골프를 칠 줄은 모르지만 그 매력에 대해서는 익히 들은 바가 있고, 남자들은 만나면 골프 이야기만 한다며 나에게 골프 칠 줄 아느냐고 물었다. 김군이 오기 전에 이 호텔 사장과 여러 번 운동을 했다고 대답했다.

제4장 … 아름다운 지중해, 안탈리아!

어쩌면 나는 속죄하고 있는지도 모른다.
건방 떨고 으스대는 인간들의 오만함에 대해서.

차를 몰아 안탈리아 시내로 나왔다. 시내로 나오는 길가로는 레몬농장과 오렌지농장이 지천이었다. 지금이 제철이라 나무는 노랗거나 주황색 열매를 매달고 밭을 구분해주고 있었다.

시내는 한산했다. 처음 이곳에 왔던 2000년도 초만 하더라도 한국인은 말할 것도 없고 동양인을 만나기도 어려웠다. 지금은 몇 발자국 못 가 만나는 것이 한국 사람이다. 한동안은 대부분 단체관광객들로 붐볐지만 지금은 젊은이들끼리거나 가족끼리 오는 소규모 단위의 관광객들이 부쩍 늘었다. 우리나라도 느린 관광을 할 만큼 수준이 높아졌다는 반증이었다. 나는 가끔 어깨를 으쓱하고는 하는데 모두들 영어도 잘하고 역사에도 밝아 선진국으로 손색이 없음을 느낄 때가 그랬다.

위도로도 37도 상에 우리나라와 같이 위치해 있어서 기후나 자연 경관이 비슷하다. 산이 만들어진 과정이 우리와 달라 생김새가 다르지만 산 아래 숲을 이루고 있는 것은 주로 소나무였다. 가을이면 가을, 봄이면 봄 우리의 그것과 조금도 다르지 않았다. 아마 그런 것들이 두 나라 사람들을 더욱 친근하게 했는지 몰라도 그보다는 같은 피가 흐르고 있다는 것이 알게 모르게 우리를 가깝게 하고 있다. 실제 터키 중고교 과정 역사 교과서에는 터키와 대한민국은 '핏줄이 같은 형제의 나라'라고 설명하고 있다고 한다.

아드리안 문을 지나 구도시를 가로질러 바닷가로 나갔다. 2,000년 전의 도시라고 보기에는 너무 잘 보존되어 있었다. 그때 그 모습이기야 하겠느냐마는 그래도 보수에 보수를 거듭하면서 이렇게 전해져 내려왔다는 것이 놀라웠다.

우리는 절 말고는 보존을 위해 비워놓는 것이 보통인데 이들은 지금도 그곳에서 자손들이 살고 있다. 건물을 보존하는 데는 내처 사용하는 것이 효과적인 관리법이라는 생각이 들었다.

지중해가 내려다보이는 바닷가 찻집에서 그녀는 오렌지 주스를 나는 차이Çay를 한 잔 마셨다. 해는 머리에서 빛나고 쥐눈 같은 올리브 열매는 햇살에 반짝거렸다. 뭐든 햇살이 닿는 것은 빛이 났다. 예나 지금이나 변하지 않은 것이 있다면 축복처럼 내려오는 저 햇빛일 테다. 이 다음에 쥐가 멸종이 된다면 우리는 아이에게 쥐를 설명하면서 안탈리아 항구의 잘 익은 2월의 검은 올리브를 보여주면 좋을 것이라 생각했다.

등이 검고 배가 흰 고양이 한 마리가 지붕에 앉아 햇볕을 쬐며 졸고 있었다. 오래 전에 저 고양이의 할아버지의 할아버지 고양이도 거기 그렇게 앉아서 졸고 있었을 것이다. 지중해 쪽에서 불어온 바람이 고양이의 털을 간질였다. 슬며시 눈을 떴다가는 다시 눈을 감고는 발을 끌어다 턱을 괸다. 한가롭다. 고양이를 몹시 좋아하는 딸아이가 생각났다. 언젠가 사진을 찍어 보내자 한 자루만 담아오라고 했을 정도로 고양이 열혈 팬이다. 중국 유학시절에는 고양이를 데리고 귀국한 적도 있었다.

섬 하나 없는 지중해는 온화했다. 곱게 늙은 여인의 잔주름 같은 가느다란 윤슬이 온 바다를 뒤덮고 있었다. 윤슬은 여인의 귀밑머리처럼 살랑거리며 연신 무늬를 그려냈다. 종업원이 다가와 차이를 한 잔 더 하겠느냐고 물었고 나는 그만 마시겠다고 했다. 그 바람에 오전의 한가한 사색이 깨지고 말았다. 그녀는 리필도 해주느냐고 물었다. 그럴 리가 있나, 이것도 장사인데. 그녀의 눈을 쳐다보며 웃었다. 그녀의 눈이 지중해의 물속처럼 깊어져 있었다.

차 삯을 지불하고 구시가지 사이로 난 골목길을 걸어 바닷가로 향했다. 세상에 태어나 처음으로 느껴보는 한가함이라니! 한 걸음 한 걸음 흐느적거리며 걸었다. 빨리 걸을 이유도 없었다. 길 양편으로는 관광상품을 파는 가게들이 들어서 있고, 상인들은 의자에 앉아 벌써부터 졸고, 장사꾼들이 리어카 위에 군밤이나 땅콩과 같은 주전부리들을 수북이 올려놓고 팔고 있었다. 오징어 굽는 냄새만 있다면 우리네 모습과 조금도 다르지 않았다.

냉정하게 말하면 우리는 로마 거리를 걷고 있었다. 지금이야 이곳이 터키이지만 우리가 보는 건물들은 로마시대의 건물이 아닌가. 아무래도 저 건물에서는 로마 검투사가 가슴이 풍만한 여인의 배웅을 받으며 나와야 마땅했다. 그들이 모두 로마로 돌아간 지금 이곳에는 사실 이방인이 살고 있는 것이다. 역사는 흐르면서 뒤바뀌기도 한다. 원래 주인이 약도를 들고 집을 찾으러 올지도 모른다는 생각이 문득 들었다. 역사는 승리한 자의 것이 아니라 살아남은 자의 것이다.

아나톨리아 반도는 이미 기원전 1600년 이전 히타이트 족이 제국을 건설한 역사가 오랜 땅이다. 그 후 흥망성쇠를 거치면서 기원전 5,6세기경에 페르시아왕국의 지배를 받았다. 기원전 334년에 알렉산더 대왕이 정복을 하고, 기원전 1세기경 동로마제국이 그 나라를 이어받음으로서 로마 문화가 꽃을 피웠다. 이미 비잔티움이 콘스탄티노플로 다시 이스탄불로 개명한 것은 다 아는 이야기지만 그 이름만으로도 오늘날 이스탄불의 번성을 짐작하게 한다.

이렇게 발달하고 번성한 문화와 역사는 물론이고 그 부산물로 유적까지 얻은 것이 1299년 개국한 오스만제국의 아나톨리아 반도 통일이다. 그 후 1453년 동로마제국의 영토였던 사실상의 유럽을 통일한 오스만 터키제국은 터키가 공화국으로 다시 태어나던 1922년까지 약 500년 가까이 오스만 트루크라 불리며 부침을 반복하며 영화를 누렸다.

시간만 흘렀을 뿐 사는 모습이야 천 년 전이나 지금이나 다를 게 무엇일까. 사람들은 시간에 덜미를 잡힌 채 죽음을 향해 갔을 것이다. 우리도 목덜미를 잡혀 발버둥치고 있지만 꼼짝없이 끌려가고 있지 않은가. 그러다 내동댕이쳐지면 그만인 것이다. 무엇을 하건 모두 죽음을 향한 일이다. 마치 건강을 위해 좋은 음식을 먹고, 운동을 하고, 병원에

가 열심히 치료를 하지만 끝내 죽음에 이르고 만다는 것을 잊고 사는 건 아닌지 모른다. 우리도 그 길 위에 서 있다.

그녀를 슬쩍 쳐다보았다. 그녀는 두리번거리며 낯선 지중해변의 2,000년도 더 된 고도의 거리를 즐기고 있었다. 나의 사치스런 역사에의 몰입과는 상관없이 들떠 있는 듯 보였다. 눈이 마주치자 싱긋 웃어 보이며 내 팔을 꽉 잡았는데 만족스럽다는 표시였다.

이상스러웠다. 젊은 시절에도 연애를 하면서 팔짱을 끼고 걷고는 했지만 오늘처럼 마음이 한가로운 적은 없었다. 아니, 결혼한 후 아내와 함께 팔짱을 끼고 걸었어도 오늘과 같지는 않았다. 그 까닭을 알 수가 없었다. 슬며시 그녀를 내려다보았지만 언제나 내가 보았던 여인 그 이상 그 이하도 아니었다. 그렇다고 특별히 사랑한다거나, 사랑을 고백했다거나 하는 애틋한 사이도 아니지 않은가. 뭐라고 표현을 해야 할까? 무작정 좋았다. 몽환적인 분위기가 그녀로부터 피어올랐다.

방파제에는 낚시하는 사람들과 구경꾼들이 모여 있었다. 그저 심심풀이일 뿐 낚시꾼도 전문적이지 않았고, 그리 큰 고기도 잡히지 않았다. 이곳은 생선비린내가 없는 항구다. 고기가 없다는 말인데 따라서 어시장이 형성되어 있지 않았다. 그래도 항구라고 하면 어부들과 고깃배가 있어야 제격인데 그런 모습은 찾아볼 수가 없었다.

자연산 광어도 팔고, 오징어도 팔며, 건어물로 가득찬 가게와 관광객으로 붐비는 우리네 항구와는 달랐다. 회 한 접시 먹고 가라는 안탈리아의 구수한 사투리도 들을 수 없다. 겨우 들을 수 있는 말이 '꼬레'라든가 '케밥'이라든가 하는 호객하는 소리뿐이었다. 구태여 말하자면, 여보시오, 돈 많은 한국 분들 돈 좀 쓰고 가시오, 라고 말하고 있었다. 삶에 덕지덕지 앉은 고단함과 지친 모습만을 그들에게서 볼 수 있었지만 여전히 그들을 품고 있는 항구는 아름다웠다.

항구에는 부자들의 요트와 관광객을 태우고 한 시간 정도의 일정으로 안탈리아 항구 밖 바다를 돌아오는 유람선만 정박해 있었다. 이곳에 와서 갓 잡아온 생선요리라도 먹겠다고 한다면 그건 큰 오산이다. 생선요리를 하는 식당이 없었다. 이 항구에 대해 잠시 설명하려고 고개를 돌렸을 때 그녀는 급히 하품을 멈추고 손으로 입을 막았다.

"피곤한가 보군. 김군, 종교 있어?"

"왜 하필이면 지금 돌아보세요. 저 성당 다녀요. 왜요?"

그녀는 급히 하품을 멈추며 말했다.

"아, 혹시 버가라는 이름 들어보았나?"

"버가, 버가? 아, 밤빌리아의 버가 말이죠."

"지금 우리가 있는 곳이 밤빌리아의 앗달리아 항구야. 요새 말로 하면 안탈리아지. 사도행전 13장 4절에 보면 사도 바울이 전도 여행을 하는데, 그 양반이 첫 번째로 택한 전도 여행지가 바로 버가잖아. 여기가 앗달리아라는 곳으로서 버가로 가는 배후 항구였지. 버가가 기원전 2세기경의 도시라니까 무척 오래된 도시지. 유적이 볼 만해. 중요한 것들은 이따가 들르게 될 안탈리아 박물관으로 옮겨져 있어. 요새는 버가를 페르게Perge라고 부르는데 그곳 어떠면 김군이 서 있는 그 자리가 바울 선생이 서 계시던 자리인지도 모르지. 저기 바다 좀 봐. 배 보여?"

그녀는 발밑을 내려다보고는 주위를 들러보았다.

"배가 어디 있어요?"

"저기 저 끝 수평선 위에 배 한 척 안 보여?"

"전 안 보여요."

바다 쪽을 가리키자 터키 여인이 멈춰 서서 그곳을 쳐다보다 아무것도 보이지 않자 뭘 보라고 손가락질을 하냐는 듯 우리를 흘낏 보고는 웃으며 지나갔다.

"그래. 김군은 아직 믿음이 부족하구먼. 내 눈에는 사도 바울을 태운 범선 한 척이 이리로 오고 있는 게 보이는데. 저 배가 안 보인단 말이야?"

"에이, 선생님도. 난 또 뭐라고요. 하기는 대충 교인이죠, 뭐. 아, 이제 보여요. 호호."

"이 항구가 그런 유서 깊은 항구야. 안디옥Antioch 출신인 사도 바울이 그곳을 떠나 배로 처음 전도 여행을 온 곳이 이곳이거든. 물론 이곳이 전도 여행의 최종 목적지는 아니었다고 하지. 난 종교가 없지만 역사적 사실은 믿지. 흰 수염을 늘어뜨린 선생의 모습이 보이는 것 같아. 참, 바울 선생이 수염이 있었나?"

"글쎄요. 아마 있었던 것 같아요. 있었어요. 지팡이도 짚고요. 안디옥도 터키 땅인가요?"

"그렇지. 지금은 아시 강 하구에 있는 하타이 주의 중심 도시지. 원래는 그리스 사람들이 건설한 도시지만 BC 64년경 로마의 지배를 받다가 1517년부터 오스만 터키의 지배를 받고 있지. 알다시피 사도 바울 선생의 전도 근거지야. 로마, 알렉산드리아와 함께 당시 삼대 도시 중 하나였다지. '동양의 여왕'이니 '동양의 왕관'이니 이렇게 불렸다니까 무척 아름답고 큰 도시였나 봐.

안디옥 기독교인들이 처음으로 영광스럽게도 크리스천이란 이름을 듣게 된 최초의 사람들이래. 하여간 누군가가 이름을 지어 부른다는 건 의미도 있지만 뭔가 그럴 만한 개연성이 있었던 거겠지. 예를 들면 박해를 받기 시작했다던가, 그렇게 이름을 지어 부를 만큼 영광된 사람들이었다던가.

나중에 돌아보면 알겠지만 이 해안가 전체가 로마 유적지야. 그러니까 대부분이 로마시대의 도시라는 것이고, 그리 따지면 다 기원전에 만들어진 도시들이라는 거지. 이곳이 성서에는 밤빌리아로 역사에는 팜필리아로 불리던 곳이야. 조선 초에 오스만 터키가 동로마제국을 멸망시키고 아나톨리아 반도의 주인이 되었으니까 그 전에는 로마 땅이었고, 문화도 그쪽 문화지 뭐야.

그런데 아나톨리아 고원지대인 비시디아Pisidia에도 안디옥이 있어. 그곳에 사도 바울 선생의 기념 교회가 있지. 선생이 그곳에까지 가 전도를 했다고 해. 그곳이 전도 여행의 목적지 중 하나였다고 하지, 아마. 비시디아에 있는 안디옥은 나중에 가게 될 파묵칼레의 라오디게아에서 가까운 쪽에 있는 도시고, 지금 내가 말하는 안디옥은 예루살렘에서 약 500킬로미터 떨어진 수리아에 있는 곳이지."

"어떻게 그렇게 잘 아세요? 우리 거기도 가요?"

"아니 너무 멀어서 못 가. 책에 있는 것도 모르면 안 되지. 궁금하니까 책을 읽어보기도 하고 인터넷을 뒤적여본 거지 뭐. 아무튼 이곳이

교통의 중심지야. 여기가 에베소라(셀주크)든가 서머나(이즈미르) 등으로 가는 길목 즉 교통의 요충지였거든."

"선생님, 관광가이드 하세요."

"지금 하고 있잖아."

"아뇨. 아예 그 길로 나서시라고요."

"싫어, 공부하는 게 세상에서 제일 싫은데, 이거 하려면 얼마나 공부를 많이 해야 하는데 그래."

"지금 아는 정도만 가지고도 될 것 같은데요."

"날로 먹겠다는 거지."

"그건 그렇고. 이 성벽 좀 봐. 보면 알겠지만 양쪽 해변으로는 천혜의 절벽이고 이곳만 성벽을 쌓아올렸잖아. 저 위에 있는 집들도 다 이천 년 혹은 천 년 이상 된 것들일 거야. 아까 지나오면서 본 집들이야. 배를 타고 항구를 한 바퀴 돌아보았으면 좋겠는데 배멀미를 해서 싫어."

"저도 싫어요. 그냥 다른 곳으로 가요."

안탈리아의 대표적 유적 중 하나인 모스크 첨탑인 이블리 미나레Yivli Minare가 있는 언덕을 따라 시계탑 광장으로 올라왔다. 이 사원은 오스만 터키가 반도를 통일한 후인 13세기경에 동로마제국의 대표적인 도시였던 이곳에 건축한 것이다. 동로마제국이 그 힘을 잃고 망하자 기다렸다는 듯이 이 사원을 세웠다. 이스탄불의 대표적 회교 사원인 블루모스크보다 약 150년 정도 앞서서 세워졌으니 아마도 아나톨리아 반도를 통일한 기념물이라고 봐도 될 것이었다. 그 즈음 이곳은 이미 중앙정부의 통제에서 벗어나 이슬람의 지배에 들어가 있었거나 더 이상 동로마제국의 힘이 미치지 않는 도시였는지도 모른다.

광장에서 내려다보는 지중해는 여전히 여유 있고 온화한 자태를 뽐내고 있었다. 강한 햇살에 선글라스를 쓰지 않은 사람들은 손으로 차양막을 만들기도 했고, 모두 짜증스럽다는 듯 얼굴을 찡그리고 있었다. 그러나 누구든 지중해의 자애로운 모습과 끝없이 펼쳐지는 망망대해를 보지 않고는 그곳을 지나칠 수는 없었다.

만약 안탈리아가 아름다운 도시로 명성을 날리게 된 이유를 꼽으라면 지중해의 고운 물결과 잉크 빛 색깔로 시작해서 옥색으로 끝나는 바다, 그리고 눈을 뜰 수 없게 하는 햇빛도 한몫했을 것이다. 시계탑 광장 벽 쪽으로 여나문 마리의 고양이들이 첨탑을 향해 일제히 고개를 숙이고 졸고 있는 모습이 기도하고 있는 모습으로 보였다.

"저것 봐. 여기는 고양이도 모스크 주변에서는 기도를 해."

"재미있네요. 꼭 정말 기도하는 것처럼 보여요."

"믿음이 저 정도는 돼야지."

지중해는 이처럼 온화하고 조용하다가도 갑작스레 큰 물결을 일으키며 포효할 때는 그 모습을 찾아보기 어렵다. 이곳 사람들과 사귀다보면 그런 모습을 종종 발견하고는 하는데, 지중해를 닮았기 때문이라는 생각이 든다. 그럴 때는 환경이 인간을 지배한다든가, 버릇은 제2의 천성이라는 말을 곧잘 지었다는 생각이 들기도 한다. 오히려 저렇게 온화하고 조용할 때가 더 불안하다.

이백여 m쯤 떨어진 중심가에 있는 노천식당을 향해 걸었다. 이곳에 오면 한번씩 들러서 이들의 전통음식인 케밥을 즐겨 먹는 곳이다. 나는 양고기 케밥을 그녀는 닭고기 케밥을 시켰다. 그들은 무게로 달아서 팔았다. 150그램짜리 제일 적은 양을 주문했다. 바람이 없고 오늘처럼 해가 나는 날은 이곳에 앉아서 즐기는 점심이 운치가 있다. 그녀는 몹시 즐거워했고, 가이드의 설명이 훌륭해 더 좋다고 말했다. 그녀는 마주 앉기보다는 내 곁에 앉기를 더 좋아했다.

"모두 관광객들인가 봐."

"선생님이 그걸 어떻게 아세요?"

"걸음걸이가 모두 한가하잖아."

"걸음걸이로 어떻게 알아요."

"서울 가봐. 모두 얼마나 바쁜가. 식당에 들어가면 왜 밥 빨리 안 주느냐고 하고, 먹고 나서는 한 나절 앉아서 노닥거리고, 밖으로 나가서는 바쁜 사람 모양 잰걸음으로 걷잖아. 그리고 회사에 가서는 커피 한 잔 뽑아다놓고 한 나절씩 또 노닥거리고 말이야. 저 사람들은 할 일 없는 사람이니 산천경계 구경 다 하고 천천히 걷고, 그러니 관광객이지 뭐."

"선생님, 우리도 관광객의 물결에 휩쓸려 볼까요?"

"그럽시다. 편해서 좋기는 한데 가만히 앉아 있으니 잠이 살살 오네."

점심은 그런대로 만족스러웠다. 어차피 여행하면서 먹는 음식도 관광상품 중 하나다. 맛도 느껴보고 전통음식을 두루 즐겨보는 것으로 알면 그만이다. 그게 아니라면 햄버거나 대중화된 경양식을 먹는 것이 좋다. 재래시장을 둘러보고 안탈리아 박물관으로 가기로 했다.

우리는 철저하게 체험관광을 하자고 했다. 재래시장은 우리네 전통

시장과 크게 다를 바 없지만, 관광객을 위해 유명 브랜드 상품을 팔고 있었는데 거의가 모조품이었다. 햄버거조차도 돼지고기 즉 햄이 들어가지 않은 모조품(?)이다. 쇼핑은 제쳐두고 그저 둘러보는 정도였다. 뭐가 터키 것일까? 향신료, 전통 복장, 터키 음식이나 그들의 전통 과자류 등이 고작이었다. 길거리에는 오후가 되면서 사람이 늘어나 붐볐다.

길을 혼동하기는 했지만 박물관을 찾는 것은 그리 어렵지 않았다. 입장료가 많이 올라 있었다. 이곳을 보지 않고는 안탈리아에 다녀왔다고 할 수 없을 정도로서 주로 인근 고대도시인 버가, 즉 페르게Perge에서 발굴된 유물과 그곳에 있었던 조각품들이 옮겨져 있는데 가히 장관이었다. 그녀에게 아무 거나 느끼는 게 있으면 말해 보라고 했다.

"글쎄요. 뭘 묻는 것인지 몰라도 참 대단하네요. 아름답기도 하고요."

"바로 그거야. 우리는 인공위성을 달에 보내고, 밖에서도 버튼 하나만 누르면 밥이 되고 빨래도 되는 세상에 살고 있지. 그뿐인가. 전화기 하나면 세상 돌아가는 걸 한눈에 실시간으로 볼 수도 있잖아. 그런데 여기 전시된 장신구나 조각품을 보면 몇 천 년도 더 지난 지금 뭐가 그리 발전했다고 하는지 이해가 되지 않아. 카파도키아에 가면 다시 한번 같은 말을 하겠지만 이건 비아냥거리는 게 아니라 정말로 놀라서 하는 말이야.

내 느낌으로는 발전했다는 게 걸음걸이로 치자면 수천 년 전보다 단 반 발자국도 앞으로 나가지 못한 것 같아. 현대의 어느 조각가가 저보다 더 아름다운 조각품을 만들 수 있겠어. 어느 금세공가가 저 귀걸이보다 예쁘고 정교하게 장신구를 가공할 수 있겠어. 뉴욕 티파니의 보석

가공 장인도 여기 오면 무릎이라도 꿇고 경의를 표해야 할 걸. 그런 면에서 보면 우리가 조상보다 낫다고 으스댈 것도, 발전을 이뤘다고 자랑할 것도 없지. 당장 김군 귀에 달아도 누가 알겠어, 이천 년 혹은 삼천 년 전에 만든 것이라는 걸."

"그래요. 정말 놀라워요."

지금까지 수많은 박물관을 방문했지만 제일 오래도록 남아서 천천히 그리고 자세히 전시물을 둘러보았다. 일부러 그런 것도 아니고 특별히 전시장이 넓다거나 전시물이 많은 것도 아니었다. 주마간산 식으로 어디든 보고 나오던 버릇이 고쳐졌다. 유물들을 보면서 많은 생각을 하게 되었다. 과연 우리는 우리의 조상보다 더 예술적이고, 과학적이며, 학문적인가부터 시작해서 그 옛날 선조들의 장인정신에 존경을 표하는 것까지 말이다. 돌아보니 그건 우리나라에서도 다를 바 없었다.

어쩌면 나는 스스로 속죄하고 있는지도 모른다. 건방떨고, 으스대는 인간들의 오만함에 대해서. 달에 가보지 못한 조상과 달에 다녀온 우리와, 하기는 두 사람뿐이지만 무엇이 그리 달라졌는가. 달에는 계수나무도 없고, 토끼도 없다는 것 말고 얻어낸 것이 무엇인가.

얻은 것보다는 깨져버린 환상과 동경이 더 안타깝다. 달에 우리가 기대했던 것들이 없다는 걸 안 순간 동심은 무너지고 팍팍한 현실과 암담한 미래만이 보였을지도 모른다. 감히 제안하건데 더 이상 다른 별에는 가지 말았으면 한다. 꿈이 사라진 곳에는 무엇이 남을까. 거의 두 시간이나 지나서 박물관을 나왔다. 다리가 아팠다.

"김군, 다리 안 아파?"

"네. 괜찮아요. 피곤하신가 봐요? 우리 어디 가서 좀 쉬었다가요. 하루 이틀 관광할 것도 아니고 시간에 쫓기는 것도 아닌데 바쁘게 다닐 필요 뭐 있어요."

"그러자고. 여기서 가까운 곳에 쇼핑몰이 있는데 거기 가면 쉴 만한 곳이 있어. 그리 가지 뭐."

인근에 있는 미그로스Migros라는 대형 쇼핑몰에 차를 댔다. 평일이라 주차장이 여유가 있었지만 여전히 붐볐다. 소지품 검사차 검사대를 지나갔다. 아래층에 있는 커피숍으로 내려가 자리를 잡았다. 묻지도 않고 커피와 생과일 주스를 주문했다.

"아 참, 선생님. 나 어떻해요."

그 말을 해놓고는 입을 막고 웃었고, 나는 살짝 오해했다.

"왜? 뭐가 잘못됐나?"

"큰일났어요. 집에서 떠날 때 구두 밑창이 다 닳아서 바꿔 신고 온다는 걸 그냥 신고 왔지 뭐예요. 젊은 사람이 정신 팔고 다닌다고 할까봐 말씀도 못 드리고 있었어요. 하기는 좀 들떠서 서둘렀던가 봐요. 아무래도 구두를 하나 사 신어야겠어요. 물 들어올까봐 아까 항구에서 은근히 걱정이 되더라고요. 바닥이 질척거리지 않아서 다행이었죠."

"잘 됐네. 차 마시고 위층에 올라가면 이 나라에서 유명한 브랜드 구두점이 두어 군데 있어. 거기 한번 둘러보고 마음에 드는 거 있으면 하나 사 신으면 되지 뭘 걱정이야."

"그게 아니라, 웃기잖아요."

"웃기는 게 아니라 심각하구만. 치매든 사람하고 여행하는 중이네."

"그러게요. 선생님 골치 아프실 거예요."

"가이드 피에다 간병비용까지 얹지 뭐."

위층으로 올라가 구둣가게로 갔다. 그녀는 한동안 가게를 둘러보더니 마음에 드는 것을 하나 골랐다. 그리고 자기 치수를 대고 신어보겠다고 했다. 종업원은 창고에서 알맞은 문수의 구두를 가져왔고, 구두를 신은 채 두어 번 발을 굴러보고는 사기로 결정했다. 새 구두를 사 신고 가게를 나왔다. 가격도 싸고, 가죽도 부드럽고, 발도 편하다고 했다. 나는 발을 들어 보이며 이 신발도 재작년에 여기서 산 것이라고 했다.

수교 후 한창 러시아 장사꾼들이 가죽제품을 사려고 우리나라에 드나들다 갑자기 자취를 감춰버린 적이 있었다. 국산제품의 가격이 올라 수지가 안 맞자 터키로 시장을 바꾼 것인데, 그만큼 이곳 가죽제품도 품질이 뛰어났다. 한동안은 전지훈련을 온 축구선수들도 가죽 옷을 사 가는 게 유행인 적이 있었다.

제5장 … 포햅스 러브Perhaps Love

사랑은 고통과 갈등으로 가득찬 바다죠.
밖에서는 천둥과 번개 치고 추워도 불처럼 뜨겁죠.

시계가 네 시를 막 지나고 있었다. 고대 그리스 유적지인 아스펜도스Aspendos 원형경기장을 돌아보고 호텔로 돌아가기로 했다. 차를 타기 전에 아이에게 전화를 걸어 저녁에 함께 식사를 하자고 했다.

앞서 말했듯이 이곳 유적은 터키 유적이 아니다. 온통 로마와 그리스의 유적이다. 원형극장, 아고라, 신전 등이 모두 로마나 그리스에서 보는 것과 흡사하다. 안내문을 보아도 로마가 이곳을 다스리고 있던 시대에 만들어졌다. 지금 가고 있는 원형경기장도 그랬다. 일만오천 명이 들어간다는 경기장은 그림으로 보던 로마의 그것과 다르지 않았다. 기원전 2세기경에 세워진 이 경기장 역시 동로마의 영토였던 팜필리아 지역에 남아 있다.

원형 그대로 보존되었으며, 여름이면 세계적으로 유명한 가수들이 이곳에서 공연한다는 걸 신문기사에서 읽었다. 우리나라의 오페라도 이곳에서 공연된 적이 있었다. 오렌지 꽃이 활짝 피는 4월 '오렌지 향기는 바람에 날리고 석양은 먼 들녘에 내리네. 염소의 무리는 이상한 수염을 흔들며 산을 내려오네.'

마스카니의 오페라 〈카발레리아 루스티카나〉 중 '오렌지 향기는 바람에 날리고'가 울려 퍼지고, 연이어 '아마도 사랑은 바다와 같은 거예요, 싸움과 고통이 가득한. 바깥이 추울 때 불과 같은 것 또는 비 올 때 천둥과 같은 것. 내가 영원히 살고 또한 내 모든 꿈들이 이루어진대도, 내 사랑의 모든 기억들은 바로 당신일 거예요.' 존 덴버가 곡을 만들고 플라시도 도밍고가 불러 더욱 유명해진 〈포햅스 러브Perhaps Love〉가 들려오는 듯했다.

아, 이 여자, 내 마지막 사랑일 수도 있을까? 그녀의 손을 꼭 잡았다. 왜 그러느냐는 듯 나를 올려다보았지만 나는 웃기만 했다. 사랑스러웠다. 그때 전화벨이 울렸다. 환상이 모두 깨지고 존 덴버가 탄 비행기가 추락하고 있었다. 미처 꿈을 마무리하지 못하고 깨어났을 때와 같은 아쉬움이 남았다. 아이였다.

"왜?"

"아버지, 연습경기 도중 선수 하나가 다쳤어요. 병원에 가봐야 하는데 저녁시간에 대서 올 수 있을지 모르겠네요."

"어느 병원으로 가는데? 저, 그 뭐야. 안탈리아 시내 악데니즈Akdeniz 대학병원으로 가서 응급실로 바로 들어가. 그리고 환자 여권 꼭 챙기고."

"예, 그러려고요."

"걱정하지 말고 운전 조심해 다녀와. 누가 운전할 거야?"

"길을 아는 사람이 없으니까 제가 해야죠."

"알았어. 운전 조심해. 그나저나 큰 부상이 아니어야 하는데. 늘 그게 문제야. 돌아가면 시즌이 곧 시작인데 지금 부상이 생기면 전력에 차질이 생길 텐데."

"그러게요."

아이는 전화를 끊었다. 부상 때문에 함께 저녁을 못할지도 모른다는 전화라며 신경 쓰지 말고 구경에 열중하자고 했다.

언제나 꿈과 현실이 동떨어져 있는 듯해도 늘 함께한다. 꿈인 듯하면 생시고, 생시인가 하면 꿈이다. 하필 그때 전화가 울렸을까. 이번에는 현실로 급히 돌아와 있었다. 어쨌거나 별일 없어야 할 텐데. 다시 그녀의 손을 잡았지만 따듯함은 사라지고 식어 있었다.

사실 볼 것은 없었다. 그저 그 옛날에 이런 웅장한 건물을 세웠다는 것과 지금까지 보존이 되어 내려오고 있다는 것이 놀라움이라면 놀라움이었다. 하기야 그걸 보려고 온 것이 아닌가. 대단하기는 했다. 극장을 짓기 위해 동원된 사람들의 모습이 떠올랐다 사라지고는 했다.

한 바퀴 돌아나오다가 오늘 하루 종일 다니면서 사진 한 장 안 찍었다는 사실을 깨달았다. 사진을 찍자고 했지만 사진 찍는 게 제일 싫다며 선생님 찍어드릴까요, 라고 되물었지만 나 역시 사진 찍는 게 썩 내키지 않아 그만두고 말았다. 여름이 되면 시작될 음악 페스티벌도 볼 만할 텐데 시간을 맞추기가 쉽지 않아 아쉬웠다.

호텔에 돌아왔을 때는 다섯 시 반경이 되어 있었다. 방에 올라가 잠시 정리를 하고 내려와 저녁을 먹기로 했다. 그때 전화가 울렸다.

"아버지, 전데요. 크게 문제가 될 것은 없고요, 근육이 놀랐대요. 얼음찜질하고 한 이틀 약 먹고 쉬면 된대요. 저녁 어떻게 할까요?"

"지금 어딘데? 병원에서는 떠났어?"

"한 삼십 분이면 호텔에 들어가요. 막 페르게 입구 지났어요. 선수 내려주고 호텔로 갈까요?"

"그래. 우리도 지금 막 들어와 쉬고 있어. 너 올 때까지 기다릴게. 조심해서 와."

"알았어요. 이따 봬요."

전화를 끊고 산책을 가자고 했고, 그녀도 따라나섰다. 호텔 로비에는 식당 열기를 기다리는 사람들로 웅성대고 있었고, 모든 테이블이 꽉 차서 앉을 자리가 없었다. 부겐베리아paper flower 꽃이 피어 있는 길을 따라 골프장 입구까지 걸었다. 그녀는 티박스T-box에 올라가 골프채를 휘두르는 시늉을 하며 이렇게 하는 거 맞죠, 하고 물었다. 한 홀쯤 걸어가다가 되돌아왔다. 작은 새 한 마리가 뽀르르 날아올랐다. 뒤이어 한 마리가 뒤를 따랐다.

"갑시다. 아이 올 때가 된 것 같은데."

"참, 한가해서 좋아요."

"그렇지? 일단 서울서 무슨 일이 일어나든 여기서 할 수 있는 일이 없으니 마음이 편할 수밖에 없지. 아예 포기하고 마는 거지. 때로는 이룰 수 없기는 해도 포기가 얼마나 편안한지 몰라. 난 가끔 내 집이 어딘지도 잊어버려. 귀국이 가까워오면 들어가서 할 일, 미처 못하고 온 일 등이 생각나지. 빚진 것도 그때야 생각난다니까. 그때가 제일 싫어."

"그런가 봐요. 아무 생각도 안 나요. 꼭 바보가 된 느낌예요."

"바보라니? 해탈한 기분 아닌가? 다 잊고 즐기자고. 삼수갑산을 가는 한이 있어도 여기서는 방법이 없으니까."

"저기 아드님 왔나 봐요? 맞죠?"

"그러네."

아이는 우리를 발견하고는 계단을 내려왔다.

"재미있으셨어요?"

"재미있었냐고 묻잖아, 김군?"

"저요? 네. 덕분에 시내 구경도 하고, 원형극장도 보고, 박물관 구경도 했어요. 너무 좋았어요."

"아, 네. 다 보셨네요. 내일은 어디 가세요?"

"저는 모르죠. 아버님이 가자는 대로 따라만 다니니까요."

"아버지는 웬만한 터키 사람보다 많이 아세요. 아마 내일은 더 좋은 곳으로 안내하실 거예요."

"선수는 괜찮아?"

"네. 그 선수가 좀 의욕적예요. 대충 해도 되는데 태클로 공격을 끊으려다가 정강이를 채였어요."

"그렇게 해야 해. 그게 맞아. 연습 때 적당히 하고 실전에서 잘하겠다는 건 안 돼. 훈련되어 있지 않으면 절대 그렇게 할 수가 없어. 그런 게 몸에 배야 덜 다쳐. 속으로 노래하는 가수는 좋은 가수가 될 수 없지. 좋은 선수야, 아마 올 내년이면 대표선수가 될 걸."

우리는 천천히 걸어 식당으로 갔다. 저녁 뷔페는 터키 전통음식 위주로 준비되어 있었다. 매주 금요일은 늘 전통음식을 내놓는 날이었다. 식당 웨이터들도 전통 복장차림이었다. 아이는 양고기를 실컷 먹어야겠다며 자리를 떴다. 우리도 아이의 뒤를 따랐다. 아이는 터키에서 십 년 동안 공부해 터키 말을 곧잘했다. 그는 궁금해할 만한 것들을 요리사나 웨이터에게 물어가며 그녀에게 설명해주었다.

분위기가 어색할 것이라는 생각이 사라졌다. 저 아이를 믿어도 될 것이라는 생각과 함께 고마운 마음이 일었다. 사회생활을 하는 요령도 제법 익힌 것 같았다. 슬며시 그들과 떨어져 음식 진열대를 기웃거리며 접시를 채웠다. 식사 자리는 농담을 주고받으며 화기애애했다. 아이는 로비에서 함께 차를 마신 후 돌아갔다.

아침 일찍 식사를 마치고 기원전 7세기경의 그리스 식민도시였던 시데로 가기로 하고 길을 나섰다. 저녁 잠자리에 들기 전 향후 여행 일정을 이야기하면서 일단 터키를 충분히 보자고 말했고, 그녀도 가진 게 돈과 시간뿐인데 뭘 걱정하느냐고 동의했다. 하지만 만약 여행을 하다가 마음이 변하면 우리 일정도 조정하자고 해두었다. 그곳까지는 한 시간 남짓이면 충분한 거리였다.

"김군, 피곤하지 않은가?"

"아뇨. 이제 시작인데 벌써 피곤하면 어떻게 해요."

"근데 왜 졸아?"

"제가요? 언제요. 제 눈이 보여요? 농담도 잘하셔, 하여간."

"선글라스, 그거 안 자는 척하려고 끼는 거 아냐?"

"아이, 재미없어. 지중해 햇살이 너무 강해요. 선글라스 써본 지도 꽤 오래 되었네요. 이거 구닥다린데 괜찮아요?"

"잘 어울려. 내 건 어때?"

"좋은데요."

"삼십 년 전에 사우디에 근무할 때 산 건데 너무 편하고 가벼워. 어찌 도금을 잘했는지 테가 옛날 그대로야."

"잘 어울려요."

"김군 졸면 난 잘 거야."

"안 졸아요. 걱정 마세요."

"운전해볼래?"

"지금은 싫고요, 나중에요. 혹시 어제 우리 이리로 갔나요?"

"그렇지. 어제는 여기서 오른쪽으로 갔고 오늘은 직진하고 있는 중이야. 오, 눈썰미가 대단한데."

길 양쪽으로는 오렌지농장과 레몬농장이 길게 늘어서 있었다. 농부들이 길가에 좌판을 놓고 수확한 과일을 팔았다. 지금은 제철 과일인 오렌지와 하우스에서 재배한 딸기가 대부분이었다. 오렌지 먹겠냐고 했지만 싫다고 했다. 시내로 들어가는 길에서 바다 쪽으로 방향을 잡아 시데로 향했다. 얼마 안 가서 건물이 무너져 내린 돌더미가 나타나고 좁은 돌문을 지나자 주차장이 나왔다.

그곳에 차를 대고 관광상품을 팔고 있는 상점거리를 거쳐 바닷가로 나갔다. 상인들이 코리아, 코리아 하며 안녕하세요, 라고 제법 정확한

발음으로 말을 건넸지만 그건 인사가 아니고 우리를 부르는 수단일 뿐이었다. 바닷가에 이르렀을 때 손짓으로 오른쪽 끝에 있는 찻집을 가리키며 저 집이 일몰이 좋은 집이라고 설명했다. 그곳에 가보자고 했지만 차 맛도 없고, 아직 해가 중천이라 별로 볼거리도 없어 가지 않기로 했다.

바닷가에서 왼쪽으로 꺾어 신전이 있는 곳으로 걸었다. 다 무너지기는 했지만 온전히 서 있는 몇 개의 기둥이 파르테논 신전을 연상케 했다. 많은 사람들이 무너진 기둥에 앉거나 남은 기둥에 기대 사진을 찍고 있었다. 우리는 여전히 사진을 찍지 않았다. 찻잔이나 혹은 포도주잔을 들고 신전 테라스를 서성거리는 천 년 전 여인을 보는 듯한 느낌이 들었지만 설명하기가 쉽지 않아 입을 닫고 말았다.

클레오파트라와 로마 안토니우스 황제가 함께 일몰을 바라봤다는 전설이 전해 내려오는 시데 항구의 일몰을 나 역시 좋아한다. 그리스의 파르테논 신전과 같은 코린트식 기둥의 멋진 유적이 남아 있고, 원형극장과 아고라가 비교적 그 형체를 잘 보존하고 있기도 하지만, 바닷가 마지막 찻집에서 보는 일몰 풍경은 절로 감탄을 자아내게 한다. 바다를 붉게 물들이며 지중해로 가라앉는 모습은 아름다움을 더해 장엄하기까지 했다. 그 집에 맛있는 차만 있었으면 좋겠다고 늘 생각했다. 이층 찻집에 앉아 일몰을 보노라면 마치 자신이 붉게 물든 채로 바다 속으로 빨려드는 느낌을 받는다. 내가 해가 되는 느낌이었다. 내일 다시 세상을 볼 수 없다고 해도 그럴 수만 있다면 얼마나 좋을까.

이곳에 오면 늘 의문이 드는 게 하나 있다. 신전이 바다에 바짝 붙어 있는데 원래부터 바닷가에 지은 것인지 그도 아니면, 멀찍이 지은 것인데 세월이 흐르다보니 해수면이 높아져 바닷물이 근처까지 들어온 것인지 아니면, 육지가 바다 쪽으로 밀려나간 것인지 그것이 궁금했다. 어쨌든 바다 풍경과 어울려 보기에는 좋았다.

"참, 선생님? 팔짱 끼기로 했잖아요."

그녀가 다가와 팔짱을 끼며 매달리듯 몸을 밀착시켜왔다.

"아는 사람 만나면 빨리 풀어, 알았지? 그리고 매달리지 말 것. 나 힘들어."

"알았어요. 아는 사람 나타나면 빨리 말해주세요. 그리고 힘들어 못 끌고 다니겠다면 힘들다고 말씀하세요. 아셨죠?"

"아가씨하고 팔짱을 다 해 보고 호강하네. 좋다."

"이게 뭐예요?"

"이게 원형극장이야. 그런데 여기는 들어가지 못하게 막아놨어. 아마 발굴 작업이 계속되고 있거나 내부를 정리하느라고 못 들어가게 하는 것 같아. 저쪽으로 돌아가면 아고라가 나와. 이따 나가다가 보면 되고. 막상 와서 보면 별 것도 아냐. 싱겁지 뭐. 사진이 더 멋있어. 어쨌든 이런 유적이 있다는 건 좋은 일야. 관광객이 엄청 몰려오니까 조상 잘 둔 덕에 먹고 사는 일은 편해졌지. 그런 게 부러워. 하기는 자기 조상도 아니지만. 우리는 기껏해야 경주 정도인데. 좋은 땅 물려주는 것도 좋지만 유적을 남겨주는 것도 좋아."

"맞아요. 전, 터키가 이 정도인 줄은 몰랐어요. 단순히 육이오 참전국? 그래서 고마운 나라? 뭐지, 한일월드컵 때 우리와 3, 4위전을 하면서 관심을 갖게 되었어요. 그런데 막상 와보니 좀 생각이 달라져요. 어딘지 모르게 오그라드는 느낌이랄까. 하여튼 함부로 볼 나라는 아니네요."

"그렇지. 우선 이 사람들은 오스만 터키라는 이름으로 세계를 제패한 적이 있잖아. 당시 세계라고 해야 유럽과 아프리카 북부, 그리고 지금의 중동지방을 말하지만. 이들을 부르는 명칭 중에 투르크Turk라는 말이 있어. 투르크 전사라는 등. 그 투르크의 어원이 돌궐이래. 만약 그 말이 맞는다면 우리와 같은 핏줄이야. 형제의 나라라고 하는 것도 그래서 하는 소리야. 사람들은 육이오 때 도와준 혈맹이라 형제의 나라라고 하는 줄 알지만 열여섯 나라나 나서서 도와주었는데 왜 터키만 형제야. 그런 역사적 배경이 있어. 그리고 우랄알타이어족이야. 그러니 말하나 마나 같은 핏줄이지 뭐. 전에 K대학 교수를 지내고 ㄷ시에서 문화재와 유적·유물을 발굴하는 최 모 교수를 만난 적이 있는데, 그 분 말씀이 언어구조가 같으면 같은 민족이라는 거야. 터키와 우리는 같은 민족임이 100% 확실하다고 하더라고. 김군도 아마 최 교수 알 걸?"

"그렇군요. 네. 저도 최 교수님 알아요."

"그리고 이 사람들이 허풍이 좀 세거든. 처음에는 허풍쟁이라고 참, 이상한 성격을 지니고 있다고 생각했었는데, 지나고 나니까 세계를 호령해 본 나라와 우리처럼 늘 외세에 짓눌려 지낸 나라의 차이라는 생각이 자꾸만 드는 거야. 그렇게 생각하고 나니까 허풍떨 만도 하다는 생각이 들더라고."

주차비를 계산하고 밖으로 빠져나왔다. 나오는 길에 차를 대고 반대

쪽에서 원형경기장 쪽을 보았다. 지금까지 본 어느 곳보다도 넓고 커보였다. 무너진 돌에는 숫자를 써넣어가며 정리를 하고 있었다. 복원은 불가능하겠지만 언젠가는 잘 정리정돈된 것을 보게 될 것이었다.

"매우 큰 도시였던 게 틀림없어. 자, 돌아갑시다. 시장하지 않아?"

갑자기 점심을 안 먹었다는 생각이 났다.

"네, 저는 한 끼도 안 먹고도 살아요. 시장하시면 뭘 좀 드세요."

"여기는 시내를 벗어나면 특별히 뭘 먹을 만한 곳이 없어. 그리고 함부로 들어가서 음식 주문해도 너무 토속적이면 먹기가 좀 거북해. 다시 바닷가로 돌아가기도 그렇고, 하여간 가다가 적당한 곳 있으면 들르자고. 벌써 네 시가 다 되었네. 괜찮으면 아예 기다렸다가 호텔에 가서 먹지 뭐."

돌아가기에는 저녁시간이 어중간했다. 차라리 찻집에서 바다 구경이나 하면서 쉴 걸 그랬나 하는 생각이 들었다. 그 시간이라면 일몰을 볼 수는 없겠지만 안탈리아 시내 쪽으로 보이는 바다와 타우루스 산맥 풍경도 일품이었다. 호텔에 도착하면 다섯 시경이 될 것이다. 그 후에 무엇을 할까 생각을 정리하고 있었다. 문득 사우나가 떠올랐다. 사우나를 하고 저녁을 먹어야겠다고 생각하자 마음이 바빠졌다. 가속해 차를 몰았다.

모레는 체크아웃을 하고 파묵칼레로 간다. 내일은 어찌할 것인지 걱정하고 있을 때 이정표가 눈에 들어왔다. 갈색 이정표인 것으로 보아 관광지가 틀림없었다. 수없이 지나다녔지만 처음 보는 이정표였다. 그곳에는 코풀룰르 협곡 국립공원Koprulu Canyon National park라고 쓰여 있었다. 수없이 지나다녔지만 유적지를 주로 찾아다니는 외국인들에게는 관심 밖의 관광지일 수밖에 없었다. 우리로 따지자면 설악산 국립공원 정도이니 외국인에게 눈에 띌 만한 유적지는 아니었다.

“저기 저거 보여, 갈색 이정표?”

차를 일부러 천천히 몰았다.

“네. 보여요.”

“내일은 저기를 가는 거야. 사실 가보지는 않은 곳인데 왠지 모르게 멋진 곳일 것 같아.”

“그래요. 선생님 좋을 대로 하세요.”

“그래도 함께 다니는데 김군 마음에도 들어야 하지 않겠어?”

“무조건 마음에 들도록 할게요. 방금 마음에 들었어요. 어머, 이렇게 마음에 쏙 들 수가 있나! 걱정 말고 가세요.”

“알았어. 아주 사람 데리고 노시네. 그곳에 호랑이가 있는지 범이 있는지 모르지만 한번 가봅시다. 사실 내 좀 소심해서 가보지 않은 곳, 알지 못하는 곳은 잘 안 가는데 김군이 있으니까 용기가 나네.”

“같이 오길 잘했죠? 제가 좀 그래요.”

그녀는 으스대듯 말했다.

로비에 들어서자 쿠툴루스가 우리를 보고 손을 흔들며 다가왔다. 처음 만났을 때가 삼십 후반이었는데, 그도 어느 덧 오십 초반이 되었다. 머리가 희끗희끗하고 배가 불뚝 나온 것이 초로가 되었음을 말해주고 있었다. 슬쩍 배를 툭 쳤다. 그는 웃으며 운동을 해야 하는데 통 못하고 있다고 했다. 작심삼일은 터키도 예외는 아니었다.

"미세스 김, 오늘 관광은 재미있었나요?"

그녀가 내 얼굴을 쳐다보았다.

"대답해."

"놀리지 마세요. 뭐라고 하시는 거예요?"

"오늘 관광 재미있었냐고 묻네."

그녀는 웃으며 '예스, 베리굿'이라고 당당히 대답했다. 이곳에 처음이냐고 다시 물었고, 그녀 대신 이곳뿐이 아니라 터키에 처음 왔다고 대답했다. 쿠툴루스는 환영한다고 허리를 굽히며 말했다. 적어도 그녀는 사람 대하는 법은 알고 있었다. 즐거운 여행이 되기를 바란다며 내일 체크아웃을 하면 어디로 가느냐고 물었다. 일단 파묵칼레로 갔다가 셀주크로 간다고 답했다. 셀주크에 가면 아름다운 쿠사다시Kusadasi 항구를 방문해 보란다.(후에 잠깐 들렀지만 밤이어서 저녁만 먹고 셀주크로 돌아왔다. 밤에 아름답지 않은 곳이 어디 있던가!) 그는 약속이 있다며 양해를 구하고 자리를 떴다. 그가 떠난 다음에야 내일 갈 곳에 대해 물어볼 걸 그랬다는 생각이 들었다.

사실 그녀가 말을 하지 않아서 그렇지 영어를 아주 못하는 것은 아니라는 생각이 들기 시작했는데, 가끔 귀를 쫑긋 세우고 우리가 하는 말을 듣고는 고개를 끄덕이기도 하고, 대화의 대상이 된 쪽을 바라보기도 하며, 알았다는 표시를 자신도 모르게 하고는 했다. 대화 중 맥을 짚어가며 상대방을 배려하기도 했다. 단지 외국인과 말을 섞어본 적이 많지 않아 자신이 없어서 입이 떨어지지 않는 눈치였다.

말은 용기다. 많이 배운 사람이 회화를 잘 못하는 까닭은 창피함 때문이다. 문법, 시제, 전치사 사용 등 모든 것이 배운 사람답게 맞게 써야 한다고 생각하는 까닭에 틀렸을 때에 대한 두려움과 창피함을 먼저 떠올려 쉽게 입이 떨어지지 않는다. 하기는 그런 것 틀리면 점수가 안 나오니 그때 그 시절이 우리를 그렇게 만들고 있는 것은 아닌지 모르겠다.

1970~80년대 미군들을 상대하던 소위 양공주의 영어는 어떤가? 배움과 상관없이 대화함으로써 생활에 아무런 지장이 없었다. 미군부대 주위에 살면서 그걸 보았다. 그녀 역시 국장답게(?) 용기를 못 내고 있었다.

방으로 올라와 그녀에게 사우나에 갈 것인데 함께 가겠냐고 물었다. 자기도 가도 되느냐고 했다. 방에서부터 가운으로 갈아입고 지하에 있는 사우나로 향했다. 이곳 사우나는 우리처럼 남녀가 구분되어 있지 않았고 대부분은 탈의실도 욕탕도 없다. 처음에는 우리 식만 생각하고 안 하겠다고 했지만 자세히 이곳 방식을 설명하자 하겠다고 했다. 샤워를 하고, 가운을 걸어놓은 채 그곳에서 준 커다란 수건으로 몸을 감싸고 건식 사우나로 들어갔다. 물론 나는 배 아래만 가렸고 그녀는 가슴부터 감쌌다. 속옷을 입었냐고 물었고 그녀는 눈을 흘기며 웃었다.

사우나 안에는 북유럽에서 온 것으로 보이는 한 명의 젊은 남자와 두 명의 여자가 있었다. 그들은 얼핏 보아도 육십은 넘어 보였으며 두 여자 다 어깨와 가슴께에 주근깨가 지중해의 별처럼 다닥다닥 했다. 우리가 들어가자 그 중 한 여자가 웃어 보였다. 나는 하이, 하고 인사를 건네고 삼단 계단의 두 번째 마루에 올라가 앉았다. 그녀도 내 곁으로 와 앉으며 살짝 웃어보였는데, 좀 낯설고 어색하다는 표시였다. 땀이 나기 시작했을 때 그 사람들이 모두 나가고 우리만 남게 되었다.

"아니, 왜 우리만 남겨놓고 다 나가버려요?"

"글쎄, 이 양반들 뭘 오해했나. 이게 말이야, 사는 게 참 웃겨. 알다가도 모르겠어."

"뜬금없이 무슨 말씀예요?"

"바로 그 뜬금없는 이야긴데. 생각해 보면 우리가 이 시간에 뜬금없이 여기에 와 이렇게 함께 그것도 사우나에 있다는 게 상상이나 되는 일이야? 쓰레기자루 가지고 다투던 사이인데. 참 모를 일이지. 그러니 어찌 보면 한치 앞도 모르는 게 인생인데, 저나 나나 잘난 척하는 인간들이 우습잖아. 당장 어찌 될지 모르면서 마치 천년만년 살 것처럼 되지도 않는 계획을 짜고 뭘 어찌해 보겠다고 하는 걸 보면 그야말로 인생무상이야. 코미디 같기도 하고. 그런 걸 생각하고 정치인들 근엄한 얼굴을 보면 웃음이 막 나오는 거 있지. 하기는 우리도 마찬가지야. 애당초 싸움질하지 말고 터키나 갑시다, 했으면 얼마나 편했을까? 그걸 보면 우리가 보기에는 이기적이고 단견적으로 보이기는 하지만 환경과 젊은 직원이 현명하게 사는지도 모르겠어, 이런 곳을 다니면서 느낀 건데, 우리 머리의 99%는 당장 자신의 이득을 위해 쓰는 것 같아. 그러니까 그렇게 머리를 써도 천 년 전이나 지금이나 괄목할 만한 발전은 없는 거야."

"그래요. 저도 요즘 꿈꾸는 것 같아요. 이럴 수도 있구나 하고 놀라고는 해요. 근데 좋아요."

"완전 분위기 탔군. 인생이라는 것이 뭐가 뭔지 점점 더 모르겠어, 땀

잘 나네. 난 웬만해서는 땀이 잘 안 나는데. 이거 내 몸도 완전 분위기 탔나 보네."

밑으로 내려가 물을 한 바가지 떠 달궈 있는 돌에 끼얹었다. 칙 소리를 내면서 김과 함께 열기가 사우나 안을 달궜다. 그녀 곁으로 가지 않고 한층 더 올라가 누워버렸다. 두 번째 계단보다는 열기가 한층 심했다. 그녀의 뒷머리를 가만히 어루만졌다. 그녀는 자연스럽게 머리를 돌리며 말했다.

"간지러워요. 내일 가는 데는 시간이 많이 걸려요?"

"글쎄, 가보지 않아서 모르지만 이정표에는 90㎞라고 적혀 있었거든. 서울 천안 거리니까 편도로 두 시간 정도 걸린다고 보면 될 거야. 우리나라처럼 길이 좋지도 않지만 아무래도 초행길이라 시간이 더 걸리겠지."

"길이 나빠요? 포장이 안 돼 있는 건 아니지요? 혹시 호랑이 같은 거 안 나와요?"

"포장 상태가 불량해서 그렇지 길은 웬만하면 포장은 다 되어 있어. 호랑이는 옆에 태우고 다니면서 무슨 호랑이 타령."

"이빨 빠진 호랑이는 안 무섭답니다."

"내가 이빨이 빠졌다고? 그렇지 그건. 그런데 발톱은 멀쩡한 거 몰랐지?"

"같이 빠지지 않나요?"

"한 놈쯤은 혼내줄 수 있지, 아직은."

"에이, 믿을 수 없어. 모양만 발톱이겠죠, 뭐."

"너무 무시하지 마쇼."

"어 뜨거워! 나갑시다. 나는 샤워하고 나올 텐데, 그대는 수영이라도 하시겠소?"

"수영복도 안 입고 무슨 수영을 해요."

"아, 그 얘기 안 했구나. 다 벗고 수영하고 사우나 해도 여기서는 괜찮아. 무슨 말인고 하면 아까 그 할매들도 속옷 하나도 안 입었어. 아무도 신경 안 쓰니까 걱정 말아요. 단, 몸매가 빈약하면 그건 공공질서에 위배되니 그리 알면 됩니다."

"놀리지 마세요. 어떻게 그렇게 해요. 그리고 난 몸매에는 자신이 없어요."

"농담 아냐. 오히려 못하는 우리가 이곳 문화에 익숙하지 않은 거지. 그렇다고 하라는 게 아니라, 그래도 된다 이 말이지. 진짜 할까봐 겁나네. 몸매에 자신 없으면 못하는 거지만, 몸매는 제 삼자가 판단하는 거니까 일단 심사를 받아보시지?"

"자신 없어요. 저도 샤워하고 옷 갈아입고 나올게요."

"그럽시다. 실제로 오래 전 스위스에 갔을 때 그런 경험이 있기는 해도 또다시 다 벗고 수영할 자신은 나도 없으니까."

서양 문화는 우리의 것과 다른데 우선은 형식부터가 그랬다. 우리는 아닌 척하고 나서서 사우나로 가지만 그들은 아예 호텔 방에서부터 사우나 차림으로 나선다. 물론 가운 속에는 맨몸이다. 차마 그렇게 할 수가 없어서 내 경우 팬티는 착용하지만 이들은 처음부터 벗고 나선다.

가끔 조심성 없는 남자들에게서 다 벗고 있다는 걸 확인하기도하지만 예의 없다거나, 경우에 어긋난다는 생각은 들지 않는다. 그들이 극도로 조심하고 있다는 걸 느끼기에 차라리 눈을 돌리고 만다. 좋고 나쁘고, 혹은 옳고 그르고를 떠나서 문화의 차이가 그렇다. 내 생각이겠지만 우리는 속옷을 입고도 안 입은 듯 행동하고, 그들은 안 입었어도 꼭 입은 듯 행동한다. 자연스럽고 그렇지 않고의 차이인 듯하다. 그들이 보면 옷을 입고 있는 우리가 이상스레 보일지도 모른다. '갑돌이와 갑순이' 문화와 '로미오와 줄리엣'의 문화의 차이일 뿐이다.

사우나 안에서도 여인네가 젖가슴을 드러내는 것도 다반사다. 마치 볼 테면 보라는 식이고, 당신은 엄마 젖 안 먹고 자랐냐는 식이다. 자연스럽다. 하기는 기왕에 남녀혼탕이라면 목욕탕에서 몸을 보이는 것은 당연한 일인지도 모른다. 옷을 입은 채로 목욕을 할 수는 없는 노릇이다.

단지 남녀가 혼욕을 한다는 것만 우리와 달랐다. 여기는 길거리가 아니지 않은가. 해수욕장에서도 마찬가지였다. 가슴을 다 드러내놓고 일광욕을 즐기는 걸 보면 그리 이상할 것도 없었다. 가슴에도 일광욕할 자유를 부여할 뿐이다.

그건 일본에서도 마찬가지였다. 일전에 일본에 갔을 때 축구계의 원로인 박경호 선생과 함께 동네 온천장에 간 일이 있었다. 목욕하는 도중 일하는 아주머니가 태연스레 들어와 청소도 하고 다 쓴 비누도 새것으로 갈았다. 그뿐만 아니라 동네 아저씨와 이런저런 이야기를 나누며 자기 할 일을 다 하고 나갔다. 이상했지만 이상하지 않았다. 그런 일이 있었다는 것밖에는 기억나는 것이 아무것도 없다. 평소처럼 아주머니는 자신이 하던 일을 했고, 그들은 온천욕을 했을 뿐이다.

북유럽을 다니면서 여성의 젖가슴과 벗은 몸에 대해 다시 생각해 보는 기회를 얻었다. 부끄럽다거나 창피하다는 생각보다는 성스럽다든가 자연스럽다고 생각하기 시작했다.

노자가 말하는 곡신불사谷神不死, 골짜기의 영원함과 아늑함이 떠올랐다. 아무리 세상이 가물어도 골짜기가 마를 리 없고, 그런 골짜기에서 시작된 물이 천을 이루고, 내를 이루며, 호수를 만들어 생명을 일으켜 세우지 않는가. 어머니의 자궁! 그것이 곧 생명의 원천이요, 시작이라는 생각에 미쳤을 때 차라리 비록 늙고 볼품없는 여인의 몸이지만 성스러움이 느껴져 왔다. 우리가 돌아갈 곳도 결국은 또다시 그곳이었다.

어른이든 아이든 가슴을 파고드는 것은 본능일 뿐 아무것도 아니다. 아이에게 젖을 물리는 젊은 어머니는 얼마나 성스럽고 아름다운가! 얼마 전 해산을 하고 비록 제 친정아비 앞에서이기는 하지만 아이에게 젖을 물리는 딸을 보고 하마터면 눈물을 보일 뻔했는데, 그 애의 모습이 너무 당당하고 성스러워 보였기 때문이었다. 차라리 존경심마저 일었다. 우리는 아이가 사학년이 될 때까지 온 식구가 함께 목욕을 했다. '자연스럽다'는 것을 아이가 이해한 것이 틀림없었다.

옷을 갈아입고 엘리베이터 쪽으로 가고 있을 때 카운터에 있는 아가씨가 웃으며 인사를 했다. 나도 인사를 하면서 오늘 재미있는 일 없느냐고 물었다. 그녀는 고개를 갸우뚱하면서 그냥 그저 그렇다고 대답했다. 엘리베이터를 타자 그녀는 나에게 아는 사람이냐고 물었고, 때때로 여기서는 다 알아야 할 필요가 있으며, 그녀 역시 한 마리의 나비여서 얼굴도 생각이 나지 않는다고 대꾸했다.

옷을 갈아입고 식당으로 내려가 저녁을 먹었다. 날씨가 좋은 날은 사람들이 밖으로 나가 식사를 하고 저녁 늦게 돌아오기 때문에 식당은 그리 붐비지 않았다. 천천히 저녁을 마치고 방으로 올라왔다. 그녀의 복장이 날로 분위기에 어울려갔다.

방에 들어서자 과일 바구니와 포도주가 눈에 띄었다. 그리고 즐거운 여행이 되기를 바란다는 쿠툴루스의 편지도 한 통 놓여 있었다. 별스런 선물은 아니지만 선물은 어쨌든 사람을 기분 좋게 한다. 그녀는 잘 되었다며 자기 전에 술 한 잔 하자고 했다. 포도주가 무슨 술이냐고 하자 선생님 술 많이 하세요, 하고 물어왔다.

"술이라면 말도 마쇼. 이젠 끊었으니까."

"왜요? 술 때문에 문제가 있었어요?"

"아니, 포도주 보고 술 마시자고 하는 것 보니까, 김군은 술 좀 하는 것 같은데? 사실 나는 술은 입에도 못 대."

"보기에는 술 많이 드실 것 같은데요."

"다 그렇게 이야기하는데 한 모금만 마시면 온몸에 난리가 나. 세상 술은 혼자 다 마신 사람같이 되고, 숨이 차고, 눈이 충혈되고, 난리도 아냐. 그래서 아예 술 근처에도 안 가. 그러는 김군 주량은 어느 정도인가?"

"아마 소주 반 병 정도는 마실 거예요."

"소주 반 병이면 괜찮은 실력인데. 하기는 사회생활하려면 어느 정도 술을 해야겠지."

"그런데 어떻게 사회생활을 하셨어요?"

"그래서 사회생활은 안 했고 주로 도덕생활을 했지. 그리고 사회생활 할 때는 술이 없는 사우디에서 했으니까 문제될 게 없었어."

"하여간 선생님 말씀을 누가 당해요. 도덕생활 했다니까 우리는 막산 기분이네요."

"사실이지 뭐. 술 먹고 도덕생활 하는 사람 거의 못 보았으니까."

"선생님 우리 포도주 한 잔 해요. 잘 건데 어때요."

"하기는 보는 사람 없으니 사회생활 좀 엉망으로 한다고 문제될 거 있겠나."

"어머, 선생님 저는 사람으로도 안 보이시는 모양이죠?"

"그게 아니라, 말 잘 해야 되겠네, 곁에서 술꾼 부축하는 사람은 공범이라 그런 말 아무리 해도 함께 사회생활 할 수밖에 없어. 아무리 도덕생활 했다고 해봐야 누가 믿겠어. 초록이 동색이지 방법 있나, 뭐."

"하여튼, 졌습니다. 그런데 포도주 병은 어떻게 따라고 술만 갖다 주는 거야."

그녀는 혼잣말로 중얼거리듯 말했다.

"전화해서 병따개 가져다 달라고 해."

"선생님이 더 미워요."

"그러지 말고, 손으로 비틀어봐."

그녀는 병을 들고 마개를 돌렸다.

"됐어? 병따개 안 줄 때는 다 이유가 있는 거야."

"역시 경험은 무시 못해요. 저는 포도주 병마개는 코르크로 되어 있다는 고정관념에 비틀 생각은 아예 하지도 못했어요."

"우리 글 쓰는 사람들은 '비틀기'를 좋아해."

"그게 무슨 뜻예요?"

"아, 생각을 남들과 같이 하지 않고 비틀어야 한다는 거지. 원래 문학 이론에 '비틀기'라는 게 있어. 그래서 의도적으로 비틀지. 바꿔 말하면 고정관념을 깨자, 남들과 똑같이 하는 건 자존심 상하지 않느냐? 그러니 똑같이 하지 말고 비틀어버리자 뭐, 그런 말이지. 다 똑바로 서 있을 때 삐딱하게 서 있어야 돋보이잖아."

그녀는 포도주를 따랐다. 그러고는 잔을 건네며 건배를 제의했다. 잔 부딪는 경쾌한 소리를 들으며 여행을 축하한다고 말했다. 그녀는 단숨에 들이켰다. 나는 포도주 병을 들어 다시 한 잔을 채웠다. 그녀는 또다시 단숨에 들이켜며 술맛이 좋다고 말했다.

"뭐, 술에 원한 맺힌 사람 같아. 나는 더 안 마실 테니 천천히 다 마셔요. 안 뺏어 먹을게."

술만큼 분위기를 돋우는 것도 없다. 그녀는 거푸 세 잔을 마시고는 내 곁으로 와 앉으며, 괜찮지요? 라고 물었다. 아니, 앉겠다고 말하고 있었다. 그녀는 머리를 내 어깨에 기댔다. 예의(?)를 차려야겠는데 이럴 때는 어떻게 해야 하는지 언뜻 생각이 떠오르지 않았다.

팔을 어떻게 해야 할지 몰라 잠깐 망설이다 가볍게 그녀의 어깨를 감쌌다. 어색하기는 마찬가지였다. 머리결을 만지면서 어떻게 해야 좋을지 생각에 잠겼다. 그녀는 아까 사우나에서처럼 고개를 돌려 피하지 않았다. 이 밤이 아름다울 수 있을까? 밤이 아름다우려면 어찌해야 하지? 뭘 하고 살았기에 하룻밤 아름답게 하는 재주도 모르는 걸까.

그녀가 다가왔다.

나는 나쁜 축에 드는 사람인가? 애당초 떠날 때부터 그녀를 거절할 생각은 없었지만 절대로 먼저 다가가지도 않을 것이라 다짐했다. 그녀는 내 어깨에 기댄 채였고, 잠시 눈을 감고 이럴 때는 어떻게 상황을 정리해야 하나 생각 중이었다. 말이 남았다 모자랐다 했지만 아무 말도 하지 않았다. 나는 무너지고 있었다. 그녀의 머리에서 나는 샴푸 냄새, 화장품 냄새도 합세해 나를 허물고 있었다. 나는 스스로 자신에게 무릎을 꿇고 있었다.

조금 있으면 중년 여인의 향기가 나를 감싸고 말 것이라는 걸 알고 있었다. 그녀가 자진해서 여행을 제안하고 함께 여정에 들었다고 해서 모든 것을 다 허락한 것은 아니다. 만에 하나라도 잘못 생각하고 판단한다면 여행은 물론이고 나 자신을 망치고 말 것이다. 입을 맞추고 싶다는 생각에 그녀를 내려다보았으나 갑자기 겁이 덜컥 났다.

잠이 든 것 같기도 했다. 어깨를 흔들어 보았지만 미동도 하지 않았다. 그녀의 고개를 손으로 받치고 팔을 빼 가만히 안았다. 생각보다 가벼웠다. 그리고 침대에 뉘었다. 양말과 다소 두꺼운 윗옷만 조심스레 벗긴 채 이불을 덮어주었다. 웃음이 났다. 이래 봬도 생각보다 인내심이 있단 말이야.

발을 두 손으로 감쌌다. 발이 예쁘고 따듯했다. 50년을 걸은 발이라고는 생각조차 못할 정도로 굳은살 하나 없었다. 돌아와 테이블을 정리했다. 잠이 든 것이 차라리 잘 되었어. 고민을 해결해 주었잖아, 라고 탄식하듯 말했다. 그녀의 얼굴은 쉰을 넘긴 여인답지 않게 고왔다. 천진스럽고 맑았다. 그렇게 보일 수밖에 없을 것이다. 설사 악마가 침대에 누워 있다 한들 어찌 예쁘지 않겠는가. 밖에는 달이 휘황하게 빛나고 있었다. 불을 끄고 밖으로 나왔다.

여전히 로비에는 술을 마시거나 차를 들면서 여행의 즐거움을 만끽하려는 사람들로 북적였다. 각각 제 나라 말로 떠들어서 알아들을 수가 없었지만 모두들 유쾌해 보였다.

커피를 받으려고 서 있는 동안 일행들과 웃고 떠들고 있던 유럽 아주머니 하나가 내 머리를 쓰다듬었다. 잠시 후 깜짝 놀란 그녀는 정말 미안하다고 자기 남편인 줄 알았다고 사과했다. 서툰 영어지만 누가 앞날을 알 수 있겠느냐며 나 당신 사랑해, 라고 말하자 주위 사람들이 박수를 치며 함께 웃었다. 약간은 취해 있는 것 같았지만 내가 자신의 남편이 있던 자리에 서 있을 줄은 몰랐다.

잠시 후 남편이 돌아왔고, 나는 그에게 당신 부인이 아름다워 눈독들이는 남자가 많으니 조심하라고 말했다. 그녀는 얼굴이 벌게져 크게 웃었지만 술 때문인지 미안해서인지는 알 수 없었다. 갑자기 사람들이 크게 웃으며 자기 나라 말로 떠드는 통에 슬그머니 손을 흔들어 보이고 즐거운 밤 되라고 하고 자리를 떴다. 커피를 한 잔 마시고는 건물 밖으로 나와 하늘을 올려다보았다. 구름 한 점 없는 하늘에 달이 덩그마니 떴고 별이 총총하게 빛나고 있었다.

부겐베리아 꽃이 탐스럽게 피어 바람에 하늘거렸다. 그렇지. 사람이건 식물이건 제자리를 잘 찾아야 한다. 나는 내 자리에 있기는 한 걸까? 금년 여름, 하와이에서 본 부겐베리아는 고목이었다. 인도네시아에서도 마찬가지였다. 언젠가 몇 백 년이 더 되었다는 벤자민 고목을 베트남의 고도 훼Hue에서 보았다.

이들 모두 우리나라에는 화분에 심겨져 거실 한 구석에서 향수를 달래고 있는 화초다. 저것들이 제 나라에 있을 때 홀연히 떠나 생전 알지도 못하는 나라 한국 땅 양주 어딘가에서 살게 될 줄 누가 알았으랴. 내가 오늘 네 아름다운 붉은 꽃잎을 따 어느 여인의 머리맡에 놓으리라.

꽃잎을 몇 개 따 들고 방으로 올라왔다. 그녀는 이불을 덮어준 대로 얌전히 자고 있었다. 그녀의 베갯머리에 꽃잎을 놓았다. 자리로 돌아와 누웠으나 잠이 쉽게 들지 않았다. 그녀의 침대 곁으로 가 얼굴을 한 번 더 보고 돌아왔다.

책을 집어 들었다. 문득 이런 문구가 눈에 들어왔다. '유구有求면 유고有苦요, 무구無求면 무고無苦라.'(맹난자의 『본래 그 자리』 중) 구하는 것이 없으면 고통도 없다. '소유론적 생각에서 존재론적 사유로 생각을 바꾸면 모두가 부처'라고 한 하이데거의 말을 지금도 소중하게 여기고 있다고 작가는 말하고 있었다. 그렇지. 나는 부처야!

그런가? 그랬다. 그녀의 잠든 모습을 한번 더 들여다보며 웃었다. 오늘은 당신도 돌덩어리와 다름없군! 홀가분해진 마음으로 잠자리에 들었다. 이내 깊은 잠으로 빠져드는 것을 느낄 수 있었다.

커튼 사이로 아침 햇살이 강하게 밀고 들어왔다. 시계를 보니 여덟 시가 넘고 있었다. 살며시 일어나 그녀의 침대를 살폈다. 침대는 비어 있었다. 욕실에 있어요, 라고 크게 물었지만 대답이 없는 걸로 봐서 밖으로 나간 것이 틀림없었다. 대충 세수만 하고 옷을 갈아입었다. 막 문을 열고 밖으로 나가려고 할 때 문이 열리는 바람에 안팎에서 함께 놀랐다.

"아니 이 새벽에 어딜 말도 없이 다녀와."

"배고파 죽겠어요. 새벽은요, 지금 여덟 시가 넘었어요. 무슨 잠을 그리 정신없이 주무세요."

"그랬나? 밤새 술주정뱅이 뒤치다꺼리하다가 잠을 손해 보았거든."

"또 시작이시다. 제가 뭘 술주정을 해요. 저는 술 먹으면 조용히 자요. 업어가도 몰라요."

"그런가봐. 업어가기는? 안아다 뉘어도 모르더라고. 내가 어제 밤에 무슨 짓을 했는지 모르지?"

"아침이나 먹으러 가요. 선생님 말씀은 콩으로 메주를 쑨다고 해도 안 믿어요."

"잠시만. 약 좀 챙겨가지고."

"제가 챙겼어요. 가세요."

"어이구, 고마워라. 가십시다."

그녀는 내게 다가와 팔짱을 꼈다.

"누가 보면 신혼부부 망령 든 줄 알겠다."

"왜요? 싫으세요? 이건 제가 떠나기 전에 선생님께 허락받은 거니까 아무 말씀 마세요. 아셨죠? 그리고 어젯밤 부겐베리아 꽃잎이 날아와 제 배게 옆에 앉았어요. 꽃잎 선물은 처음예요. 너무 좋았어요."

"그래? 문 닫고 잤는데 꽃잎이 날아들었다고. 암튼 좋았다니 좋네요."

제6장 … 셀지안 랩소디Selgian Rhapsody

갈은 방향을 보고 있다고 해서
생각도 같은 건 아니다.

아침을 먹자마자 떠나기로 했다. 아무래도 초행길이고 산길이니 어떤 상황이 닥칠지 몰랐다. 캐넌Canyon이라고 적혀 있는 걸로 보면 일단 큰 협곡이 틀림없었다. 날씨는 화창해 어디론가 떠나기에는 좋았다.

이정표는 시데로 가는 도중에 있었다. 길이 낯설어 두려움이 일었지만 호기심도 생겼다. 지금 안 가보면 언제 가보겠느냐는 생각도 한몫했다. 그녀가 곁에 있다는 것이 용기를 북돋웠다. 십오 년 가까운 터키 여행으로 이곳 사람들의 성정을 파악한 것도 마음 놓고 여기저기 돌아다니게 한 요인이기는 하다. 표지판에는 90㎞라고 적혀 있었다. 거리상으로는 그리 멀지 않았다. 길은 한적하고 차도 만날 수 없었다.

터키에서의 거리와 소요 시간은 언제나 우리나라와는 다르다. 길이 잘 정비가 되지 않은 곳이 많아 우리나라보다 시간이 훨씬 많이 걸린다.

90㎞라면 한 시간 정도의 거리지만 이곳에서는 최대 3시간까지도 예상해야 한다. 길은 역시 예상한 대로 좁았고, 우리를 자꾸만 산속으로 끌고 들어갔다. 그리 험한 길은 아니었지만 약간의 두려움도 일었다.

차가 작은 마을을 돌아서자 강이 나타나고 풍부한 수량을 자랑하며 물이 거세게 흐르고 있었다. 비가 온 지 얼마 안 되었는지 물이 탁했다. 상류로 올라가면서 점점 물이 맑아지기 시작했고, 곳곳마다 리프팅을 한다는 표지판이 전문 리프팅 코스임을 알게 했다. 겨울이라 그런지 리프팅을 하는 사람은 눈에 띄지 않았다. 협곡임은 의심의 여지가 없었다.

수량도 풍부하고, 경관도 뛰어나며, 깎아지른 듯 긴 계곡이 일품이었다. 타우루스Taurus 산맥에 자리 잡고 있는 보즈브런Bozbrun 산에서 흘러내린 물이 유리메돈Eurymedon 강을 이뤄 지중해로 흘러든다. 계곡을 가로지르는 강을 건너려면 버그럼다리Bugrum Bridge, Eurymedon Bridge를 건너야 하는데 로마시대에 만들어진 아치형 다리는 지금도 차가 건너다닐 정도로 튼튼하게 지어졌다. 그 다리를 건너 한 오 분만 가면 아름답기 그지없는 로만 올루클루 다리The Roman Oluklu Bridge가 작은 계곡을 가로지른다. 말 그대로 로마시대에 만들어진 다리다. 우리는 누가 먼저랄 것도 없이 그 밑으로 흐르는 옥색 물에 감탄하고 말았다.

그 주위에는 넓은 야영장이 마련되어 있었고, 마침 한 가족이 고기를 구워먹으며 점심을 즐기고 있었다. 갓 걸음마를 시작한 아이의 눈에도 이방인인 우리가 낯설게 보였던지 한참을 쳐다보다 내가 웃어보이자 제 어미에게로 달음박질쳤다. 물과 아이의 눈과 막 돋아나기 시작한 새

순 그리고 나무 사이로 보이는 파란 하늘이 잘 어울렸다.

물이 그 아이의 눈처럼 맑았다. 저런 물을 본 적이 있기는 했다. 장마가 지난 8월 하순경인가 백담사 계곡에서였다. 발을 담그기조차 미안할 정도로 물이 맑았다. 어디에서 그런 옥색이 우러나는지 절로 걸어 들어가고 싶었다.

이곳 물이 그랬다. 물속의 모래를 한 알, 한 알 셀 수 있을 정도로 탄성이 절로 나왔다. 한동안 경치에 반해 넋을 잃었다. 햇빛과 어울려 이월의 그늘이 투명했다. 그럴 수만 있다면 이런 곳에서 며칠 머물고 싶었다. 언젠가 기회가 있으면 꼭 다시 오리라. 새순이 돋기 시작한 나무들과 어울려 선계를 방불케 한다. 절로 힐링이 되는 느낌이다. 그녀 역시 감탄을 연발하고 있었다. 우쭐한 마음이 들었다.

"김군, 오기를 잘했지?"

"네, 이런 곳이 있다는 게 상상이 안 가요. 설악산이나 다른 계곡도 좋은데, 이곳 역시 그곳에 비길 바가 아니네요. 서로 다른 아름다움이 있기는 하지만요. 어쩜 물이 저렇게 맑아요. 모래가 구르는 게 다 보여요. 어떻게 이럴 수가 있어요?"

그녀는 자칫 우리나라 경관을 폄훼한다는 오해를 피하려는 듯 급히 서로 다른 아름다움을 이야기했다. 사실 이들이 우리나라 설악산 계곡에 온다면 그들 역시 같은 감정을 갖게 될 것이다. 같은 산도 보는 방향에 따라 다르지 않은가. 나 역시 마찬가지였다.

"누가 공무원 출신 아니라고 할까봐. 나도 우리나라 풍광을 폄훼하려는 건 아니지만 외국에 나와 보면 금수강산이라는 말이 우리나라만 두고 하는 말이 아니라는 걸 느끼고는 해. 이런 풍경이 이곳에만 있지 않아. 올림포스란 곳에 가도 있어. 대단한 경관이야. 그래서 다녀보아야 하는 거야. 우물 안 개구리마냥 제 우물만 보니 그곳이 제일인 줄 아는 거지."

그녀는 올루클루 다리 아래 서서 감탄을 연발했다. 이런 협곡 안에 이렇게 튼튼하고 아름다운 다리가 있다는 것은 건너야 할 필요가 있기 때문이다. 천 년 전에 사람들은 이 다리를 건너서 어디로 간 것일까. 그 의문을 풀지는 못했다. 그 이유는 간단했다. 더 이상 그 다리를 건너 길을 쫓지 않았기 때문이다. 다음에는 이 길을 따라가보아야겠다는 생각을 끝으로 돌아나왔다.

차를 몰아 나오다가 셀게Selge라는 밤색 표지판을 본 것은 우연이었다. 왼쪽 길에서 나올지도 모르는 차를 경계하느라 눈을 돌렸을 때 표지판이 눈에 띄었다. 망설임 없이 차머리를 돌려 셀게로 향했다. 그곳에 무엇이 있는지도 모른 채, 그곳이 어딘지도 모른 채 표지판만 보고 따라 들어갔다. 밤색 표지판인 것으로 보아 또 다른 유적지가 그곳에 있다는 말이었다. 지금이야 도로를 만들어 통행하고 있지만 혹시 그 다리가 그 옛날 셀게로 가는 길로 들어서는 또 다른 길목은 아니었을까.

차는 산허리를 돌고 돌아 정상을 향해 갔다. 한적한 길이 조바심을 더했다. 혹시 길을 잘못 든 것은 아닐까. 산 아래가 까마득했다. 내려다보이는 경치가 아름다웠지만 두려움도 더해갔다. 산모퉁이를 돌았을 때 톱카피 궁전에서 본 것 같은 가느다란 모세의 지팡이를 쥔 노인이 깎아지른 절벽에서 흘러나오는 물에 목을 축이고 있었다. 생김새도 모세 같다는 느낌이 들었다. 다만 노인의 뒤에는 따르는 사람도 양 한 마리도 없었다.

차를 세우고 “셀게?” 하고 물었다. 노인은 길을 가리키며 웃음 띤 얼굴로 계속 가라고 손짓을 했다. 말이 통하지 않았지만 자신 있게 몇 번이고 나를 믿고 가라고 손짓을 하는 노인을 의심하지 않았다. 믿음이라는 게 그런 것인가 보다. 믿음이란 믿음 그 자체다. 의심은 믿음을 허물고 우리를 얼마나 허망하게 하는가. 믿음은 단 한번이면 족하고 의심은 꼬리에 꼬리를 물고 수도 없이 이어지지 않는가. 어떻게 해서 저 노인이 나로 하여금 믿게 하는가. 그것은 믿어야 편했기 때문이었다.

한참을 가다가 혹시 길을 잘못 든 것은 아닐까 하는 생각에 조바심이 일었다. 그나마 노인의 손짓과 포장된 외길 도로가 나를 안심케 했다. 믿어야지. 아이와 노인은 절대로 거짓을 말하지 않는다. 간혹 국제적으로 공인된 표지들이 우리를 안심시키고는 하는데 그곳에 무엇이 있건 이번에도 밤색 표지판이 우리를 안심시켰다.

한참을 달렸을 때 뒤에서 지프 차가 나타났고, 한편으로 비켜서자 앞질러 나갔다. 차에 타고 있는 사람들의 행색이 이곳 사람은 아니었다. 그들도 셀게를 향하고 있다는 확신이 들었다. 열심히 뒤를 따랐다. 한 삼십 분은 족히 간 것 같았다. 길이 끊어지며 집이 나타나고 마을이 보였다. 안심이 되었다.

그곳에서는 더 높은 곳을 볼 수도, 앞으로 나아갈 수도 없었다. 산 정상에 이런 마을이 있다니! 마을은 하늘과 맞닿아 있었고 타우루스 산맥 저쪽에 눈이 덮인 산이 위용을 드러냈다. 이런 곳에 마을이 있다는 게 놀라웠다. 신 말고는 더 이상 우러를 것도 없었다.

마을은 비행접시처럼 산 정상 한가운데 얌전히 앉아 있는 분지였다. 눈 덮인 산을 보자 수십 년 전 할아버지 방에 걸려 있던 달력 그림이 떠올랐다. 8월 달 배경 그림이었을 것이다. 어쩌면 이 산을 찍어 간 것은 아니었을까.

주차장인 듯 넓은 장소에 차를 대자 눈 맑은 소녀 둘이 다가왔다. 신선한 공기가 주위를 감쌌다. 사오십 년 전 봄, 아침잠에서 깨어 밖으로 나왔을 때 봄바람에 묻어온 고향의 신선한 공기와 다르지 않았다. 소녀는 관광을 왔느냐고 묻고는 대답할 겨를도 없이 자신들을 따라오면 된다고 앞서서 걸었다. 우리가 있는 곳이 해발 1,000m라고 알려주었다. 한참을 가서야 그들이 나서서 안내를 하고 있다는 걸 알아챘다. 가끔 가다말고 멈춰서서 셀게의 역사를 설명했다. 우리는 자연스럽게 소녀들의 도움을 받으며 이천 년도 더 된 고도의 거리를 걷고 있었다.

그들은 어깨로부터 허리께까지 내려오는 천가방을 둘러메고 있었고, 우리나라의 몸빼바지와 유사한 옷을 입고 있었다. 생김새도 우리와 비슷했다. 신기하기도 했지만 친근감이 갔다. 초등학교 때 머리에 서캐가 하얗게 쓸었던 여자 동창아이의 모습과도 흡사했다. 머리를 수건으로 싸매고 등에 나뭇짐을 진 할머니가 지나갔다. 마치 고향사람을 만난 기분이었다. 옛날 우리네 어머니들과 다르지 않았다. 그들을 따라 냉이가 돋아 있을 법한 밭도랑 길을 따라 걸었다.

그녀가 나지막하게 노래를 부르기 시작했다. 시켰으면 했겠는가. 노래는 절로 나오고 있었다. 주위의 낯설기도 한 그러나 어딘지 향수를 불러일으키는 풍경이 그녀를 동심의 세계로 이끌었다. 그녀는 손을 내밀어 잡아줄 것을 요구했고, 나는 그녀의 손을 잡았다. 그녀는 너울너울 춤을 추듯 좁은 길을 걸었다. 대한민국 사람이 이곳 셀게에서 부른 최초의 동요였다.

동구 밖 과수원 길 아카시아 꽃이 활짝 폈네
하이얀 꽃 이파리 눈송이처럼 날리네
향긋한 꽃냄새가 실바람 타고 솔솔
둘이서 말이 없네 얼굴 마주 보며 생긋
아카시아 꽃 하얗게 핀 먼 옛날의 과수원 길

동구 밖 과수원 길 아카시아 꽃이 활짝 폈네
하이얀 꽃 이파리 눈송이처럼 날리네
향긋한 꽃냄새가 실바람 타고 솔솔
둘이서 말이 없네 얼굴 마주 보며 생긋
아카시아 꽃 하얗게 핀 먼 옛날의 과수원 길
아카시아 꽃 하얗게 핀 먼 옛날의 과수원 길

일절이 끝나자 가던 길을 멈춰 서서 그녀와 함께 노래를 불렀다. 그녀의 어깨를 감쌌다. 우리 마을에도 그런 길이 있었고, 서너 자쯤 길 밑으로는 '큰산'으로부터 흘러내리는 개울물이 제법 괜찮았다. 여름이면 어머니와 고모, 그리고 할머니가 그곳에서 목욕을 했고, 나는 길가에

쪼그리고 앉아 망을 보고는 했다. 아무도 다니지 않는 길에 망을 세워 둔 것은 그래도 내가 사내라는 위안 때문이었으리라.

할머니도, 어머니도 복숭아꽃처럼 고왔던 막내고모도 아카시아 꽃길 따라 모두 떠났지만 그때 그 추억을 잊을 수가 없다. 노래가 끝났을 때 우리 셋은 누가 먼저랄 것도 없이 박수를 치며 앙코르를 외쳤다.

그녀는 허리를 굽혀 인사를 하고는 활짝 웃었다. 그러고는 모자를 벗어들고 노래 값을 요구했고 우리는 동전을 꺼내 모자 속으로 던졌다. 그녀에게서 아카시아 꽃향기가 퍼졌다. 셀게에 아카시아는 없었지만 봄바람을 타고 타우루스 산맥을 넘어오는 신선한 설풍雪風이 있었다. 그리고 계곡 물에 떠가는 아카시아 꽃잎이 언뜻 보였던가. 한 십 분쯤 가자 놀랍게도 산 정상에 얌전하게 비껴 앉은 원형극장이 나타났다. 일만이천 명을 수용하는 극장이라니 실로 그 위용이 대단했다. 게다가 해발 1,000m나 되는 곳에 이런 극장이 있었다는 것은 이 마을의 규모가 만만치 않았음을 증언하고 있었다. 예술 공연을 위한 자리였는지, 무사들의 싸움 경연장이었는지, 아니면 다른 목적이 있었는지는 모르지만, 유적지 어디가 되었건 마을이 있었던 곳에는 예외 없이 원형극장이 자리 잡고 있었다. 만 명 이하가 들어가는 것은 보지 못했다. 그것은 적어도 그 마을의 규모가 일정 단위 이상의 인구가 있었던 것을 추측하게 한다. 하기는 이곳 역시 도시국가였으니 의당 이런 장소는 하나쯤 있어야 했다.

소녀는 도시가 번창했을 때 이만 명이 넘는 셀게 사람들이 살았다고 했지만 내 생각으로는 그보다 훨씬 많은 사람이 살았을 것이라 짐작되었다. 나중에 자료를 찾아보니 BC 9세기경 그리스 스파르타 시대의 식민도시인 것으로 기술되어 있었다. 완벽하게 도시의 형태를 갖추고 있었다. 케스베디온Kesbedion이라고 불리는 아크로폴리스가 형성되어 있었고, 그 앞으로는 옥토가 전개되고 있었으며, 아무도 넘볼 수 없는 천혜의 요새였다.

로마의 알렉산더 대왕도 이곳을 지나면서 정복을 포기하고 지나갔다고 하니, 비록 이들이 그리스인들이기는 했어도 배후로부터의 공격을 걱정하지는 않았던 듯하다. 싸움을 걸기 위해 올라올 수도 지나가는 적을 치기 위해 내려갈 수도 없는 그런 천혜의 요새였다. 언젠가부터 외지 사람들에게 알려지기 시작하면서 세상의 물로 오염되기 시작한 것이 아쉬웠다.

셀게는 빼어났다. 하늘은 티 한 점 없이 맑았고, 멀리 보이는 주위의 산은 눈에 덮여 있었다. 우리네 1970년도 초가 연상되었다. 사람들은 모두 꾀죄죄해 보였지만 그들의 눈은 생기가 돌았고, 빛이 났다. 외모가 내면을 결정하지는 않는다.

사람들은 의외로 얼마 안 된 과거를 쉽게 잊는다.

나는 어떤 삶을 살았던가. 사십 년 전만 하더라도 비록 도시 사람들이 말하는 문명과는 거리가 멀었지만 몸과 마음이 편안하지 않았던가. 전기가 들어오지 않았던 때도 달빛과 별빛이면 충분했다. 게다가 나트륨 등 대신 달빛 어린 하얀 박꽃과 아카시아 꽃은 마을을 밝게 비추기에 손색이 없었다. 그때나 지금이나 밤에 우리가 하는 일이 무엇인가. 불빛이 밝아졌다고 책을 더 많이 보는 것도 아니고, 더 열중해 일을 하지도 않는다. 기껏해야 텔레비전에 인터넷이 고작일 뿐이다. 언제나 그 정도의 밝기면 세상을 보기에는 부족함이 없었다. 이가 툭툭 터져 할머니 손톱에 빠알간 핏물이 들었지만 돌이켜보면 그런 사랑이 어디 또 있을 것인가.

이제 와서 푸른 보리밭을 그리워하고, 소나기 지나가는 듯한 누에 뽕잎 씹던 소리를 그리워하며, 그 야릇한 비린내를 또한 그리워하지만 우리를 슬프게 할 뿐, 그 시절로 돌아가고 싶게 하는 것 말고 또 무엇이 남았는가.

하기는 그 젊고 싱싱했던 날이 그리운 것이지 그때 그 삶이 그리운 것은 아니다. 할아버지, 할머니 그리고 어린 동생들의 모습을 셀게 사람들로부터 보았다. 먹는 음식이 다르고, 입은 옷이 달랐지만 그들의 웃음과 인정 넘치는 모습은 우리네와 다르지 않았다. 여전히 할머니는 자애로웠고 늙은 아들은 효자처럼 보였다. 아, 그리고 저 코흘리개! 그 아이가 곧 나였다.

푸르고 맑은 바람이 조금의 방해도 받지 않은 채 자연스럽게 사방에서 흘러들었다가 빠져나갔다. 그 바람이 내 가슴을 훑고 지나갔다. 동에서 서로 흘러가는 타우루스 산맥과 터키에는 만년설이 쌓여 있는 해발 5,000m가 넘는 산이 서너 개 정도 있다. 지금 내 눈앞에도 고산이 즐비하다. 손에 잡힐 듯 가깝게 보이는 산의 눈도 한여름 한 달여만 빼고는 녹지 않는다. 3,000m는 넘어보였다. 햇살이 거침없이 태양으로부터 쏟아져 내렸다. 셀게의 분위기에 익어가고 있었다. 녹아들고 있었다.

햇볕에 그을린 사람들의 가무잡잡한 모습이 그들을 더욱 건강하게 보이게 했다. 언 땅이 녹기는 했지만 완전하게 해토가 되지 않은 길이 질척거렸다. 모습은 꾀죄죄해도 아이들은 건강미가 넘쳤다. 그들은 산 아래 누가 사는지에 대해, 산 아래서 무슨 일이 일어나고 있는지에 대해 무관심한 듯했다. 그들의 눈에는 오로지 맑고 푸른 하늘과 흰 눈을 이고 있는 산만 보일 뿐이었다. 덩달아 그들의 눈도 반짝거렸다. 아, 나는 너무 많이 보았어. 내 눈은 틀렸어. 속으로 중얼거렸다.

"선생님."

그녀를 쳐다보았다. 그녀는 울고 있었다.

"왜 그래, 김군?"

"저는요. 너무 억울해요."

"뭐가 억울해? 나한테 사기라도 당했다는 말이야?"

"이런 세상을 모르고 정말 정신없이 일만 하고 살았다는 게, 너무 억울해요. 산을 올려다보면 눈이 부셔요. 저들의 눈을 보면 부끄러워요. 솔직히 어떤 일 처리해주었다고 큰돈은 아니지만 뒷돈 받은 일이 후회가 돼요. 그게 다 뭐예요. 정말이지 뭘 위해 살았는지 누구를 위해 산 것인지도 모르겠어요. 너무 용기가 없었어요. 너무 오랫동안 세상과 타협하고 살았어요. 바보야, 바보! 아, 정말 시장 개새끼."

깜짝 놀랐다. 그녀의 입에서 그런 욕이 튀어나올 것을 누가 예상이나 했겠나. 잠시 생각에 잠겼다. 아마도 말로 다 할 수 없는 우리가 모르는 비리나 혹은 상상을 초월하는 비인간적이고 속물근성이 잔뜩 밴 시장이 아니었었던가를 짐작하게 했다. 아니다. 시장은 무슨 시장, 그녀는 나를 향해, 세상을 향해 욕을 하고 있는지도 몰랐다.

잠시 당황했다. 이 예상치 못했던 사태를 수습하는 데 약간의 혼돈과 시간이 필요했다. 그녀는 적어도 무얼 잘못 살았는지 알고 있는 듯했다. 그 욕은 어떠면 자신에 대한 원망인지도 몰랐다.

"천하의 국장님이 이러시면 아래 직원들은 어떻게 하라고. 생각보다 여리네."

시장에 관한 한 의견을 빼고 딴청을 피듯 말했다.

"선생님 저 실컷 울어도 돼요?"

"울어요. 누가 보면 늙은 남편이 여기까지 와서 속 썩이는 줄 알겠네."

"농담하지 마세요. 저 진지하단 말예요."

그녀는 터져 나오려는 웃음을 참으며 말했다.

"모르는 척할 테니 분위기 깨지기 전에 실컷 울어요."

"분위기 다 깨졌어요. 안 울래요."

"이해가 될 것 같기도 한데 잘 이해가 안 가. 근데 뭐가 문제지? 왜 우는 거야? 셀게의 햇빛이 너무 눈이 부신가. 공기가 너무 깨끗해 눈에 들어갈 티도 없을 테고."

"저도 모르겠어요. 그냥 뭔지 모르게 눈물이 나요. 속죄해야 될 것도 같고, 용서를 빌어야 할 것도 같고 하여간 뭔가 크게 잘못되었다는 생각이 갑자기 드는 거예요. 미칠 것 같아요. 정말 나쁜 놈들 투생이예요."

"이해할 만해. 나도 저 소녀들 뒤를 따라가면서 내가 지금까지 좇던 게 무엇이었나 하는 생각이 문득 들었어. 헛것을 보고 좇아 산 기분이야. 다 부질없는 짓을 한 건 아닌가 하는 생각도 들고 말이야. 그런데 김군하고 이렇게 이곳에 와 있다는 생각에 미치자 살 만한 게 인생이구나 하는 생각이 다시 드는 거야. 기분이 좋아지더라고. 그걸 모순이라고 해도 되나? 아니지, 깨달음일지도 모르지. 하여간 난 단순해. 단순하게 살기로 했어."

여전히 나쁜 놈들과는 뒤섞이고 싶지 않았다. 그녀도 그런 내 마음을 알았는지 더 이상 그 부분에 대해서는 말을 꺼내지 않았다. 그녀의 어깨를 감싸 안았다.

"왜 같은 생각을 하고 저는 눈물이 나는 거죠?"

"같은 길로 갔다고 해서 똑같이 만족하지는 않겠지. 같은 걸 했다고 해서 같이 만족할 수도 없지. 같은 방향을 보고 있다고 해서 생각도 같은 건 아니잖아. 우리는 바다를 보고 얼음 위에 서 있는 남극 펭귄이 아냐. 같은 건물에서 같은 일을 하고 있지만 같은 용광로에서 녹고 있는 쇳물은 아니지. 그런 이유 아닐까? 게다가 김군은 된 인간이고, 나는 덜 된 인간이고, 그 차이지 뭐."

"농담하지 마세요. 모르겠어요. 억울하기만 해요."

그녀는 아직도 감정이 누그러들지 않는지 계속해서 눈물을 찍어내고 있었다.

"김군 세계 일주는 다음에 하고 이번에는 터키 일주나 합시다. 이곳에 오면 늘 느끼는 것이지만, 한 곳을 집중적으로 보는 게 좋고, 마냥 하는 느린 여행이 좋아. 그리고 생각해 보니 갈 곳이 아직도 많아. 다른 곳 보겠다는 건 어디 나도 가봤어 하는 건데 그러지 말고 터키나 열심히 다니자고. 어때요?"

오늘 그녀를 보고 더 이상의 여행은 무의미하다는 확신이 들었다. 여행이 단순히 보는 것만이 아니라면 그녀는 여행의 효과를 톡톡히 보고 있었고, 이 여행은 나조차도 가장 보람되고 알찬 여행이 되고 있었다.

여행은 한 발 더 가면 한 가지가 더 보이고, 두 발 더 가면 두 가지가 더 보인다. 멈춰 서면 깊은 샘으로부터 솟아오르는 남 모를 기쁨이 있다. 방언처럼 '시장 개새끼'라는 말이 터져 나왔을 때 나는 직감했다. 더 무슨 여행이 필요한가. 그녀가 지금까지 살면서 몰랐던 것, 미처 깨닫지 못했던 것을 오늘 이곳에서 다 얻어냈다고 확신했다. 마치 셀게는 그녀에게 죽비와도 같았다. 그리고 '시장, 개새끼' 그 말은 그녀가 나에게 내린 법어이기도 했다. 두 소녀가 까닭을 모른 채 눈을 동그랗게 떴지만 이내 아무 일도 아닌 것을 알았는지 겸연쩍게 웃어보였다.

"좋아요. 그렇게 해요."

원형극장에는 마을사람들로 이루어진 장사꾼이 모여들어 관광객을 따라다녔지만 여느 곳처럼 강매하거나 치근거리지는 않았다. 그들은 열심히 셀게의 역사를 설명하거나 대화를 통해 자기 손님으로 만들려고 하고 있었지만 관광객은 호락호락하지 않았다. 최선을 다하는 그들의 모습이 우스꽝스럽다고 느껴졌다.

이곳 사람들의 모습과 자연의 모습이 닮아 있었고, 어딘지 모르게 장사치로는 어울리지 않았지만 진지하고 순박한 모습을 보기에는 충분했다. 내 고향 덕정 오일장의 할머니들과 조금도 다르지 않았다. 물건을 팔지 못한다고 해서 장사를 망쳤다거나 끼니를 걱정해야 하는 정도도 아니었다. 단지 돈 몇 푼 생기면 다행일 뿐, 그 돈의 위력이 도시와 같지는 않아 보였다. '황금의 빛'을 본 사람만이 물건을 살 것이었다.

안탈리아에서 동쪽으로 한 시간 남짓 가면 올림포스 산이 있는데 신들이 살았다는 전설의 산이다. 물론 그리스에 있는 또 다른 올림포스 산과 신들의 고향에 대해 설왕설래하고 있지만 신들이 살았다고 해도 믿을 만큼 산의 규모가 웅장하고 방대하며 오묘하다. 실제 신들이 살았건 안 살았건 사람들은 그렇게 믿을 만하다. 아마 이곳으로부터 따지자면 서쪽으로 한 200여 ㎞쯤 될 법한데 이곳 역시 오지랖 넓은 신들의 활동 영역이 아니었나 하는 생각이 들 정도로 경관이 수려했다. 세상의 어떤 티끌도 이곳까지 올 수는 없었다. 사람들이 묻혀오지 않는 이상.

셀게 사람들을 보면서 동시에 궁핍한 그들의 삶도 보았다. 그렇지만 곧 생각을 바꿨다. 내 눈에 보인 궁핍함이 그들 삶의 실체는 아닐 것이다. 내가 보았다는 궁핍함은 내 눈이 본 것일 뿐, 어느 누구로부터도 그들의 궁핍함에 대해 이야기를 전해들은 바 없다. 그들의 눈빛에서도 궁핍함이라고는 읽을 수가 없었다. 또다시 책에서 읽은 문구가 떠올랐다. '유구면 유고요, 무구면 무고라!' 그래 더 이상 배우지 말고 세상을 알려고 하지도 말자.

그들의 눈은 빛나고 얼굴은 해맑았다. 궁핍한 사람들의 눈이라면 저토록 반짝일 수가 없지 않은가. 우리는 단순히 그들이 입은 옷, 살고 있는 집 그리고 먹는 음식 등을 보고 궁핍과 부유함을 판단했다. 덧붙여 불행할 것이라고 생각하기도 했다. 그렇지만 그런 생각이 얼마나 어리석고 일방적인가. 우리가 그들에게 무엇을 줄 수 있을까? 주기는커녕 오히려 듬뿍 얻었다.

멍석을 깔아놓고 모여 앉아 점심을 먹는 식구들의 얼굴에는 온통 편안함이 묻어났다. 처음에는 그들이 도회지 사람인 나를 부러워할지도 모른다고 생각했지만, 어쩌면 그들은 나를 불쌍히 여길 것이라는 생각이 들자 갑자기 슬퍼졌다. 실제 그런 눈빛을 본 것도 같았다. 아귀다툼이 들끓는 세상으로 다시 돌아가는 나를 저들은 딱하게 여길 것이다. 적어도 그 댁 할머니는 한번도 도회지 나들이를 하지 않았을 것이라는 생각이 들었다. 그러니 행복했다. 눈 먼이여! 눈 뜨기를 소망하지 말라. 어차피 아름다움은 그대의 마음속에 있나니!

한 시간여의 둘러봄 끝에 우리가 떠날 때가 되었음을 가늠한 소녀들이 보따리를 풀었다. 보따리 안에는 터키 어느 시장에서나 볼 수 있는 간단하고 조잡한 기념품이 들어 있었다. 안내한 대가를 보상받으려는 심산이다. 사지 않아도 그만이기는 하다. 그런 물건을 수없이 보았지만 별로 줄 사람도 없고, 선물로 준다고 해도 좋아할 것 같지 않았기 때문에 지금까지는 사지 않았었다.

그런데 이번만은 달랐다. 소녀의 눈과 얼굴을 보고도 그대로 무정하게 떠난다는 건 잘못된 일이라는 걸 내 마음이 알려주고 있었다. 산을 내려가 버리는 한이 있더라도 꼭 하나쯤 사주어야 한다. 그녀와 함께 몇 가지 팔찌를 모양 별로 골라 가격을 물었다. 이미 속으로는 줄 사람의 숫자를 세고 있었다. 다른 곳에 비해 싼지 어떤지 알 수 없었지만 그 정도는 지불해도 괜찮다고 내 마음이 말하고 있었다. 치장하고 안 하고는 받는 사람 마음이겠지만 나는 꼭 주어야겠다고 작정했다.

소녀들은 고맙다는 인사를 남기고 잘 가라고 말했다. 워낙 관광객이 많이 오는 탓인지 영어를 곧잘했다. 그렇지만 순진했다. 몇 가지 물건을 팔고는 뛸 듯이 기뻐하는 소녀의 순박함이 보기에도 좋았다. 느낌에는 내가 더 많이 팔았지, 라고 서로 자랑하고 있는 듯했다. 사주기를 잘했다는 생각이 들었다. 주위에 숙박시설이 없는 것이 흠이었다. 만약 잘 곳이 있었다면 하루 정도 머물러도 좋았다. 어쩌면 다행인지도 몰랐다. 그들이 털어놓고 가게 될 도시의 오염된 것들을 막을 수 있지 않은가. 소녀들이 잘 가라고 손을 흔들었을 때 그녀도 돌아서서 소녀에게 손을 흔들어 인사를 대신하고 있었다.

"오늘은 일찍 가서 쉬고 내일 일찍 길을 나섭시다."

호텔로 돌아오는 동안 말이 없었다. 깨달음이 컸던 것인지 놀라움이 가시지 않은 것인지는 몰라도 셀게는 그녀에게 충격의 땅이었다.

이곳 셀게 사람들은 남을 정복하는 것도 싫고 남에게 정복당하는 것도 싫어한 민족으로 보였다. 왜 그 많은 평지를 두고 이 높은 꼭대기까지 올라온 것일까? 연유가 어디 있건 이들을 닮고 싶었다.

싸움은 해서 무엇하고, 남을 점령해서 또 무엇을 하겠다는 것인가. 그러니 이 지방 사람들은 누구든 우리와 싸우려면 이 높은 곳까지 올라오라고 했겠지만, 감히 1,000m나 되는 이곳을 전장으로 삼을 이유가 없었다. 전장의 조건이 문제가 아니라 상대가 싸울 의사가 없고, 우리를 해하려 하지 않는데 구태여 전장으로 끌어낼 이유가 없었다.

다른 종족들도 보이지도 않는 곳에서 조용히 사는 이들이 자신들을 해치려고 내려올 것이라고는 생각도 안 했을 것이다. 거기가 어디라고 올라가? 셀게 사람들 절대 우리 정복하겠다고 내려오지 않으니 걱정 마! 그렇다고 셀게 사람들이 비겁하게 적에게 등을 보인 것은 아니었다. 다만 누구와도 다투지 않고 평화롭게 살고 싶었겠지. 셀게 사람들은 자연은 인간을 스스로 타협하게 만들거나 포기하게 하기도 한다는 걸 일찍이 알고 그 꼭대기에서 내려다보고 있었다.

그렇지만 꼭 누가 정복하거나 파괴를 해야 망하는 것은 아닌가 보다. 어쨌든 이들은 망했고, 지금은 얼마 안 되는 소수만이 남아 있다. 그런 걸 보면 적당히 싸움질도 하고, 살아남으려고 애를 써야 생존과 번식이 가능한 것인지도 모르겠다. 그러나 누가 미래를 알리오.

세상은 온통 다툼으로 날이 새고 지지만 이곳은 그럴 곳이 아니라는 느낌이 들었다. 소위 말하는 IS의 테러리스트가 그곳에 들이닥칠 일도 없고, 그들이 세상일에 간섭할 까닭도 없어 보였다. 지금처럼 자신들이 사는 아래 동네를 넘보지 않고 그 안에서 살면 그만 아닌가. 그러고 보면 셀게 사람들 조상의 혜안이 놀라웠다. 이념전쟁이 일어나든, 종교전쟁이 일어나든 그들의 관심 밖의 일인 듯 보였다.

아무것도 보이지 않는 하늘 아래서도 해는 지고 있었다. 해는 산 쪽으로 숨지 않고 멀리 지중해 속으로 당당하고 장엄하게 가라앉고 있을 터였다. 우리는 차를 몰아 산을 돌고 돌아 내려왔다. 돌아다보니 이번에는 내려온 길이 까마득하게 올려다보였다. 내려오면 올려다보이고, 올라오면 내려다보이는 것이 우리네 삶이던가. 그들이 내려다보면서 세상을 비웃고 있을지도 모른다는 생각이 문득 들었다.

시장 개새끼! 그 말이 떠나지 않고 맴돌았다. 시장, 개새끼! 그렇지.

그럴 거야. 암, 그렇고 말고. 말해 무엇해. 그녀가 무슨 까닭으로 욕을 했건 그녀의 욕이 매우 정당할 것이라는 걸 믿어 의심치 않았다. 어느새 그녀의 편이 되어 있었다. 그런 시장이 어디 하나 둘인가. 시장만 개새끼겠어. 그 자들의 생각은 뻔해 존재보다는 소유가 먼저겠지. 무구면 유고요, 유구면 무고라! 그 놈의 창자는 길고도 길어 먹어도, 먹어도 끝이 없겠지.

생각보다 오랫동안 셀게에 머물렀고, 길도 간단치 않아 해가 떨어진 후에야 호텔에 도착했다. 방에 들어오자 편지가 한 통 놓여 있었다. 쿠툴루스가 모레부터 런던에서 열리는 골프박람회 참석차 떠나는 바람에 작별인사를 할 수가 없다고 여행 잘하라는 말과 함께 다시 보자고 적혀 있었다. 참 친절하고 배려 깊은 사람이다. 전화를 걸었지만 전화기가 꺼져 있었다. 비행기 안에 있는지도 모를 일이었다.

그녀가 다가와 가슴에 안겨왔다. 이제 안정이 되었다는 표시 같았다. 가볍게 포옹해 등을 토닥여주며 다시는 그 입으로 개새끼라고 욕하지 말아요, 라고 눈빛을 보냈다. 그녀는 발뒤꿈치를 살짝 들고 내 볼에 입을 맞추고는 욕을 해 미안해요, 하는 표정을 짓고 도망가듯 품에서 빠져나갔다. 그녀는 아침나절보다 훨씬 명랑해 보였다.

"김군, 많이 늘었네. 서양사람 다 됐어."

"그럼요. 저도 다니면서 보고 배운 게 많아요. 이따가는 어쩌면 로비에서도 뽀뽀할지 모르니 각오하세요."

"정말? 두고 보겠어. 득도했나? 내가 더 많이 보고 다녔는데 뭘 각오씩이나. 각오는 김군이 하시게. 그런데 한 가지 알려줄 것이 있어. 김군이 로비에서 뽀뽀할 정도가 되려면 평소에도 내 곁에서 삼십 센티 이상 떨어져 걸어서는 안 되고 늘 가깝게 붙어 있어야 돼. 그 까닭은 말이야, 적어도 우리는 늘 키스할 준비가 되어 있을 정도로 몸도 마음도 가깝다는 표시일 뿐만 아니라 남들이 볼 때도 그렇다는 걸 증명해 보여야 하거든. 우린 너무 멀어. 마치 셀게에서 멀리 보이는 설산 같아."

"그래요? 그렇게나 멀어요? 그럼, 이렇게 가까이 가면 돼요?"

"그렇지. 그 정도면 충분하지."

다가오는 그녀를 안고 살짝 입을 맞췄다. 아직도 셀게의 신선함이 풍겨오는 듯했다.

물론 다시 오기는 하겠지만 오늘이 일단 안탈리아에서는 마지막 저녁식사였다. 저녁을 먹으며 왜 선생님이 느린 여행, 혼자만의 여행, 계획을 짜지 않는 여행을 고집했는지 알 것 같다고 했다. 여행을 다니면서 갈등을 겪지 않는다는 것은 바람직한 일이고, 그녀가 내 방식에 동의하고 있다는 걸 확인하자 마음이 놓였다.

어디든 많이 다녀본 것은 아니지만 주위 사람들에게 들은 바에 의하면 마치 다큐멘터리 같은 여행, 기록을 남기기 위한 여행은 자신도 싫다고 했다. 그들에게 어디 어디 갔었느냐고 하면 잘 모르겠다며, 어디 갔다온 것은 알아 뭐하느냐며 묻지 말라 한단다.

사진을 보고서도 어디서 찍은 사진인지 모르는 경우가 허다하다. 결국 대화는 그래, 얼마 들었어? 하는 말로 끝나고는 했다. 누구든 단 한 사람도 심금을 울리는 여행 이야기는 한번도 한 적이 없었다.

이번에도 셀게에 다녀왔다면, 좋은 데 다 놔두고 거기는 왜 갔다 왔느냐고 할지도 모른다고 말했다. 결국 여행담이란 게 여행 경비를 비교하고야 끝난다고 웃으며 말했다. 네가 셀게를 알아? 어느 유행어가 갑자기 떠올랐다며 정말 좋은 곳이었다고 말했다. 아직도 가슴이 뛴다며 내 손을 끌어다 가만히 자신의 가슴 위에 댔다. 나는 셀게의 소리를 듣고 싶어, 라고 그녀의 가슴에 귀를 갖다댔다. 하여간 짓궂다고 살며시 밀어내며 말했다.

어쩌면 그곳 셀게는 삶과 죽음을 구분 짓는 경계 같기도 했다. 셀게라는 말도 그렇게 들렸다. 선계仙界라고도 들렸다. 그곳을 미처 보지는 못했지만 원형경기장 뒤 절벽 쪽은 까마귀가 나는 (까마귀에게는 좀 미안했다) 혹시 죽음의 세계가 있었던 것은 아닐까 하는 생각이 문득 들었다. 하기는 돌아보면 삶이요, 또한 앞을 보면 죽음인 것이 인생 아닌가. 그곳 사람들이 죽으면 그곳으로 던져버릴지도 모른다는 생각이 들었다.

그녀는 나에게 죽음에 대해 물었다. 우선 그 이야기를 하려면 기운이 있어야 하니 밥을 맛있게 먹자고 말했다. 느닷없는 질문에 무어라 대답하기도 어려웠다. 종업원이 빈 접시를 가져가면서 나에게 오늘은 어디를 다녀왔느냐고 물었다.

"저 사람 뭐라는 거예요?"

"응, 매일 마주보고 앉아서 식사를 하다가 오늘은 왜 나란히 앉아서 먹느냐고 하네."

"하여간, 선생님은. 그래서 뭐라고 했어요?"

그녀는 그게 아니라는 걸 알면서도 물어왔다. 아마도 농담 속에서 무언가를 얻어내려는 듯 보였다.

"난 잘 모르겠다고 했지. 워낙 저 숙녀가 지중해처럼 변덕스러워 내일은 또 어디에 앉을지 모른다고 했어."

"순 엉터리야. 나 영어 모른다고 함부로 하시면 안 돼요."

"영어 알아들어도 의역은 바뀌지 않아. 직역하면 몰라도. 알아들으면서 못 알아듣는 척하지마. 커피 드시겠소?"

그녀는 그러마고 했다. 커피 머신 쪽으로 다가가 네스카페라고 쓰인 버튼을 눌렀지만 커피는 나오지 않고 전광판에 뭐라고 터키 말이 뜨고 있었다. 지나가던 친절한 종업원이 경고음을 듣고는 잠시만 기다리라고 했다. 잠시 후 커피 찌꺼기를 쏟아내고는 다 되었다며 커피를 즐기라고 한다. 커피 두 잔을 뽑아들고 자리로 돌아왔다.

"김군, 술 굉장히 세던데."

"또 비아냥거리신다. 그게 아니라 오랜만에 마셨잖아요. 게다가 거푸 세 잔을 들이켰더니 취기가 오르더라고요. 그리고는 전 몰라요. 어떻게 된 건지. 이런 경험 처음예요."

"좋은 사람 만난 줄 아슈. 죽여도 모를 지경이더라고."

"다른 실수는 안 했어요?"

"실수 좀 했으면 했는데 안 하던데. 그게 좀 아쉬웠어."

그녀는 빙그레 웃기만 했다. 우리는 차를 마시고 로비로 나왔다. 세일즈 매니저가 다가와 차를 마시겠느냐고 물었다. 따지고 보면 그런 서비스는 그 책임자의 일은 아니었지만 마치 나에게 일부러 관심을 보이는 것 같기도 하고, 특히 남과 같이 있을 때는 특별한 손님으로 추켜세우는 것 같아 기분을 좋게 했다.

마시겠다고 했으면 자신이 직접 커피를 가져다주었을 것이다. 그것은 고도의 영업행위였다. 눈썰미 좋은 아래 직원은 보고 배울 수도 있었다. 어쨌거나 기분이 몹시 좋았다. 나 또한 거절하는 정도의 예의는 알고 있었다. 마신 것이나 다름없다고 생각했다. 쿠툴루스에게 저 직원을 칭찬해야겠다고 마음먹었다. 방금 식당에서 마시고 나오는 길이라고 말하고는 소파에 몸을 던지듯 앉았다. 그녀도 맞은편에 자리를 잡았다.

"이 양반아 이리 와. 거기 다른 사람 앉아야지."

정색을 하며 말하자 그녀는 주위를 둘러보고는 부리나케 일어나 내 옆으로 왔다.

"자리 많은데요, 뭘."

"그럼 내 옆에는 누가 앉나? 저 뚱뚱한 여자 보고 와서 앉으라고 할까?"

"자꾸 그러실 거죠? 또 속았네. 아침마다 오늘은 안 속아야지 하면서 매번 속는단 말예요."

"이리 가까이 와봐. 할 말이 있어. 사랑에 속고 사랑에 운다는 말도 있잖아. 나 지금 진지해."

그녀는 궁둥이를 들어 내 곁으로 다가와 앉았다. 가만히 어깨에 팔을 올리고 말했다.

"김군, 이게 서양식야. 내가 밖으로 나돌았더니 워낙 버릇이 되어서 말이야. 이해해 줘. 뽀뽀 한번 할까?"

그녀는 내 팔을 들어치우며 말했다.

"금방 또 속네."

"사실야. 왜, 뭘 속았다는 거야?"

"몰라요."

"이제는 방에 가기가 무섭네. 오늘은 술 먹을 거야, 말 거야?"

"왜요?"

"겁나서 그러지."

"어떻게 하면 되겠어요?"

"나야 모르지. 먹는 사람 마음이니까."

"그럼, 어제 먹다 남은 포도주만 마저 마시고 자요. 얼마 안 되니까요."

"알았어. 그럼 일단 마시기만 하는 걸로 알겠어. 산책이나 하고 들어갈까?"

우리는 웃으며 로비 밖으로 나와 해변으로 걸어갔다. 이곳 모든 호텔의 특징은 해수욕 손님을 겨냥해 지었기 때문에 해변에 면해 있었다.

해수욕 손님이 떠나고 철지난 해변은 적막했지만 다른 것으로 충만했다. 달빛이 그랬고, 조용히 밀려왔다가 사라지는 파도 소리가 그랬고, 해변을 따라 끊겼다 이어졌다 하는 불빛이 그랬다. 사람은 떠나도 지중해는 그대로 남아 빈 배처럼 또다시 올 손님을 기다린다.

'엄마가 섬 그늘에 굴 따러 가면' 혼자 노는 아이처럼 파도가 느리게 밀려왔다가 뒤로 물러서는 일을 반복했다. 오늘 일을 다 마친 사람처럼 한가함과 여유로움만이 해변에 가득했다. 평생을 살면서 이런 자연의

도도함과 풍요함을 맛본 적이 없었다. 너무 바쁘게만 살아왔다는 생각이 뇌리를 스쳤지만 슬며시 웃고 말았다. 달빛을 받은 백사장은 길게 이어지며 우리가 걸어가도록 길을 내주고 있었다.

하늘에는 밝은 달이, 발 아래로는 고운 모래가, 그리고 달빛에 어리는 지중해가 고즈넉했다. 이 저녁만큼은 내 생각이 어디에도 머물지 않고 달빛이 흥건한 지중해를 마음껏 떠다니고 있었다. 살면서 이런 순간도 몇 번 없었을 것이었다. 바쁠 것도 바쁜 것도 없었다.

느닷없이 달빛 아래 연못가를 거닐고 있는 주자청 선생이 떠올랐다. 그는 혼자 걷는 연못가에서 자유와 권리를 누릴 수 있어서 좋다고 했다. 저 무한한 연꽃 향기와 달빛을 누릴 수 있어서 좋다고도 했다. (수필 「荷塘月色」 중에서)

나는 주자청 선생과 달빛과 백사장과 지중해 물빛에 젖어 걸었고, 그녀는 팔짱을 낀 채로 아무 말 없이 따랐다. 그러니 주자청 선생보다는 적어도 내가 더 행복했다. 달빛이 내리는 지중해가 그냥 좋았다. 달빛으로 출렁이는 지중해 옥색 물 위로 천년만년 우리의 사랑을 띄워놓고 가리라.

그녀를 돌려다보았다. 내 팔에 기대어 빈 해변을 무념무상의 상태에서 걷고 있었다. 오늘 저녁은 너무 아름다워 싫었다. 달빛이 너무 밝아 미웠다. 너무 조용해 무서웠다. 이런 게 아름다움이란 말인가. 이렇게 걷다가 떠나고 나면 언제 다시 이 아름다움을 즐길 수 있을까. 지중해! 이 아름다움을 어찌하랴.

눈물이 뺨을 타고 흘러내렸다. 그녀 몰래 눈물을 닦았다. 용케도 눈치

챈 그녀가 걸음을 멈추고 나를 안았다. 한동안 그렇게 서서 하염없이 눈물을 흘렸고, 그녀는 두 손으로 내 얼굴을 어루만지며 눈물을 닦아주었다. 우리는 아무 말도 하지 않았다. 달빛 아래서 긴 입맞춤을 했다.

1980년 초부터 이 년 반 동안 사우디아라비아 담맘에서 상사 주재원으로 근무한 적이 있었다. 차를 몰아 황색 모래바람이 부는 사막을 달리면서 이선희와 최진희 그리고 김수희의 노래를 들으며 처음으로 트로트의 예술성을 느꼈고, 허접하다고만 생각했던 노래에서 감동을 느꼈다. 예술! 예술의전당에 앉아서 모차르트에 감동하듯 사막 가운데서는 듣는 트로트야말로 압권이었다. 4월! 초록이 몽환처럼 떠다니는 사막을 보면서 사막에도 봄이 온다는 걸 알았다.

알코바 바닷가를 거닐며 바다로 떨어져 내리는 석양의 붉은 노을의 슬픈 모습도 보았다. 그때까지도 태양이 산 너머로만 지는 줄 알았다. 석양에는 꼭 장엄함만 있는 것이 아니었다. 처음 어머니가 그립기도 하다는 것도, 두고 온 갓 돌 지난 딸애가 보고 싶다는 감정도 느껴보았고, 그 무엇이든 내 곁에서 멀어진 것들에 대한 그리움에도 각각 다른 깊이가 있다는 걸 알았다. 그때도 알 수 없는 눈물이 뺨을 타고 흘러내렸었다. 오늘 흐르는 눈물은 그 의미가 달랐다. 세월이 너무 많이 흘렀다.

그 알코바 바닷가와 사우디아라비아의 사막이 그리워 미치겠다고 말했을 때, 그녀는 언제 우리 거기도 한번 가요, 라고 말했다. 어딘가 오랫동안 머물다 떠난다는 건 슬픈 일이라는 걸 알게 되었고, 떠남에 대한 두려움마저 앞섰다. 그냥 허적허적 거니는 것만도 못할 때가 많았다. 하물며 그녀와 둘이서 걷는 이 해변에서이랴!

나도 모르게 바다 속으로 걸어 들어가고 싶었다. 실제로 몇 발자국 바다로 옮겼을 때 그녀는 깜짝 놀라며 선생님, 신발 젖어요, 라고 나를 잡아끌었다. 아, 죽음이여! 그 편안함이여! 나에게는 왜 죽을 용기조차 없는 것일까.

이런 일들이 의도적이고 인위적으로 되는 것은 아니지만 훗날, 오늘 그녀와 이렇게 걷는 이 길이 얼마나 많은 아픔을 나에게 줄 것인가를 유추해내는 것도 그리 어렵지 않았다. 아무래도 적막을 깨야 할 것 같았다.

"김군, 미안해. 아무 얘기나 해봐. 꼭 화난 사람 같아서 좀 쑥스럽군."

"선생님, 보기보다 감성적이시네요. 무서워요. 요 며칠, 감동의 연속예요. 셸게에서도, 오늘 걷는 달빛 쏟아지는 지중해 해변도 너무 감동적예요. 왜 좀 더 일찍 이런 데를 오지 않았나 하는 생각만 하면 몹시 슬퍼요. 화가 나요. 특히 선생님의 눈물이 저를 다시 돌아보게 하네요. 십 년 후 저도 어디에선가 울까요? 전 이렇게 생선 비린내가 나지 않는 해변을 걷고 있다는 게 지금도 실감할 수가 없어요. 뭐라고 설명해야 할지 모르겠어요. 바다는 바단데 참 알 수 없네요. 백사장 위에 어쩜 조개껍질 하나 없을 수가 있죠? 뭐가 잘못 되었죠? 여기가 지중해, 바다 맞아요? 나 맨발로 걸을래요."

그녀는 양말을 벗어 구두 속에 넣고는 맨발로 걷기 시작했다. 그녀의 샌달을 빼앗아 바지 뒷주머니에 찔러 넣었다. 속으로 되뇌었다. 그래요, 여기가 지중해예요. 맘껏 느껴요. 그대가 왜 하필이면 나와 함께 이 해변을 걸었었는가 하고 후회할 날이 온다는 걸 알지요. 그래서 마냥 즐겁지만은 않아요. 그러나 그대를 저만치 떼어놓고 싶은 생각도 없지요. 할 수만 있다면 이 순간을 위해 바다로 걸어 들어가고 싶어요. 우리를 후회하지 않게 하는 건 죽음이 유일하죠. 아, 그런데 용기가 없어요.

"우리가 모르는 것이 세상에는 너무 많아. 다니다 보면 비단 이뿐만이 아닐 거야. 비행기가 어떻게 뜨는지도 여전히 의문이고, 거지들이 쓰레기통을 뒤져서 빵조각을 골라 먹어 가면서도 꼭 살아야 하는 건지도 모르겠어. 프랑크푸르트 시내 햄버거 가게에서 거지가 쓰레기통을 뒤져서 감자부스러기며 햄버거찌꺼기를 주워 먹는 걸 보았어. 그때 살모렐라균과 전염병을 생각했지. 그런데도 나는 호사스런 생각만 했지. 그래 그렇게 죽을 수만 있다면 당신 행복한 거야 하고 말이야. 그 사람이 배가 고파 당장 죽을지도 모른다는 생각은 아예 하지도 못했어. 왜 이곳 햄버거가게 종업원들은 거지를 내쫓지 않는 걸까 하는 의문도 들었지. 만약 그가 병원성전염병에라도 걸려 죽는다면 어떻게 책임지려고 저러나 하는 생각만 들더라고. 어떤 아주머니가 햄버거 하나를 더 주문해 그 거지에게 주더군. 비로소 그도 손님이 될 수 있다는 걸 알았지. 난 돈은 있었지만 그래야 하는 건지는 몰랐어. 이상하게도 그 광경이 아름답지도 않았고 차라리 구차하고 눈물겨웠어. 저렇게라도 살아야 하는 건가? 산다는 게 도대체 무엇일까? 하는 생각이 들더라고. 나중에 생각해 보니 죽지 못해 사는 사람들이 경우만 다르지 얼마든지 있다는 걸 알았어. 먹고 살라고 그 아주머니가 햄버거를 사준 것은 아닐 거야. 순간적으로 동정심이 발동한 것이지."

제7장 … 죽음이 뭐예요?

오늘은 딱 죽기 좋은 날이네. 햇살은 따뜻해 대지에 남은
마지막 습기를 거두고 11월의 대지는 나를 덮을 것이네.

그녀는 분위기에 빠져 내 말을 듣고 있지 않았다. 대답 대신 엉뚱한 말을 했다.

"선생님 저 바다로 걸어 들어갈까요?"

"왜? 살기 싫어졌어?"

"그게, 살기 싫어졌다기보다는 지금이 죽기 딱 좋은 때인 것 같아요."

"죽기 딱 좋은 때라! 말은 멋있는데 이해가 안 되네. 알아듣기 쉽게 설명을 좀 해줘."

"설명하고 자시고 할 것도 없어요. 배고플 때 밥 먹고, 졸릴 때 자고, 뭔가 하고 싶을 때 하는 것처럼 죽고 싶을 때 죽겠다는 거죠."

"좋아! 그럴 듯해. 근데 지금 들어가면 추워. 감기 들어. 난 못 간다고 전해라. 죽는 게 두려워서가 아니라 추운 게 싫다네."

잠시 말을 멈췄다가 이어나갔다.

"사실은 아까 바다로 걸어 들어가고 있는 중이었어. 김군이 신발 젖는다고 잡아끌지만 않았으면 지금쯤 저만치 가 있을지도 몰라. 목만 내놓고 있겠지. 그런데 밥 먹는 것과 죽는 것과는 근본적으로 다르다는 걸 알아야 할 걸. 배가 고파 밥을 먹는 것은 살기 위해 먹는 것인데, 죽고 싶다고 죽는 것은 그 목적이 뭐지? 너무 쉽게 생각하지 마. 죽음은 피할 수도 없고 피해지지도 않는 것이지만 쉽게 생각할 건 아니라고 생각해. 김군 이야기 듣고 언제 내 시를 발표한 적이 있었나, 하고 깜짝 놀랐어. 언젠가 쓴 시에 지금은 죽기 딱 좋을 때라는 시를 쓴 적이 있거든. 그게 떠올랐을 때 아, 사람들이 같은 생각을 하기도 하는구나, 하는 데 놀랐고, 둘째는 어떻게 글자 하나 틀리지 않고 똑같이 표현하지 하고 놀랐지."

"시도 쓰셨어요?"

"본의 아니게 시 공부를 한 삼 년 했는데, 선생님이 숙제를 자꾸만 내주셔서 습작할 때 쓴 시야."

"그 시 기억나세요?"

"물론 잘 안 나지. 한 두 구절은 생각날 것 같기도 해. '오늘은 딱 죽기 좋은 날이네/ 햇살은 따듯해/ 대지에 남은 마지막 습기를 거두고/ 11월의 대지는 나를 덮을 것이네' 이렇게 시작했던 것 같아. 그렇지만 이 시는 죽어야겠다는 게 아니고 가을 햇살이 너무 좋아서 이런 날 보송보송한 흙을 덮고 죽었으면 좋겠다는 의미로 쓴 시야. 집안 내 장삿날 선산에 묘를 쓰려고 땅을 팠을 때 비가 오거나 땅이 축축하면 난 싫더라고.

흙이 마르고 보송보송해야 기분이 좋아. 이 시 쓰고 선생님한테 꾸중 들었어. 시 그렇게 쓰는 거 아니라고."

"왜요? 저는 좋은데요. 좀 의미는 다른 것 같군요."

"김군은 죽음에 대해 어떻게 생각해? 시 이야기는 관두고 아까 물은 것에 대해 이야기하자고."

갑작스런 나의 질문에 약간은 혼란스런 모습을 보였다. 하기는 절대 절명의 명제에 대해 그리 쉽게 답이 나올 리가 만무다. 평소에 누가 죽음에 대해 그리 깊이 생각해 보았겠는가. 우리가 흔히 쓰는 말 중에서 철학적으로 심오한 의미를 지닌 말들에 대해 너무 소홀히 한다. 고뇌하지 않는 삶을 살고 있다는 말인데 그런 삶은 무미건조하기도 할 뿐만 아니라 삶에 대한 애증을 제공하지 않음으로서 긴장감을 덜하게 한다.

고뇌하지 않는 삶은 고통스럽다. 육체적 풍요로움은 가져다주겠지만 정신적 풍요로움은 기대할 수가 없다. 조금만 깊이 생각해볼 수 있으면 좋겠는데 그 까닭은 삶이 풍요로워질 수도 있기 때문이다. 그런데 거꾸로 풍요로운 삶이 그렇게 할 수 없도록 막고 있다.

예를 들면 죽음이라는 말이 그랬다. 탄생이라는 말은 이미 지난 일이고, 그런 일이 나에게 일어나기 전에는 생각도 해 본 적이 없는 말이라 왈가왈부할 필요가 없지만 닥쳐올 죽음은 다르지 않은가. 탄생이라는 말은 다시는 누구에게나 겪지 않아도 되는 말이지만, 죽음이라는 말은 죽는 그 순간까지 평생 우리가 붙들고 살아야 하는 화두다. 기왕에 죽기 좋은 날이라 했고, 어떤 의미로 사용했건 죽음이란 말이 나왔으니 물었던 것이다.

“잘 모르겠어요. 그냥 두려운 것 같기도 하고…….”

그녀는 말끝을 흐리고 말았다. 말이 길어지고 설왕설래할 것 같아 그만 말을 끊어버리려고 할 때였다.

“선생님은 죽음에 대해 어떻게 생각하시는데요?”

“죽음이라는 게 별거야? 그냥 사는 끝이지 뭐.”

“뭐가 그리 싱거워요. 폭탄 꽝, 터트려놓고 자폭한 느낌예요.”

“김군 말이 맛이 있네. 자폭했다고?”

“네에 선생님. 그렇잖아요. 자네 이것 좀 먹어볼래? 잔뜩 기다리고 있었더니 한 입 베어 먹고 쓰레기통에 확 던져버리잖아요?”

“어어, 그 말도 재밌네.”

“빨리 말씀하세요, 죽음에 대해.”

그녀는 죽음에 대해 생각해둔 것이 있으니 당신 죽음과 내 죽음과 한번 겨뤄보자는 듯 재촉했고, 한번 해 보자고 칼끝을 세웠다.

“난 죽음을 이렇게 설명하고 싶어. 우리의 인생을 셋으로 나누면 말이야, 처음에는 태어나기 전의 세상이 있고, 그 다음이 죽기 전까지의 삶이고, 마지막이 죽음이지. 엄격히 말하면 죽은 후의 세상을 말하는 거겠지. 태어나기 전과 죽은 후의 세상이 있는지는 몰라도.”

잠시 말을 끊고 뒤를 돌아다보았다. 너무 많이 와 있었다. 그녀에게 돌아가자고 했고 발걸음을 돌려 다시 호텔 쪽으로 향했다. 여전히 달은 그 자리에서 우리를 내려다보고 있었다. 달빛은 세상을 차분하게 다독이며 잠들게 하고 있었다. 잠든 아이를 내려다보는 어미의 모습을 닮았다는 생각이 문득 들었다. 자애로웠다. 세상을 다스리는 힘 같은 것이 달빛을 타고 내렸다.

"그리스 신화에서는 태어나기 전에 혼동의 시대가 있었다고 하지. 카오스Chaos라는 무질서의 세계야. 물론 그 무질서라는 것은 우리가 말하는 그런 무질서가 아니지. 무질서 하면 광란과 무법과 탈선 이런 게 떠오르지만 그것은 현실세계에서 무법천지에 해당하는 통제불능 상태를 말하는 것이고, 그런 무질서가 아니라 그냥 그대로 놓여 있는, 어찌 보면 우리가 말하는 인위적이고 작위적이지 않은 서로 간섭도 없고 관심도 없는 자연 그 상태를 말하는 거지. 이해가 가? 하여간 세상의 말에 대한 관념이 머릿속에 뿌리 깊게 자리 잡아서 그 말을 흩트리고 새롭게 정의하기는 쉽지 않겠지만 말이야, 대충 무슨 말인지는 알 거야. 어떻게 설명해야 금방 와 닿지. 음, 예를 들면 범람한 후의 강변의 모습? 아무도 손대지 않은 태초 그대로의 모습? 그 정도로 하면 이해가 될까?

그런데 동양 철학, 아니지 중국의 주역에서는 이를 원元이라고 말해. 말은 다르지만 의미는 같아. 우리는 그런 세계에 있다가 태어난 거지. 독일 철학자 하이데거는 우리도 모르게 이 세상에 던져진 존재가 인간이라는 거야. 생각해 보면 그 말도 맞아. 만약 아버지나 어머니가 세상이 이런 곳인데 너 태어나 살아볼래? 하고 미리 설명하고 물었다면 난 거절했을 거야. 살아보니까 그렇게 생각이 되는지는 모르지만 말이야. 하여간 그건 과학적으로 규명된 건 아니고 일종의 그런 이야기지 뭐. 이 이야기를 하는 이유는 그렇게 태어나고 나면 죽음이 남는다는 거야. 그렇지만 설명하기 좋게 남는다 하는 거고, 결국은 죽음만이 유일한 삶의 결과일 뿐이지.

태어났으므로 죽는 거야. 태어남과 죽음 사이에 존재하는 것은 끊임없는 '인식'뿐이야. 인식은 고리지. 고리가 끊어지면 죽은 것이지. 그 인식이 시작되는 때를 주역에서는 '형亨'과 '리利' 사이라고 말하지. 하이데거는 존재는 전기고, 인간은 전구라고 했는데 그 말은 전구에 불이 켜지면 눈에 보이는 것들, 즉 존재들이 드러난다는 거야. 난 아무리 이해하려고 해도 그게 인식이라는 생각만 들어. 그런데 아무 때나 그런 것은 아니고 적어도 내 생각으로는 인간이 무엇인가를 인식하기 시작할 때만 그게 가능한데 이때가 말하자면 '리'의 시기가 아닌가 해. 이는 불교의 중도사상인 존재론과도 맞아떨어지거든. 어쩌면 니체의 제자였던 그가 인도의 불교 철학을 이해했던 것 같아.

불교의 존재론이라는 게 색즉시공色卽是空, 공즉시색空卽是色이라는 말이니까 있으면서도 없고, 없으면서도 있는 그런 뭐가 뭔지 모르는 말이야. 우리는 형으로부터 리로 옮겨가며 살지만 결국은 다시 그곳으로 되돌아가기를 갈망하잖아. 불교의 중도사상, 어린아이로 돌아가야 천국에 든다는 기독교 사상, 결국은 원으로 돌아가는 주자의 원형리정元亨利貞의 철학 그리고 그리스의 카오스가 모두 같은 거라는 생각이 드네. 삶은 때로는 즐거움을 때로는 괴로움을 내 앞에 내려놓고 어찌할 것이냐고 묻지. 그때마다 나는 고뇌하고 있다는 걸 깨닫지. 그러니 결국 삶이란 고뇌의 연속이었을 뿐이라고 생각되는구먼. 그걸 고통이라고 생각하면 사는 멋이 없고, 고뇌라고 생각하면 인생이 얼마나 멋진가 말이야. 그 선택의 기준은 물론 이기주의 즉 에고이즘Egoism이지.

나는 어머니 생전에 물었어야 했어. 어머니 왜 나를 낳으셨어요? 그리고 나는 도대체 누구인 거죠? 라고 말이야. 어머니는 그 점에 대해 단 한마디도 없이 돌아가셨지. 나를 낳아준 이도 모르는 나는 도대체 누군 거지? 말이 좀 많이 빗나갔네.

하여간 오늘은 김군과 한없는 즐거움을 만끽하고 있지만 이 즐거움도 거품처럼 사라지고 말 거야. 죽음은 태어나면서부터 시작되고 동시에 끝이라고 생각해. 그 반대로 생각해도 그만이고. 일부가 아니라 전부지. 죽음으로 인생이 완결되니 얼마나 위대해. 남는 것은 없어. 죽음은 완성인 동시에 무요, 곧 우주 그 자체지. 나는 내 수필에서 죽음은 우리가 살아서 쓰던 그 모든 말과 하던 행동과 염원하고 소망하던 것들을 쓸어 담는 단 하나의 말이다, 라고 쓴 적이 있어. 이렇게 김군과 바다를 바라다보고 있는 이런 시간 말이야. 죽어서는 기독교는 천당에 간다고 하고, 불교에서는 환생한다고 하잖아. 나는 그 어느 것도 믿지는 않아. 그런 말은 전에 코미디에서 말한 사루비아[샐비어]같이 달콤한 말과 같아. 그렇다고 종교를 부정하는 건 아니야. 그래야 천당에 가기 위해, 환생할 때 자신이 원하는 것으로 태어나기 위해 좀 더 진실하게 살려고 노력하지 않겠어.

죽음을 시적으로, 문학적으로 볼 뿐이지 크게 의미를 두고 있지는 않아. 그냥 이별하는 거야. 자신이 살았던 이 세상의 모든 것들과. 그걸 우리는 사별이다, 죽음이다 그리 말하는 거지. 그 다음에 천당에 갈지 환생하게 될지는 나도 몰라. 죽음은 나와 함께 지냈던 것들과의 영원한 작별이라고 생각해. 그게 다야. 특별할 것도 없고, 특별히 의미를 부여할 것도 없지. 내 머리로는 뭘 뾰족하게 생각할 것도 없어. 이런 중언부

언이 있나. 헷갈리지? 괜찮았어? 이상 개똥철학가의 강의였습니다."

"아녜요. 간단하지만 설득력이 있네요."

"설득 당했다는 말이지?"

"네. 하나님이 들으면 놀라 경기하시겠어요."

"뭘, 그러시겠어. 철없는 양이 아는 척한 것 정도로 알고 혀를 차거나 저 철딱서니, 하고 웃으시겠지. 혹시 제법이네, 하시면 다행이고. 덧붙이자면 책을 읽으면 재수가 좋으면 알게 되는 것들이야. 나는 수필가 맹난자 선생의 『본래 그 자리』란 책을 가까이 하는데 얻는 게 많아. 이런 것들도 다 거기서 얻어들은 것들과 다른 책을 통해 알아낸 것, 내 생각을 얼버무리고 짜깁기한 것이라고 보면 돼."

밑천이 드러날까 봐 더 이상 죽음에 대해 이야기하지 않았지만 언젠가부터 죽음은 늘 나에게 제 일의 화두가 되어 있었다. 어차피 거절하지 못할 것이라면 두 손으로 공손하게 받아야 한다. 누가 가던, 어떻게 가던 궁극적으로 다다르는 곳이 죽음 아니던가. 좀 더 진지하게 다가가야 할 곳이 있다면 죽음이 그랬다. 하기는 임금으로부터 사약도 받는데 죽음을 못 받을 이유가 무엇인가.

방으로 돌아와 샤워를 하고는 테이블에 앉아 먹다 남은 포도주병을 열었다. 죽음이라는 무거운 명제에 대해 이야기를 하고 난 끝이라 그런지 분위기가 다소 가라앉은 듯했다. 무리한 줄 알면서 분위기 반전을 위해, 혼자 먹는 술, 혼자 취하는 술 그게 뭐 그리 좋겠는가, 나도 그 기분을 느껴보고 싶다며 한 잔 달라고 했다.

"뭔 술을 따르다 말아. 잔은 채워야 맛이요, 임은 품어야 맛이라며?"

"알았어요. 저는 책임 못 지니까 알아서 드세요."

"예, 어련하시겠습니까. 책임지란 말 안 할 테니까, 제 발로 걸어서 침대로나 가시지요?"

"오늘은 제가 선생님 안아서 침대에 누워드리고 잘 거예요."

"그럼, 소생 마음 놓고 마시겠습니다."

우리는 포도주를 마시기 시작했다. 두 잔을 따라놓고 나니 별로 남은 것이 없었다. 룸서비스에 전화해 한 병 더 가져오라고 부탁했다.

"참 좋아요, 선생님. 이런 분위기. 아무 생각 없이 몸도 마음도 현실을 떠난 것 같은 이런 분위기 속에 내가 있다는 게 너무 좋아요."

"그런 의미에서 건배!"

잔을 들어 자유로움을 위하여, 그런 분위기를 위하여 건배했다. 잔을 부딪고는 또다시 잔을 입으로 가져갔다. 그녀는 잠깐요, 하면서 러브샷을 제안했고 우리는 팔을 서로 꼬고 단숨에 술을 들이켰다. 갑작스런 폭주(?)에 몸이 뜨거워지는 걸 느꼈다. 얼굴이 화끈거렸다. 거울을 보지 않아도 발갛게 되어 있을 것이었다.

"내 얼굴 빨개졌나?"

"아뇨. 그다지. 왜요?"

"얼굴이 화끈거리네. 아 부끄러워. 어쩌면 좋지."

"부끄러워 마세요. 술은 부끄러워하는 사람을 용기 있게 하죠. 적진으로 돌격하게도 한답니다. 술은 만병통치약이죠. 술에는 혼이 있죠. 그래서 술을 마시면 자기보다 몸집이 몇 배 큰 사람 앞에서도 큰소리치고 자꾸 엉뚱한 소리도 하는 거예요. 그 혼령은 때로는 솔직하기도 하죠. 사랑을 고백할 때 사람들은 술을 마시기도 하잖아요. 그 혼령을 불러 대신 고백을 하도록 하는 거죠. 아, 디오니소스 신이시여! 우리 불쌍한 선생님께 용기를 주소서. 용기 없는 자여! 모두 오늘 밤 내게 오시라. 내가 그대 가슴이 철철 넘치도록 용기를 주겠노라. 술맛도 사랑도 모르고 사는 불쌍한 우리 선생님을 위하여, 건배!"

그녀는 혼자 이야기하고는 단숨에 술을 들이켰다.

"선생님 뭐하세요? 빨리 마시세요. 디오니소스 신이 노하시겠어요. 그러면 신이 화가 나 용기를 주시겠어요? 어서 드세요."

눈을 감고, 목을 뒤로 제치고 단숨에 술을 마셔버렸다. 술잔 바닥이 비자 손뼉을 치며 참 잘했다고 깔깔거리며 웃었다. 그녀는 사랑을 모르고 사는 나를 위해 건배한다고 했다. 그런 것도 같았다. 포도주의 쓴맛과 신맛이 입에 남아 얼굴을 찡그리게 했다.

"좋은 술 드시고 왜 얼굴을 찡그리세요. 얼굴 펴세요."

"난 포도주는 포도처럼 달콤한 줄 알았네. 이렇게 쓸 줄 알았다면 안 마셨을 거야. 아니지, 누가 사랑이 달콤하다고 했나? 포도주는 사랑과 같아. 쓰고 난 다음 달콤함이, 달콤함 뒤에 쓴맛이 따르는 그런 사랑 말이야."

다시 내 잔에 술을 따랐다. 손을 들어 거절할까 하다가 이미 잔에 술이 차고 있어서 그만두었다. 까짓 것, 한번 마셔보지, 하는 생각도 들었다. 술은 잔을 칠 홉쯤 채우고 멈췄다.

"김군이 나를 완전 넉다운 시키려고 하는군. 기왕에 이리 된 것 주량 체크 한번 해볼까. 그런데 말이야. 술이 용기를 주기는 하나본데, 사람

기운을 빼버려서 영 틀렸어. 용기는 생기는지 몰라도 술을 먹고 나면 숨이 가빠지고 기운이 없어서 몸을 못 가누겠거든. 용기를 낼 힘이 없어. 힘과 용기를 모두 주면 좋을 텐데."

"이제 두 잔째예요. 술 먹고 사람 팰 일 있나요? 그리고요, 술 먹고 기운나면 그건 정말 큰일나요. 주정뱅이 되는 거예요. 엄살 부리지 말고 드세요. 제가 책임질 테니까요."

"알았어. 음, 그럼 큰일 치르려면 술 먹으면 안 되겠군. 대리운전을 하든 업어가든 김군이 알아서 해. 근데 김군은 외려 기운이 나는 것 같으니 웬일이야?"

그녀는 내 옆구리를 살짝 찔러왔다. 우리는 유쾌하게 떠들면서 술을 마셨다. 은근히 걱정을 했었는데, 그녀와 함께 방을 쓰는 것은 크게 문제가 되지 않았다. 나는 의외로 점잖았다. 나이를 먹었다는 표시인지 아니면 정말로 점잖아졌는지는 가늠이 되지 않았지만 몸이 늙어가고 있는 것만은 분명했다. 몸이 늙으니 마음이 여유로워지고 있었다. 그 여유로움이 부끄럽기도 했다는 걸 고백해두어야겠지만 말이다.

내일 아침 일찍 일어나 파묵칼레로 가려면 그만 자야지 않느냐는 그녀의 말에 내일은 내일의 해가 뜨는 법, 내일 못 가면 모레 가지, 하며 걱정 말고 마시자고 제법 술 취한 척한 것도 나였다. 나란히 앉아서 술을 마셨고, 입도 두 번쯤 맞췄던 것 같다. 순전히 술김이었지 의도된 것은 아니었다고 말해도 믿을 정도로 얼굴은 말할 것도 없고 온몸이 붉어졌다. 그녀의 입술이 달콤했지만 술이 취한 만큼 몸이 냉정(?)해졌으므로 각각 제 침대로 걸어서 갔다. 그러나 잠시 후 그녀가 내 곁으로 왔다.

"선생님, 절 좀 안아주세요. 싫어도 어쩔 수 없어요. 잠깐이면 되어요. 괜찮죠? 왜냐하면요 가슴이 터질 것 같아서 그래요."

그녀는 이불 속으로 파고들어와 내 가슴에 안겼다. 숨이 막혀왔다. 가슴이 답답했다. 남의 가슴보다 내 가슴이 문제였다. 이번에는 내 가슴이 터져나갈 것 같았다. 아, 너무 술을 많이 마셨어. 역시 나는 술을 마실 수가 없어. 당신을 사랑하려면 절대 술 먹으면 안 된다는 걸 나는 알지. 가슴이 뛰고 귀에서 이명이 들렸다. 지옥이 있다면 그곳에서 나는 소리 같았다. 고막이 귀 밖으로 들락날락했다. 고개를 흔들어보았지만 소리는 멈추지 않았다. 귀뚜라미 소린지 매미 소린지 잘 구분이 되지 않았다.

세상이 다 귀찮았다. 그녀가 옆에서 긴 숨을 몰아쉴 때마다 훅 하고 내뿜는 뜨거운 입김이 나를 더욱 답답하게 했다. 멀미가 나려고 했다. 밀치려고 하다가 오해할 것 같아 참기로 했다. 이불이 무거워 감당이 안 되었지만 내색하기 싫어 그냥 덮은 채 견뎌내고 있었다. 이마에 식은땀이 맺히고 있는 걸 느낄 수 있었다.

얼마나 시간이 흘렀을까. 인내가 한계에 이르렀다고 생각한 순간 침대가 하늘 위로 솟구쳤다가 한 바퀴 돌아 쿵하고 떨어졌다. 이불을 발로 차 걷어냈다. 심장이 멎었다가 다시 뛰기 시작했고, 비로소 숨을 제대로 쉴 수 있었다. 도대체 얼마나 마신 거지. 한 잔, 두 잔, 세 잔…….

날이 밝고 있었다. 누군가가 내 곁에서 잠들어 있었다. 그녀였다. 그녀는 옷도 벗지 않은 채 깊은 잠에 곯아떨어져 있었다. 살며시 침대에서 빠져나와 냉장고를 열고 물병을 꺼내 찬 물을 들이켰다.

"선생님, 저도 물 한 잔 주세요."

목이 덜 트인 닭처럼 목소리가 탁해 있었다.

"깼네? 미안해. 조심한다고 했는데."

"그래서 일어난 것 아네요. 갈증이 너무 나요."

"여기 있어. 물 마셔."

그녀는 부스스 일어났다. 그리고 물컵을 받아들다 말고 말했다.

"어머, 이거 내 침대 아니잖아요. 내가 여기 왜 있어요?"

"왜, 억울해? 이거 호텔 침대야. 김군 침대는 집에 있겠지. 우리 어제 같이 잤어. 동침했다고. 시치미 떼는 거야?"

"아녜요. 분명히 제 침대에 가서 누었어요."

"그럼 늙고 힘없는 내가 근량께나 나가는 김군을 안아다 여기 뉘었다는 거야?"

"그건 아니겠지만, 여기 와 있는 게 이상하잖아요. 그리고 제가 뭐가 무겁다는 말씀예요. 다이어트 해 가벼워요."

"덤터기 씌우지 마. 난 아니니까. 좋아 다시 안아다 김군 침대에 뉘여 줄게. 까짓것 핑계 김에 근량 한번 달아볼까. 넓은 침대 놔두고 굳이 여기 와 자는 건 무슨 심보야. 심술꾸러기 아냐?" "싫어요. 선생님과 한 침대에 있는 게 뭐가 이상해요? 그게 문제가 아니라 제가 어떻게 여기에 누워 있느냐는 거죠?"

"저 술 취한 척하는 것 하고는. 그리고 분명히 말해 두겠는데 다음부터 내 침대로 오려거든 옷 벗고 와. 다시는 그렇게 옷 입은 채로 오면 단호히 거부할 거야, 알았어? 이건 노동판 노동자 잠자는 것도 아니고 말이야. 뭐가 밤새도록 거치적거려서 잘 수가 있어야지. 자 씻고 밥 먹으로 갑시다."

그녀의 어깨를 가볍게 쳤다. 그녀는 잠시만 시간을 달라고 하고는 욕실에 들어가 화장을 시작했다. 누군가와 말이 통하고 행동이 스스럼없다는 것은 즐겁다. 특히 함께 여행을 하면서라면 더 말할 나위가 없다. 다투지 않고, 어색하지 않다는 것은 얼마나 마음 가벼운 일인가. 햇볕이 밝고, 맑은 날 아침 산책 나가는 그런 기분이었다.

새는 지저귀고, 바람이 살짝 불어와 콧등의 땀을 식혀주며, 생각지도 않았던 꽃들이 향기를 날리고, 머리 위 나무에서 이슬이 이마에 한 방울 툭 하고 떨어지는 그런 길을 걸어본 적이 있는데 이번 여행이 꼭 그랬다. 베트남에서였는지, 인도네시아에서였는지는 기억이 나지 않았다.

"선생님, 저 세수한 것 같죠? 살짝 물만 찍어 바르고 그 위에 덧칠했어요. 누가 알겠어, 뭐."

"자신이 알지 누가 알아. 완전 지저분한 여자 데리고 다니는구먼. 화장품값 안 들어서 좋겠네. 하기는 출근하는 것도 아니고."

"아니죠. 절대 지저분한 건 아니죠. 정식으로 씻고 화장하지 않았다는 거죠."

"업어치나, 메치나 그게 그거지. 하여간 내가 입 다물면 아무도 그런 사실을 모르는 거지?"

"그렇죠. 눈치도 빠르셔."

아침은 비교적 간단하게 끝냈다. 방으로 돌아와 짐을 꾸렸다. 짐을 들고 로비로 내려와 프런트에 키를 건네주고 지불할 것이 있느냐고 물었다. 직원은 컴퓨터를 두드려보고는 없다며 잠자리는 편했냐고 되물었다. 그녀는 웃으며 대단한 빽을 갖고 있다며 들고 있던 신용카드를 다시 지갑에 넣었다. 현관 앞에서 기다리게 하고 차를 가지고 돌아왔다. 벨보이가 트렁크에 짐을 실었다. 약간의 팁을 주고 차를 몰아 호텔을 빠져나왔다.

"김군? 우리 불륜인 것 저들은 모르나봐. 하기는 나도 외국사람 보면 나이도 짐작 못하겠고, 부부인지 아닌지도 구분이 잘 안 되더라고. 저 사람들은 우리가 부부인 줄 알아. 하긴 불륜관계에 있는 사람이 보았으면 그리 보았을 것이고, 부부가 보았으면 부부로 보였겠지."

"우리는 불륜은 아니죠. 아무 관계도 아니잖아요."

"그럼 관계 칸에다 0이라고 쓰면 되나?"

"미워요. 하여간 짓궂어요."

제8장 … 차든지 뜨겁든지

'네가 이같이 미지근하여 뜨겁지도 아니하고 차지도 아니하니
내 입에서 너를 토하여 버리리라'

안탈리아 시 외곽을 돌아나오자 길이 한적했다. 파묵칼레에서 하룻밤 자고 다시 셀주크로 이동할 예정이었다. 파묵칼레까지는 차로 두어 번 가보았기 때문에 길이 낯설지는 않았다. 단지 그곳까지 가는 겨울 길 사정이 어떨지 그게 염려가 되었다. 타우루스 산맥을 넘어가야 하는데 눈이라도 쌓였다면 쉽지 않을 것이다. 운에 맡기는 수밖에 없었지만 그 이야기는 그녀에게 하지 않았다. 인터넷을 검색해 본 아이의 말로는 가는 날 눈만 오지 않으면 괜찮을 것이라고 했다.

타우루스 산맥은 터키 아나톨리아 반도를 동서로 가로지르는 우리나라의 백두대간과도 같은 산맥이다. 단지 우리는 남북으로 타우루스는 동서로 가로지른다는 것이 달랐다. 서쪽으로는 올림포스 산을 지나 에그리디르 호湖로부터 동으로는 소아시아의 티그리스 강과 유프라테

스 강까지 뻗어 있는 600㎞ 정도 되는 산맥이다. 남으로는 지중해에 면해 기후가 온화하고 북으로는 반도 쪽이어서 기후가 우리나라와 같다. 우리는 그 정도로만 알고 있지만 동쪽 끝은 인류 4대 문명 발생지 중의 하나인 티그리스와 유프라테스 강의 발원지이기도 하다.

눈이 곧 많이 내렸어도 제설작업으로 통행하는 데는 문제가 없었다. 군데군데 길을 넓히고 있었다. 시내가 훤히 내려다보이는 데니즐리 시 입구에서 점심을 먹었다. 터키 음식을 시켰지만 맛도 있고 상차림도 정갈했다.

점심 후 내비게이션이 알려주는 대로 곧바로 호텔로 찾아들었다. 호텔은 큰 규모에 비해 왠지 어설프게 지어졌다는 생각이 들었다. 건물의 미적 감각보다는 우선은 있는 자재로 마무리를 해 건물의 형태를 갖추는 데 급급했다는 느낌을 지울 수 없었는데 우리나라도 1980년대까지는 그랬다.

직원들이 영어를 곧잘 해 불편함이 없는 게 다행이었다. 오늘은 호텔에서 쉬기로 하고 관광은 내일 나서기로 했지만 해가 질 때까지는 아직도 두서너 시간 정도의 여유가 있었다. 여기서 오도카니 있을 것이 아니라 시내 구경을 하고 저녁을 먹고 오자고 제안했다.

시내 도로 양쪽 인도와 차도 사이에는 제설해놓은 눈이 차의 허리까지 닿을 만큼 쌓여 있는 걸로 봐서 하루 이틀 전에 폭설이 내린 것이 틀림없었다. 간신히 길가 빈 곳에 주차를 하고 모스크근처에서 내려 잠시 걸었다. 눈 때문에 걷는 것이 불편했고 그리 볼 만한 곳도 없었다. 눈이 얼지 않은 것으로 보아 눈이 온 후로도 그리 춥지는 않았던 듯했다.

길 주위의 건물이 오래된 도시답게 고풍스러웠다. 다시 언덕을 걸어 내려와 중심가쯤 되는 곳에서 스타벅스를 발견하고 그리로 들어가 커피를 주문했다. 터키에서 먹은 음식 중에 제일 우리 입맛에 맞은 것이 이 커피였다.

밖은 어둑어둑해지고 가로등이 하나둘 켜지고 있었다. 낮보다는 훨씬 운치가 있었다. 우리는 골목에 있는 케밥 식당으로 올라가 뭇사람의 시선을 받으며 자리를 잡았다. 데니즐리 시에서는 이름난 맛집이라더니 과연 맛이 좋았다. 사람들이 꾸역꾸역 들이닥쳐 급기야는 대기실에서 기다리는 손님까지 생겨났다.

그녀는 이곳까지 와서 맛집을 용케 찾았다며 만족해했다. 밀려드는 손님을 보고는 자리를 양보해주자며 부리나케 저녁을 먹고 음식점을 나섰다. 길을 잃어 다소 헤매기는 했지만 그리 늦지 않게 호텔로 무사히 돌아왔다.

"김군 괜찮았나? 이 정도면 우리나라 어느 지방도시에서 냉면 잘하는 집 찾은 격이야."

"네에, 선생님 저는 100프로 만족한답니다. 너어무 좋아요. 음식이 입에 맞는 걸 보니 아주 꾸~욱 눌러앉아 살아도 될 것 같아요."

"그래, 그럼 나 혼자 귀국할게. 여기서 꾸~욱 자리 잡아요."

"그건 아니죠. 선생님하고 저하고는 공동운명체죠. 살아도 같이 살고 죽어도 같이 죽어야죠."

"사는 건 같이 살겠는데, 죽는 건 따로 죽을 것 같은데."

"싫어요. 같이 죽어요."

"하기는 그럴 수밖에 없다는 생각이 갑자기 드는군."

"왜죠?"

"물귀신을 만났잖아."

"에이구, 또 시작이시다. 그 병 가끔 도지네요."

이번에는 문제가 생겼다. 아무 생각 없이 방을 예약했고, 프런트 직원도 우리를 부부로 알고 더블침대로 준 것이다. 오해할까 걱정이 되었다. 난 잠시 생각에 잠겼다. 방을 바꿔달라고 할까 하다가 그것도 좀 이상하다는 생각이 들어 그만두기로 하고 그녀에게 물었다.

"김군, 이건 고의는 아니고, 깜빡하고 트윈 베드로 달라는 것을 잊었네. 방을 바꿔달라는 것도 그렇고 그냥 내가 밑에서 잘 테니까 김군이 침대에서 자라고. 난 우리가 부분 줄 알았어. 불륜은 아니니까 부부 맞잖아? 그리고 이건 우리 잘못이 아니라 호텔 측의 잘못이야. 모르면 물어봤어야지 제 마음대로 한단 말이야?"

"고의로 그러신 거 다 알아요. 왜 갑자기 마음이 변했어요? 같이 자요. 여태까지 아무 일 없었잖아요. 새삼스럽게 왜 밑에서 주무시겠다는 거예요. 그냥 저를 안고 주무세요. 귀찮으세요? 그럼 방을 바꾸시던가요."

"공갈이 세네. 나야 좋지만 혹시 늙은이 냄새 난다고 할까봐. 미안해서 그렇지."

"늙은이 냄새 중독돼서 이제는 괜찮아요. 이리 오세요. 뭘 그리 망설이세요."

"망설이기는 누가 망설여. 좀 씻고 오려고. 이래 뵈도 나 용감한 남자야.”

“그러세요. 용감한 할아버지, 빨리 자야 내일이 즐겁죠. 상상하지 마시구요.”

“들켰네. 근데 우리 글 쓰는 사람들한테는 상상이 힘이야. 그러니까 상상한다고 뭐라고 하면 안 돼.”

“그런 상상 말구요.”

“상상! 그래 상상. 상상이 뭐 몇 가지나 되나? 상상은 상상일 뿐이지.”

여러 가지 생각이 머릿속을 오가는 걸 느꼈다. 어제는 술을 과하게 먹어 운신하기도 힘들었지만, 과연 오늘도 여인을 곁에 두고 평소처럼 잠이 들 수 있을지 걱정이 되었다. 잠을 잘 자두어야 에베소Ephesus까지 운전하고 갈 것이었다.

“그 뭐예요. 선생님이 말씀하시는 상상이 제가 하는 상상과 다른 것 같아요.”

“좀 다르다고 할 수 있지. 내가 하는 말은 상상은 뭔가 바탕이 있어야 가능하다는 거지. 바탕이 없으면 그건 공상이지. 그런데 상상은 현실화될 확률이 매우 높아도 공상이 현실화될 확률은 매우 낮다는 거야. 그래서 상상은 실제 상황에 대한 확장성을 말하는 거고, 공상은 쓸데없는 생각을 말하는 거지. 말이 빗나갔는데 문학에서는 그렇다는 말이지. 책에 있는 이야기는 아니고 아무튼 내 생각이 그렇다는 거야. 그러니 기혼자의 상상과 미혼자의 상상은 당연히 다르겠지. 이번에는 나는 상상을 할 것이고, 그대는 공상을 하겠군. 상상이 되었건 공상이 되었건 일단 내일을 위해 자자고.”

"또 둘러대신다. 어쨌든 강의 잘 들었어요."

"내 별명이 최둘러야. 누군 최틀러, 최틀려라고 부르기도 해. 하여간 죄 틀려."

불을 끄고 나란히 누웠다. 본능적으로 아니 본능을 가장한 것이겠지만, 각자 침대 가장자리에 자리를 잡았다. 의도적이라 할 만큼 침대의 반을 갈랐다. 누군가가 침대 가운데 눕는다 해도 충분히 한 사람은 더 들일 수가 있을 정도로 여유가 있었다.

"김군, 이게 아무래도 좀 어색하네. 내가 밑으로 내려가서 잘 테니까 편히 자. 떨어져 골절상 입는 것보다는 그게 낫겠어. O형은 이게 문제야."

"안 돼요, 선생님. 이렇게 하면 돼요. 선생님이 안 오시겠다면 제가 갈게요."

그녀는 몸을 움직여 내 쪽으로 와 손을 잡아끌었다.

"알았어. 이거 놔봐. 내가 갈게. 이불이 껴서 꼼짝할 수가 없어."

그녀는 잡았던 손을 놓았다. 엉덩이를 들어 깔고 있던 이불자락을 빼내고 가운데 쪽으로 몸을 움직여갔다. 그녀에게서 온기가 느껴지면서 몸이 따듯해졌다. 그녀는 내 손을 살며시 잡았다. 그리고 나지막이 말했다.

"선생님, 재미있는 이야기해주세요."

"이런 재치하고는. 난 김군을 꼭 끌어안으려고 했는데 다 틀렸네. 완전히 할아버지 취급하는군. 호랑이 이야기 아니면 콩쥐팥쥐 이야기?"

"아무거나 해주세요."

그녀는 손가락을 꼼지락거리며 움직이고 있었다. 살짝 손가락을 움직여 그녀의 손바닥을 간질였다. 그녀는 간지러워요, 하며 내 손을 꽉 쥐었다. 아주 분위기가 자연스러워진 것은 아니었지만 그렇다고 어색하지도 않았다.

우리는 서로, 아니 나는 적어도 몸이 밀착되는 것을 막으려고 가급적 몸을 움직이지 않고 있었지만 그녀의 건강함이 느껴져 왔다. 몸에서 쥐가 날 것 같았다. 새삼스러웠다. 그녀가 몸을 두어 번 움직여 내 가슴에 안겨왔다. 주저하지 않고 그녀를 꼭 안았다. 세상이 향긋해지기 시작했다. 무엇이 이처럼 가슴을 뛰게 하는 것일까?

언젠가 친구들과 성에 관한 이야기를 할 기회가 있었다. 한 친구에게 자네는 요새 집사람과 성관계를 갖느냐고 물었고, 그는 거의 갖지 않는다고 대답했다. 두 사람 중 누가 관계를 요구, 아니 거부하느냐고 재차 물었다. 친구는 집사람이 곁에 오면 성욕이 사라진다고 했다. 그러면 자네는 평소에 성욕은 이느냐고 물었더니 그렇다고 대답했다.

고등학교 지역동창회 모임에서 갓 팔순을 넘긴 선배가 당신은 지금도 한 달에 한번 꼴로 섹스를 한다고 했다. 그런데 문제는 체력이라며 평소에 운동을 해 다리 힘을 길러두라고 말해 웃은 적이 있었다.

몸이 이성을 요구하는 것은 건강하다는 것이며, 본능이다. 솔직히 가끔 안마시술소에 드나들고는 하지만, 그것이 도덕적으로 잘못되었다고는 생각하지 않는다. 젊었을 때는 그런 곳에 드나드는 것을 도덕적이지 않다고 느꼈다. 곁에 아내가 있었기 때문이었다. 그러나 나이가 든 지금은 어떤가. 오히려 그런데 드나드는 것을 당연하다고 생각하지 않는가. 어쨌든 인간은 인간인 것만은 틀림없다. 도덕의 기준이 변하는가? 나만 간사한가? 그런 것을 도덕으로 규정지어 말할 수 있는가?

내 몸의 요구에 충실한 것뿐이다. 그런 점에서 정부에서 노인연금이니 수당이니 그런 혜택을 주는 것도 중요하지만 노인의 성문제 해결을 위한 장소를 마련해주는 것 역시 중요하다. 물론 그런 장소를 공개적으로 만들라는 말은 아니다. 어떠면 종로 어딘가에 이미 그런 장소를 공공연하게 열어주고 있는지도 모른다. 큰 배려다. 옛날처럼 매춘이 사회적 문제를 일으키지도 않는다. 일으킨다고 생각할 뿐이다.

전과 달리 그녀들은 자신들이 원해서 성매매를 통해 돈을 버는 것일 뿐인데 무슨 사회적 문제가 되는가. 정부는 질병을 예방하고, 청소년들의 출입을 제한해 교육적으로 문제가 없도록 하면 된다. 국가가 인간의 육체적 본능까지도 관리하는 것은 웃기는 일이다. 그 다음은 뭐든 적절하게 할 줄 아는 당사자들의 이성적 판단에 맡기면 그만이다. 성문제는 교육의 문제와는 다른 차원의 문제다.

그녀와 나란히 누웠다. 나는 본능과 이성 사이에서 갈등하고 있다. 도덕적이어야 하는가. 그렇다면 이럴 때는 어떻게 하는 것이 도덕적이란 말인가. 도대체 손 하나를 어디에 두어야 하는지도 알 수 없고 그게 도덕적 기준이 되다니. 갑자기 앙드레 말로의 소설 『인간의 조건』에서 아내 메이가 남편 기요에게 한 말이 생각났다. '나 오늘 오후 랑글랑과 자고 왔어요.' 어떤 의미에서는 내 몸을 학대하고 있는지도 모른다. 한편으로는 극도로 비도덕적인 행동을 하고 있다고도 느꼈다. 도덕은 이중적인가? 어떤 때가 도덕적이고 어떤 때가 비도덕적인지 혼란스러웠다. 뭔가 분위기에 어울리는 엇비슷한 말을 해야 할 것 같았다.

"김군, 자나?"

"아뇨."

"혹시 도덕적이라는 것에 대해 생각해 본 적 있나?"

"글쎄요. 도덕적이라! 참 이상해요. 선생님이 하시는 말씀이 평소에는 못 느꼈는데 다 철학적으로 들려요. 그래서 대답하기가 무척 어려워요."

"그럴 수도 있겠지. 내가 그리 묻는 이유는 다른 것 때문이 아니라 갑자기 혼동이 왔기 때문이야. 평소에는 여자를 곁에 뉘어놓고 성적 대상으로 생각한다는 걸 아주 비도덕적이라고 생각했지. 그런데 말이야. 여자와 함께 나란히 누워 있으면서 부처님처럼, 부처님이 그러셨는지는 모르지만, 무념무상의 상태로 누워 있는 게 오히려 왠지 비도덕적이라는 생각이 문득 드네. 내 손 좀 봐. 이걸 어떻게 해야 하는지 알 수가 없으니 어쩌지. 이기적이고 합리화하려는 생각 같군. 오해는 하지 마시라고."

"그러니까 선생님 말씀은 도덕에 관한 가치관이 완전 혼란이 왔다는 말씀이고 그게 저 때문이라는 거죠. 좋은 실험 대상이 되었네요. 오늘 밤은 휜 쥐네요. 그렇죠, 선생님?"

"실험대상이라니, 무슨 그런 당치 않은 말을. 사랑의 대상이지."

그녀를 가만히 끌어 당겼다. 그녀의 체취를 느끼려 일부러 심호흡을 했다. 내가 어떻게 생각하느냐에 따라 매사가 편리하게 결정된다는 게 신기했다. 그렇기 때문에 누구든 훗날 자신의 언행에 대해 후회하고 아파하는지도 모른다. 난 오늘 어떻게 하는 게 옳은가? 알 수 없었다. 그녀는 내 손을 살며시 끌어다 자신의 가슴 위에 올려놓았다.

"김군 향기가 너무 좋다."

"뭔 향기가 좋다는 거예요."

"여인의 향기."

"칫, 유치해. 연속극 제목 같아요. 제가 무슨 여인예요? 그리고 여인의 향기라고 하니까 너무 통속적이지 않아요?"

"왜 내가 뭐라고 하면 철학적이라며?"

그녀는 한마디, 한마디 말을 할 적마다 몸을 뒤척여 가슴 깊숙이 파고들었다. 그녀의 향기를 맡으려고 숨을 깊이 들이쉬었다. 그녀의 얼굴을 두 손으로 감쌌을 때 그녀는 눈을 감았다. 눈썹이 반달처럼 예뻤다. 가끔 수줍어하며 미간을 찡그리기도 했다. 그녀의 속으로 빨려들어가고 있었다. 그녀의 품은 어머니의 자궁처럼 편안하고 아늑했다. 아, 우리는 너무 늦게 만났어. 침대 머리맡 불을 껐다.

그녀가 다가왔다.

새벽녘이 되었을 때 침대에서 빠져나와 흩어져 있는 그녀의 옷을 정리해 소파 위에 올려놓고, 그녀가 공처럼 굴러와 품에 안기는 걸 느끼면서 다시 잠에 빠져들었다. 잠에서 깨었을 때는 뷔페가 끝나갈 시간이라 호텔에서의 아침은 포기하고 에베소로 가는 길에 아예 이른 점심을 먹기로 했다.

파묵칼레로 가기 위해 호텔 주차장으로 나갔다. 주차장은 한가했고, 귀에 예방접종을 했다는 표시를 한 개 두 마리가 어슬렁거리고 있었다.

안탈리아와는 달리 매서운 추위가 느껴졌다. 나는 파커의 모자를 썼고, 그녀는 머플러로 목을 감싸고 그 위에 다시 파커의 모자를 끌어당겨 썼다. 모자를 바르게 고쳐주며 살짝 포옹했다. 그녀도 자연스레 안겼다가 한 발 물러섰다.

파묵칼레는 기원전 2세기경 페르가몬 왕조에 의해 건설되었는데 그 후 로마가 점령한 후 히에라폴리스라고 개명했다. 그때부터 비잔티움 시대까지 번성했다고 하니 규모도 규모려니와 역사적 가치에 대해서는 말할 필요도 없다. 흥망성쇠가 다 그렇듯이 14세기 말 몰아친 지진이 도시를 기억 속으로 묻어버리고 말았다. 그러나 역사는 언제든 다시 부활하는 법, 지금 우리 앞에 우뚝 서서 그 위용을 뽐내고 있다.

주차장에 차를 대놓고 석관이 있는 길을 따라 걷다가 고대 온천욕장인 테르메 근처를 지나 헬레니즘 양식의 거대한 문으로 들어섰다. 드디어 히에로폴리스 시내로 들어온 것이다. 규모로 보아 거대한 도시가 존재했었음을 말해주고 있었다.

"근데요, 선생님. 아까 오다 보니까 저 밑에 라오디게아Laodicea라는 표지판이 보였거든요. 혹시 『성경』에 나오는 그 라오디게아가 아닌가요?"

"맞아. 그 라오디게아야. 예수가 말씀하신 뜨뜻미지근하지 말라한 말씀이 나오는 그곳이야. 세계 7대 교회 중의 하나지. 아무튼 예수는 세계 최고의 문학가 중 한 분야. 예리한 통찰력도 통찰력이지만 어쩌면 그렇게 비유를 적절하게 잘하셨는지 말이야. 가끔 『성경』을 보면서 놀라고는 해. 그러고 보니 오늘 우리는 세계 7대 교회 중 한 곳을 지나왔네. 나는 뜨거운 물과 찬 물이 섞이면 그 물이 뜨뜻미지근해진다는 생각을 왜 못했을까."

"그래요."

"그럼. 『성경』잘 읽어봐요. 라오디게아Laodicea가 히에라폴리스Hierapolis의 온천물과 골로새Colossae에서 흘러내리는 찬물이 만나는 곳이잖아. 이곳이 목화 주생산지였거든. 원래 파묵칼레 라는 말이 '목화의 성'이란 뜻이래. 내가 1998년도쯤 처음 왔을 때만 해도 시 외곽에 목화밭이 많았어. 그러니까 예수가 살아 계실 때부터 근 이천 년 동안 이곳은 목화가 주 생산품이었다는 말이지. 그러니 이곳 사람이 얼마나 부유했겠어. 지금이나 옛날이나 배부르고 등 따시면 아쉬울 게 뭐가 있겠어.

먹고 사는 걱정이 없으니 당연히 믿음은 약해질 수밖에 없었겠지. 그런 걸 보면서 예수가 안타까움에 라오디게아 교회 앞으로 편지를 써 보내신 거지. 그 내용(요한계시록 3 : 14~22)이 뜨뜻미지근하지 말라는 말씀인데, 믿으려면 확실히 믿고 안 믿으려면 믿지 마라. 믿는 것도 아니고 안 믿는 것도 아닌 그런 믿음에 대해 옐로카드를 내보이신 거지. 특히 16절에 보면 '네가 이같이 미지근하여 뜨겁지도 아니하고 차지도 아니하니 내 입에서 너를 토하여 버리리라' 라고 하는데 요새 말로 하나님이 열 받으신 거지. 압권이야. 정말 까불거지? 혼 좀 나볼래? 하신 거야. 기회주의자랄까 적당주의자에게 한방 먹이신거지. 아마 뜨끔했을 걸. 이어서 말씀하기를 '나는 부자라 부요하여 부족한 것이 없다 하나 네 곤고한 것과 가련한 것과 가난한 것과 눈 먼 것과 벌거벗은 것을 알지 못하는도다. (17절) 내가 너를 권하노니 내게서 불로 연단한 금을 사서 부요하게 하고 흰 옷을 사서 입어 벌거벗은 수치를 보이지 않게 하고 안약을 사서 눈에 발라 보게 하라(18절)'고 하셨지.

이곳 사람들의 자만, 오만, 겸손하지 못함을 꾸짖은 것인데 이 얼마나 멋진 비유야. 참 대단한 분이시지. 이 말씀은 오늘날에도 그대로 통하는 말씀이지. 난 명색이 글을 쓴다면서도 그런 비유 하나 못 해요. 그보다 나는 어떻게 살고 있는지 덜컥 겁이 나."

"대단하네요."

"내가?"

"아이, 또. 이 석관, 건물들 말예요."

"그래도 우리는 충실한 하나님의 자식 같지 않아?"

"왜요? 선생님은 기독교인도 아니잖아요."

"어제 밤에는 적어도 뜨뜻미지근하지는 않았잖아."

그녀는 내게 다가와 어깨를 툭 치며 눈을 살짝 흘겼다. 그리고는 갑자기 밤의 느낌이 되살아났는지 가만히 안겨왔다. 그녀의 어깨를 토닥이며 힘껏 껴안았다. 멀리 타우루스 산맥의 흰 눈이 반짝 빛나고 있었다.

어느 새 원형경기장 가까이에 와 있었다. 일만오천 명을 수용할 수 있다고 하니 그 규모가 작지 않았다. 1354년 대지진이 발생해 도시가 통째로 사라져버린 후, 1887년 독일 고고학자가 발견할 때까지 근 오백년을 땅속에 묻혀 있었다. 15세기 중반, 오스만 터키가 아나톨리아 반도를 통일할 때까지 근 천오백년 가까이 로마가 지배했으니 이 땅은 회교보다는 기독교의 지배를 더 오래도록 받았다.

그러고 보면 오스만 터키가 이 땅을 지배한 것은 채 육백 년도 되지 않는다. 이스탄불을 점령한 것으로 따지면 오백 년 역사에 불과하다. 경기장을 돌아 걸어내려와 온천물이 흐르는 곳에 서서 석회석 장관을 내려다보았다. 사람들이 발을 벗고 온천물에 들어갔지만 우리는 구경하는 것과 손으로 온천물의 온도를 가늠하는 것으로 대신했다.

"김군, 저기 가서 셔틀버스 타고 주차장으로 갑시다. 적당한 곳에서 점심 먹고 떠나면 되는데 아, 참 저기 박물관이 있는데 가는 길에 잠깐 들러봅시다. 한 십 분이면 되니까."

박물관으로 들어가 이곳에서 발굴된 유물을 둘러보았다. 이곳에 와도 박물관에는 들르지 않았었다. 사실 박물관에 대한 매력을 느끼지 못해 입장료가 아깝다는 생각이 들었기 때문이었다. 들어가는 문이 웅장하다거나, 박물관을 지키는 직원이 문 앞에 서 있거나, 입장료가 비싸지도 않았다. 그것을 대단하지 않으니까, 하는 판단 자료로 삼았다. 꼭 고향에 있는 회암사지 박물관처럼 작았다. 그곳에 뭔가 우리를 매료시킬 만한 것이 있으리라는 생각은 들지 않았다. 중요한 유물은 중앙박물관으로 진상하고(?) 말았으니까.

입장료가 5유로였는데 입장료가 싼 까닭인지 여전히 손님들이 들지 않았다. 그 정도쯤 받고 있다면 보지 않아도 빤하다고 생각하고 아예 구경하기를 마다하는 듯했다. 그렇지만 단지 규모가 작다는 사실만 빼고는 전시품 내용은 훌륭했다. 금은보석의 세공 솜씨나 석관의 문양이 안탈리아 박물관처럼 여전히 정교하고 예술적이었다. 전에 못 보던 것들이 새삼 눈에 들어오기 시작했다.

박물관에 오면 늘 느끼는 바지만 전시품은 있는 자들이 쓰거나 소유하고 있던 것이 대부분이다. 이런 곳에서 서민들의 생활용품이나 장신구를 본다는 건 쉽지 않다. 짐작컨대 예나 지금이나 서민은 목화를 따거나 있는 자의 수레를 끌고 미는 일을 하고 살아야 했다. 그들은 고단한 삶, 진지한 삶을 위해 라오디게아의 교회로 향했지만 있는 자의 뜨뜻미지근한 믿음 때문에 함께 버림받았다.

그들의 흔적은 어디에도 존재하지 않는다. 박물관에는 있는 자들의 유품만이 전시되어 있었고, 교회 역사 어디에도 가난한 사람들의 삶에 관한 이야기는 없었다. 홍수에 휩쓸리듯 있는 자들의 힘에 이리저리 끌려 다녔다. 그들에게 속한 것이라고는 모두 사라진 것뿐이다. 생각해 보니 그 점은 지금도 다르지 않았다. 그렇지만 구차하고 곤고한 삶을 산 사람들 없이 이루어진 역사가 세상 어디에 있는가. 이 땅에 존재하는 유적이란 모두 그들 손으로 이루어진 것이되 표지판에는 당시 권력자의 이름이 대표로 새겨져 있을 뿐 아닌가.

셔틀버스를 타고 주차장으로 와 차를 몰아 파묵칼레를 빠져나왔다. 데니즐리 시내를 벗어나 시내가 한눈에 내려다보이는 언덕의 식당에서 늦은 아침, 아니 이른 점심을 먹었다.

우리는 다시 안탈리아 쪽으로 가다가 길을 바꿔 에베소 쪽으로 간다. 그곳은 『성경』에 자주 등장한다. 에베소는 소아시아 있었던 그리스의 도시 중 가장 중요한 곳이었다. 카이스테르 강이 실어 나르는 실트silt가 옥토를 만들어 비옥한 땅이 되었고, 이를 배경으로 도시가 형성되었다. 기원전 7세기경에 도시가 형성되었지만 BC 4세기경 아테네에 종속됨으로써 도시가 번성하기 시작한다. 이곳에서 태어난 철학자 헤라클레이토스가 대표적 인물이다. BC 189년 로마인들이 시리아의 안티오쿠스 대왕에게 패배를 안기고 이 도시를 페르가몬 왕에게 넘겨 지배하도록 했다. 그 후 아우구스투스 황제 때 크게 번성하기도 했다. 이때 기독교가 전파되기 시작했으며 57년경에는 사도 바울이 전도 여행을 왔다. 262년 고트족에게 멸망을 당한 이후에는 번성하지 못한 채 유적지로 그 명성을 유지하고 있을 뿐이다.

우리는 터키에서는 세 번째로 큰 도시 이즈미르에 속한 에베소의 유적이 있는 셀주크Seljuk로 가고 있다. 셀주크는 11세기경 메소포타미아 지방을 점령한 투르크족의 군인가문의 이름이었다. 이들은 이슬람교를 믿었고 아마도 기독교의 상징처럼 여겨진 에베소를 자신들의 지배하에 두려는 의도로 이 도시의 이름을 셀주크로 바꾼 것이 아닌가 하는 의문이 들었다. 기독교적인 이름 에베소와 이슬람교적 이름 셀주크와는 여전히 맞서고 있다는 느낌이었다. 길은 고속도로 수준으로 잘 뚫려 있었다.

우리는 또다시 다른 길을 통해 타우루스 산맥을 넘었다. 그곳은 에게해에 면한 곳이다. 산을 넘어가자 기후가 완연히 달라졌다. 지중해성 기후의 영향권 안에 들어와 있었다. 산이 푸르고 간간이 꽃이 보였다. 언뜻 느끼기에도 안탈리아와 같은 기후였다. 세 시간 가까이 달렸을 때 셀주크라는 이정표가 보였다. 고속도로를 버리고 램프를 빠져나와 한적한 시골길로 접어들었다. 길은 한적했고 고향에 온 것처럼 포근함이 느껴졌다. 도로 끝쯤에서 도시가 눈에 들어왔다. 곁에서 자다가 일어난 그녀가 다 왔느냐고 물었다.

"잘 잤나, 김군?"

"깜빡 잠이 들었나 봐요."

"깜빡이 아니고 아주 정신없이 자던데. 어젯밤 피곤하셨나봐. 입 벌리고, 침 흘리고."

"점심 먹고 잠이 쏟아져 잠깐만 자야지 한 게 그만 푹 잤나 봐요. 뭘 입을 벌리고 침을 흘렸다는 거예요."

그렇게 말하면서도 손으로 입가를 닦았다.

"잘 잤으면 됐네. 거의 다 온 것 같아."

"잘 찾아오셨네요."

"네비 말만 잘 들으면 별일 없다며?"

"그렇다나 봐요."

그녀가 기지개를 펴면서 몸을 돌려 안겨왔다. 잠시 골목을 헤맨 끝에 우리가 예약한 작은 호텔 앞에 차를 댔다. 초로의 남자가 나와 내 이름을 대며 잘 왔다고 악수를 청했다. 그를 따라 호텔로 들어갔다. 호텔이라기보다는 펜션이라고 해야 옳지만 규모는 작아도 아담하게 꾸며져 있었다.

여권을 내고 간단히 숙박부를 작성한 후 방으로 올라갔다. 호텔 주인은 이탈리아에서 살다온 사람으로 가죽공방을 하고 있는 가죽공예 기술자였다. 짐을 풀어놓고 잠시 침대에 누웠다. 그녀도 곁에 누웠다.

"운전하느라 힘드셨죠?"

"잠깐 왔는데 뭘. 오늘은 그냥 쉴까? 어차피 이틀은 있어야 하는데 내일, 모레 이틀이면 대충 볼 만한 건 다 볼 수 있을 것 같아. 어때?"

"마음대로 하십시오. 저는 분부대로 하겠습니다."

"그럼 옷 갈아입고 잠시 산책이나 합시다. 동네 분위기도 알아볼 겸."

우리는 파묵칼레에서 입었던 겨울옷을 벗고 다시 봄옷으로 갈아입었다. 밖으로 나왔으나 시내랄 만한 곳도 없었다. 우리의 읍만큼이나 작았다. 한국식당이 눈에 띄었다. 날이 급히 저물었다. 바람이 일더니 빗방울이 듣기 시작했다. 천천히 걸어서 호텔로 다시 돌아왔다. 작은 로비에는 장작 벽난로가 지펴져 있어 따듯했다. 호텔 밖 과수원에는 배나무가 심어져 있었다.

커피를 한 잔 하면서 잠시 몸을 녹이고 밖으로 나왔을 때, 주인이 따라나와 조금 더 있으면 과수원에 배꽃이 필 것이고, 그 향기가 호텔을 뒤덮을 것이라고 설명했다. 배꽃 향기가 있었나? 의정부시에서 남양주로 가다보면 배꽃이 지천인 마을이 있는데 지나만 다녀서인지 향기를 맡아본 적은 없었다. 배 향내는 알겠는데 배꽃 향기는 알 수가 없었다. 다만 눈 덮인 산처럼 온통 하얀 풍경이 아름답다고만 느꼈었다. 기회가 닿으면 향기를 맡아볼 것이다.

빗방울이 거세졌다. 주인은 하늘을 쳐다보면서 손을 벌려 빗방울을 받는 시늉을 하며 내일 날씨는 좋을 것이라고 말했다. 관광객이 제일 걱정하는 것이 날씨라는 걸 알고 우리를 안심시켰다.

식당으로 들어와 정갈하게 차려진 저녁을 먹었다. 포도주도 한 잔 했다. 주인은 특별히 우리를 위해 준비한 포도주라며 맛이 괜찮으면 한 병 주겠단다. 손님은 우리뿐이었다. 포도주를 한 병 얻어 가지고 방으로 올라왔다.

“김군, 난 포도주가 무서운 걸, 어쩌지.”

“잘 친해 보세요. 괜찮아질 거예요. 저번에 보니까 많이 친해지신 것 같던데요.”

“아냐, 여전히 무서워. 특히 포도주와 김군이 같이 있을 때는 더 그래. 마치 도깨비가 방망이를 들고 있는 느낌이랄까.”

“별, 그런 비유도 있어요? 무서워 마세요. 별일 없을 거예요. 보시다시피 나는 도깨비도 아니고 방망이도 없어요. 내 머리에 뿔이 돋았어요?”

그녀는 보란 듯이 머리를 숙인 채 내 등을 토닥이며 말했다. 우리는 포도주를 한 잔씩 마시고 나는 바로 침대에 누었고, 그녀는 샤워를 하겠다며 욕실로 향했다. 그새 잠이 들어버렸다.

“선생님 주무세요?”

그녀가 내 어깨를 가볍게 흔들었다.

“나야말로 깜빡 잠이 들었네. 근데 잘 자리에 뭔 화장을 그리 오래 해.”

“원래 여자란 그래요. 특히 남자 앞에서는 더 하죠.”

“남자? 나는 남자도 아니라며?”

“그땐 그랬죠. 지금은 남자로 보여요. 여자의 마음은 갈대랍니다.”

밖에서는 윙윙거리며 바람이 해갈을 하고 다녔다. 바람이 소리를 낼 때마다 그녀는 가슴 깊이 파고들었다. 잠시 쉬는 듯 조용했다가 마치 폭풍우처럼 큰소리를 냈다. 그때마다 그녀의 향기가 짙어져왔다.

나는 그녀가 옷을 입은 채로 잠들지 않게 할 수 있었다. 그녀도 마치 아이를 다루듯 내 몸을 정성스레 쓰다듬을 줄 알았다. 우리는 더 이상 떨지 않았다. 후드득거리며 빗방울이 듣고 있었지만 그 소리를 듣지 못한 채 잠이 들었다. 아, 언제나 밤이 너무 짧았다.

그녀는 처음에는 이게 무슨 맛이냐고 하더니 올리브도 곧잘 먹을 수 있게 되었다. 오늘 아침에는 까만 올리브가 맛이 더 좋다며 더 얻어 달라고 했다. 그녀는 올리브가 혈압과 당뇨에 좋다며 나에게도 권했다. 『성경』에 나오는 감람나무가 올리브로 잘못 번역되기도 했다. 올리브 귀신이 된 그녀는 한 접시를 혼자서 다 먹고 쥐똥 같은 씨만 골라놓았다.

"혼자 다 자시고 뭘 나보고 먹으라는 거야. 자 출정합시다. 출정식 한번 할까?"

"그랬나요? 어떻게 하는 게 출정식예요? 안 하던 출정식은 왜 한대요?"

"여기서는 다 하는 거야. 이리 와 봐요."

그녀가 가까이 오자 그녀를 안고 가볍게 볼에 입을 맞췄다.

"우리 매일 출정식 하면 안 돼요?"

장난기가 가득한 얼굴로 해맑게 웃으며 말했다.

"출정식만 가지고 되겠소. 개선식도 해야지."

제9장 … 해후 그리고 어머니

앞으로 세상의 어미에게 더 이상 자식으로 하여금
눈물을 흘리지 않게 하여 주시옵소서.

마을이 작아 유적지를 찾는 것은 쉬웠다. 차를 몰아 셀주크 시내의 사도 요한 기념 교회로 향했다. 동네 산꼭대기에 있던 교회는 허물어지고 없었지만 남은 유적만으로도 그 건물의 규모를 짐작하게 했다.

아야소크로 언덕의 거대한 기념 교회 안에는 사도 요한의 무덤이 있다. 요한이 복음서를 쓰고 생을 마감한 장소로 전해진다. 사도 요한의 무덤 위에 4세기경 처음으로 나무로 된 교회를 지었으나 한때 폐허가 되었다가 6세기경 비잔틴 제국의 유스티니아누스 황제 시대에 재건되어 오늘날의 형태로 남게 되었다. 성 소피아 성당에 이어 두 번째로 큰 교회였다니 그 규모를 짐작해볼 만하다.

에베소가 아랍인들의 지배 하에 있던 7,8세기에 사도 요한 교회는 20개의 타워와 3개의 문으로 이루어진 성벽으로 둘러싸여 있었다. 교회를 보이지 않게 하기 위해 성벽을 쳤던 것이지 싶다. 다시 이곳에 올 기회가 있으면 『성경』이라도 한 줄 읽어 좀 더 깊고 넓게 역사적 배경을 알고 와야겠다고 생각했다.

그 양반이 무슨 생각을 하고 요한복음서를 썼을까 하고 생각했다. 우리 어머니 말씀 맞다나 팔자인가? 선생의 사랑은 예수의 사랑 못지않게 크고도 성스러웠다.

기독교인이 아니기도 하고 기독교 역사를 알지 못해 그런지는 몰라도 한때는 『성경』에 나오는 이름을 보면서 모두 거짓으로 지은 이름이라고 생각해왔다. 『성경』 자체를 꾸며낸 것으로 여겼다. 또한 예수님의 열두 제자도 모두 가공인물이라고 여겼다. 아예 진위 여부를 가리려고 하지도, 알아보려고 하지도 않았다. 내가 알 바도 아니고, 알 필요도 없다고 생각하며 살았다.

이번 여행을 하면서, 본의 아니게 성지 순례를 하면서, 내 생각이 얼마나 터무니없고 경솔했던가를 새삼 깨달았다. 뭔지 모를 머리카락이 쭈뼛 서게 하는 감동을 가는 곳마다 느낄 수 있었다. 기독교인들은 이럴 때 은혜 받았다고 말하는가 보다. 종교적인 삶이 아니더라도 종교에 조금은 관심을 가졌어야 했다. 따지고 보면 종교적이지 않은 삶이 어디 있나. 그것이 곧 종교의 힘이라고 느꼈다.

게다가 그들의 삶이 고통의 연속이기는 했어도 얼마나 숭고하고 존경받을 만했는지도 알았다. 이곳에서 그런 분 중의 한 분인 사도 요한 선생의 숨결이 느껴졌다. 하나님의 말씀을 전하기 위해 꼿꼿이 서 있는 선생의 모습을 떠올리자 절로 고개가 숙여지기도 했다. 왜 사람들이 성지순례를 하는가? 알 것도 같았다.

셀주크 성에 올랐다. 산 정상에 위치한 성은 외적으로부터의 보호를 위해 천연요새(성의 뒤쪽은 수백 길도 더 되는 절벽이다)에 성벽을 쌓아 만든 제법 규모가 큰 성이었다. 그 안에는 곡물과 음식을 저장할 수 있는 창고시설 등도 완벽하게 갖춰져 있었다. 특별히 볼 것은 없었다. 오히려 우리를 짓누르는 어떤 웅장함이 우리를 압도함으로써 역사적 감동을 경험케 했다.

역사란 참으로 알 수 없는 것이다. 저렇게 잘 지은 성을 싸움을 해 굳이 허물어버리고 또 다른 성을 쌓는다는 게 우습지 않은가. 그리고 많은 사람을 죽이고, 성 밖으로 내몰고, 노예로 거두기도 한다. 왜 그래야 하는 것일까? 인류의 역사는 전쟁과 피의 역사다. 왜 싸워야 하는지 알지 못한다. 자신들은 성으로 감싸면서 남을 성으로부터 끌어내려고 하는 집요함, 그것이 전쟁의 요체가 아닌가.

패자도 승자도 없는 싸움은 그치지 않고 계속된다. 다만 복수의 일념을 마음 속 깊이 새길 뿐이다. 어디선가 싸움은 이 순간에도 계속되고 있다. 칼과 방패가 부딪는 소리가 들리는 듯했다. 분위기에 압도당해 말을 잊었다. 그녀도 아무 말 없이 내 팔을 꼭 잡은 채 나를 따랐다.

"갑시다. 이제 그 유명한 에베소로 갑니다."

차에 올라 에베소로 향했다. 이슬비가 내리고 있었지만 날이 춥거나 을씨년스럽지는 않았다. 주차장에는 몇 대의 승용차만 서 있을 뿐 입장객이 그리 많지 않았다. 차에서 내렸을 때는 비가 그치고 구름 사이로 햇살이 비추기 시작했다.

이곳에 오기 전까지만 해도 워낙 유명한 곳이라 이름이 낯설지 않았다. 에베소, 예배소? 그 이름은『성경』에 꼭 나와야 하는 이름 같았다. 기원전 7~6세기 전에 건설되었다는 아테네의 식민도시 에베소 안에는 그리스의 파르테논 신전보다 몇 배나 더 큰 규모로 아르테미스 신전이 기원전 6세기경에 세워졌고, 기원 후 1세기경에 도미티아누스 신전이 지어졌다. 사도 요한이 사목했다는 에베소 교회도 있었다. 왜 성지순례를 기독교인만이 해야 한다고 생각했던 것일까. 역사를 아는 것과 종교를 믿는 것은 다르지 않은가. 속 좁은 생각이었다는 걸 깨달았다. 보잘것없는 내 지식에 살이 오르는 기분을 맛보고 있었다.

안탈리아 항구에서 전도 여행을 오는 바울 선생을 만나고, 다시 이곳에서 사목하고 있는 그 분을 두 번째로 만나고 있었다. 바울 선생의 발자취를 좇아 여기까지 왔다. 내가 만약 언젠가 기독교인이 된다면 그 까닭은 중학교 동창인 박상현 장로의 오십 년에 걸친 전도 때문도, 목사인 동생이나 사위 때문도 아니다.

사도 바울은 예수께서 돌아가신 후 불과 몇 년 뒤에 새로운 종교운동, 즉 그리스도교를 지도하는 사도(선교사)가 되었으며, 그 운동이 유대교의 한계를 넘어 세계 종교가 되도록 하는 데 결정적인 역할을 했다.

'그가 남긴 서신들은 현존하는 그리스도교 문헌 가운데 가장 오래된 것들이다. 바울의 서신들은 신학적인 정교함과 목회적인 이해를 생생히 드러내고 있으며, 그리스도교의 생활과 사상에 대해 여전히 중요한 의미를 가진다. 이를 빼놓고 그리스도교를 말할 수 없다'라는 글을 인터넷 어디에선가 읽은 기억이 났다.

사도 요한 역시 확실한 생몰 연대를 알 수 없다. 그는 어부의 아들로 태어났으며 어느 날 게네사렛 호수에서 고기를 잡던 중 예수를 영접하고 함께 고기를 잡던 형제들을 떠나 예수의 제자가 되었다고 전해진다.

그의 성격은 과격하고 직선적이어서 예수 그리스도에게도 종종 바른 말을 하고는 했는데, 아마도 예수가 그의 제국을 세워 왕이 될 것을 꿈꾸었던 듯하고, 그때가 되면 자신을 예수의 오른편에 앉을 수 있게 해달라고 요청하기도 했다. 총리쯤을 요구했었던 것 같다. 권력이나 명예에 욕심이 있었던 듯하다. 그때는 기독교에 대한 이해도 부족했었던 것으로 보인다. 이에 예수는 그 일은 자신이 하는 일이 아니라 하나님 아버지의 일이니 미리 대답할 수가 없다고 한 걸로 봐서도 알 수가 있다.

명석한 요한은 나는 사람들의 섬김을 받으러 온 것이 아니라 사람들을 섬기려고 왔다는 예수 그리스도의 말씀을 이해하고 그의 제자가 되었다. 사도 요한은 예수가 십자가에 못 박혀 돌아갈 때 유일하게 형장까지 동행한 제자였다.

예수는 죽기 직전, '어머니, 요한이 당신의 아들입니다', 라고 하며 요한에게는 당신의 어머니인 성모 마리아를 어머니로 섬기고 모셔줄 것을 당부했으니 예수의 요한에 대한 믿음과 사랑은 각별하였다. 서기 100년경에 94살의 나이에 사도들 중 유일하게 순교하지 않고 편안하게 임종을 맞았다고 전해 내려온다.

바울(5년경~64 또는 68년경)과 요한(6년경~100년경)은 모두 이곳에서 사목했다. 태어난 시기도 엇비슷해 두 사람이 사목하던 시기만 같았다면 이곳에서 만났을 수도 있었으련만 사도 요한이 성모 마리아와 함께 에베소에 도착했을 때는 이미 바울이 떠나고 난 지 23년째가 되던 해였다. 당시에도 두 사람이 만나지 못한 사실을 두고 안타까워했는지는 몰라도 이천 년이 지난 지금 안타까워하고 있는 걸 보면 가히 두 사람은 역사적인 인물이었다.

다시 생각해도 안타까움이 느껴졌다. 실로 역사적 만남이 무산된 것이다. 당시야 그걸 몰랐을 수도 있었겠지만 지금 생각하면 안타깝기 그지없는 일이 아닌가. 두 사람이 만나 한마디만이라도 남겨두었으면 얼마나 좋았을까. 그리고 할 수만 있었다면 성모 마리아와 세 분이 함께 기념사진이라도 찍어두었더라면 하는 생각이 들었다. 왜 그런 모습을 그린 화가는 없었을까. 역사도 가끔은 실수를 하는구나, 하고 느꼈다.

기독교 유적지를 여행하면서 신앙의 힘을 보았고, 믿음의 향기를 맡았다. 사도 바울과는 어제쯤 헤어진 것처럼 느껴졌다. 어떤 믿음이 참 믿음인지 알 것 같기도 했다. 우리는 성모 마리아 기념교회를 돌아나왔다.

그 즈음 신이 존재하는가에 대해 생각하기 시작했고 신이 존재한다는 말은 여기저기서 많이 들었지만 보지 못했으므로 존재한다는 사실에 대해서는 믿지 않기로 했다. 그러나 신의 존재와 관계없이 신을 믿을 것인가, 말 것인가에 대해서는 신을 믿기로 했다. 그것은 나의 즉 인간으로서의 불완전성에 대한 증명이자 곧 믿음이기도 했다.

"김군 이리 와봐. 여기 앉아 좀 쉬자고."

우리는 에베소 도서관 계단에 나란히 앉았다. 그녀는 지쳤는지 머리를 어깨에 기대왔다. 잠시 생각이 스쳐 지나갔다. 만약, 만약에 성모 마리아와 바울과 요한이 이곳에서 만났더라면 얼마나 좋았을까, 예까지 와서 만나지 못했다는 것이 안타까웠다. 눈을 감고 생각에 잠겼다.

요한은 하녀가 저녁식사를 준비하기 전에 요즈음 들어 부쩍 건강이 나빠진 성모 마리아를 모시고 산책을 나섰다. 요한은 그녀를 어머님이라고 불렀다. 예수께서 돌아가실 때 그가 당신의 아들입니다, 라고 말씀하신 후부터 그렇게 부르기 시작했다. 어머니는 아직 걸을 수는 있었지만 멀리 그리고 빨리 걷지는 못했다. 그들은 성모 마리아 기념교회 곁의 숙소를 나와서 에베소 도서관 쪽으로 걸었다.

근처의 아고라에는 막 장사를 끝내고 상인들이 돌아갈 준비를 하고 있었다. 두 사람이 지나가자 사람들이 멈춰 서서 고개를 숙여 인사를 하고, 가까이 있던 이들은 성모 마리아의 손에 입을 맞추기도 했다. 요한이 나서서 이들을 만류하려 했지만 성모는 놔두라고 손을 들어 요한을 말렸다. 올리브 잎이 에게해 쪽으로 기우는 황혼에 반짝이며 가늘게 흔들리고 있었다.

그때 아르테미스 신전 언덕에서 한 무리의 사람들이 이곳으로 내려오고 있었는데, 행색이 이곳에 사는 사람으로는 보이지 않았다. 그들이 시야에 들었을 때 요한은 그 중 수염이 긴 사도 바울을 발견했다.

바울 선생이 저리 늙었단 말인가. 그가 이곳에서 사목하고 있다는 것은 알았지만 늙은 성모님을 두고 그를 찾아가기는 쉽지 않았다. 차일피일 미루고 있던 끝에 바울이 먼저 그를 찾은 것이다. 그를 찾았다기보다는 성모를 찾아온 것이다.

"성모님, 오셨다는 말씀은 들었으나 게을러서 이제야 인사드립니다.

건강은 어떠신지요?"

"이게 뉘시오? 바울 선생 아니신가? 여기 계시다는 말씀은 들었지만 엄두가 안 나서 찾아뵙지 못했구려. 용서해 주세요. 나야 이제 늙어 곧 하나님 곁으로 가겠지만 바울 선생의 건강한 모습을 뵈니 이 늙은이 마음이 좋소이다."

"성모님, 하나님 곁으로 가시는 일이 뭐 그리 급하십니까. 오래도록 우리 곁에 남으셔서 믿음이 약한 저희를 붙들어 주셔야지요. 악마의 손길이 제 곁을 늘 서성입니다. 저도 오래도록 하나님의 말씀을 전했으면 좋겠는데 그도 제 뜻대로는 안 될 모양입니다."

성모 마리아는 도서관 계단에 앉았고 요한과 바울은 그 앞에 서서 웃음 띤 얼굴로 대화를 나누고 있었다.

"어머니, 이제 저녁이 가까워 오니 들어가 저녁을 드시지요. 대리석 바닥이 찹니다."

"그러세요. 자, 갑시다."

셋은 나란히 걸어 집으로 돌아왔다. 성모 마리아는 아르테미스 신전으로 올라가는 언덕을 걷는 것도 힘에 부쳐 요즘은 도서관까지만 걸었다. 아들이 죽고 난 후 갑작스레 기력이 쇠잔해짐을 느꼈다. 집까지 오는 데에도 삼십 분이 더 걸렸다.

요한이 오른쪽에서 바울이 왼쪽에서 부축했다. 성모의 몸이 새의 깃털처럼 가벼웠다. 달빛이 유난히 밝은 밤이었다. 함께 저녁을 마치고 성모 마리아는 일찍 잠자리에 들었고, 요한과 바울은 밖으로 나와 정원 벤치에 나란히 앉았다.

"그래 바울 선생 이게 얼마 만이요. 기억으로는 지난 번 예루살렘 기도회에서 뵈었으니 십 년은 잘 된 것 같소이다. 그래 어찌 지내셨소?"

"나는 그 후에 바로 안디옥으로 갔지요. 그곳에 잠시 머물다가 버가를 거쳐 이곳으로 왔습니다. 그래, 선생은 어찌 지내셨소?"

"나도 예루살렘에 머물다가 그리스도께서 승천하신 후 어머님을 모시고 이곳에 왔습니다. 워낙 어머님께서 건강치 못하셔서 요양이라도 하시는 게 좋을 것 같아 이곳을 택했지요. 아무래도 그곳은 자꾸만 아드님이 눈에 밟혀 마음이 편치 않으실 것 같기도 했고요. 기후도 온화해 지내기도 좋습니다. 이곳에 오니 이곳 사람들이 성모님 기념교회를 세워 헌정합디다. 믿음이 넘쳐 흐르는 곳이지요. 훗날 이곳도 사람들이 모여 주 예수 그리스도를 그리워하고 찬양하는 하나님의 땅이 될 것이요."

"그렇지요. 저 역시 이곳 사람들이 하나님의 말씀을 들어야겠다고 청해서 오기는 왔습니다. 선생이 계시다는 걸 알았다면 오지 않았어도 좋았을 걸 그랬지 뭡니까. 예수께서 승천하셨다는 말씀을 듣고 깜짝 놀랐지요. 세상이 어수선하니 무슨 일이 없겠습니까마는 설마 그런 엄청난 일이 있으리라고는 생각조차 못했습니다. 불행한 일입니다. 죄가 큽니다. 다행히 선생께서 예수님 곁에 계셨다니 마음이 좋았습니다. 다시 부활하셔서 우리의 곁으로 오셨으니 얼마나 감사한 일입니까. 부활하신 예수님을 뵈었다고요?"

"아무렴요. 그렇고말고요. 그렇습니다. 예수께서 부활하시자 막달라나 마리아가 그 소식을 전해왔습니다. 처음에는 반신반의했으나 능히 못 이루는 것이 없는 하나님이니 반드시 오실 것이라 믿었지요. 그리고 달려가 부활하신 주 예수 그리스도를 뵈었습니다."

"그래 예수님의 모습이 어떻던가요?"

"조금도 변하지 않으신 채 돌아가시기 전의 모습 그대로였지요. 말 그대로 기적이었습니다. 믿음이 약한 우리에게 기적을 보이신 것이지요. 예수 그리스도의 죽음은 우리에게 슬픔이요, 아픔이지만 그의 부활을 통해서 하나님의 나라가 더욱 가까워졌지요. 주 예수 그리스도가 우리 가슴 속에 영원히 함께 하실 것이니까요. 참으로 꿈만 같았습니다."

"막상 그 어른이 돌아가시고 나니 구원의 손길은 무디어지고 발길이 무거워집니다. 우리의 희생이 어디 그 분의 발치에라도 미치겠습니까. 암담한 세상이 계속될 것인데 누가 있어서 그 구원의 빛을 비추겠습니까. 큰 걱정입니다."

요한이 생각에 잠겼다. 그리고 말을 이었다.

"그리 걱정만 할 일도 아니지요. 지난 번 가르파니움 언덕에서 산상설교 때 예수 그리스도가 우리에게 하나님의 말씀을 전해주시지 않았습니까. 그걸 우리들이 전파하도록 해야겠지요. 바람결에 올리브 꽃향기처럼 번져나갈 것을 믿습니다. 너무 염려치 마세요. 주님께서 말씀하셨듯이 믿지 않으면 아무것도 이룰 수 없습니다. 암요, 그저 믿어야지요."

마침 잠도 오지 않고 달빛이 고와 밖으로 나오던 성모 마리아가 이들의 이야기를 우연히 들었다. 아들이 죽고 간신히 마음이 진정되어 가고 있었다. 요즈음 꿈에 그 분이 자꾸 나타나셨다. 성모는 발걸음을 돌려

교회로 향했다. 그리고 기도를 올렸다.

"아버지 하나님 두렵습니다. 이만하면 된 것입니까? 제 아들의 나이가 이제 막 갓 서른을 지났는데 너무 일찍 부르신 것은 아닌지요. 저야 이제 늙었으니 저를 데려가시고 우리를 구원하러 오신 구세주 예수 그리스도는 좀 더 이 땅에 남아 하나님 말씀을 전하게 해주셨으면 얼마나 좋았겠습니까?"

그 때 하나님 말씀이 들렸다.

"네가 나를 원망하느냐? 죽음이란 나이에 있는 것이 아니라 때에 있는 것이니라. 대저 죽음이 무엇이더냐? 이제 그 때가 이르렀을 뿐이니라. 지금이 아니면 인류를 구원할 수 없으니 그의 죽음을 슬퍼하지 마라. 인류를 구하러 내가 보냈느니라. 너에게 이르건대 더 살겠느냐, 인류를 구원하겠느냐?"

성모는 대답하지 못했다. 어떤 어미가 자식의 죽음을 놓고 함부로 대답할 수 있을까. 하나님이 다시 물었다.

"대답하여라. 지금이라도 내가 네 뜻대로 하겠노라. 어미로 살기를 원하면 그리하도록 할 것이요, 예수 그리스도가 구세주 내 아들로, 만인의 아버지로 살기를 원하면 그 또한 그리 하겠노라."

성모는 눈물을 흘렸다.

"하나님 아버지 제가 그의 어미요, 그가 제 자식입니다. 어찌 어미 자식 간의 인연을 소중히 여기지 않겠습니까. 하나님 아버지시여! 제가 눈물을 거두고 인연을 끊는 못된 어미가 되어야 옳겠나이까?"

"내가 말하지 않더냐. 내가 하고자 하면 못할 것이 없느니라. 보지 않았느냐? 그러니 네가 원하면 그리하겠노라. 다시 묻건대, 네가 좋은 어미가 되겠느냐? 네 아들이 인류를 구원하는 구세주가 되기를 소망하느냐?"

마리아는 하나님을 원망했다. 그동안 어미로서 얼마나 가슴을 태우고 애를 끓이며 살았던가. 남들처럼 호강시키며 키우지도 못했고, 애면글면했지만 어디에서 어찌 지내는지, 끼니는 제때 찾아 먹기는 하는지, 어디 아픈 곳은 없는지 노심초사한 것을 생각하면 기가 막혔다. 그리고 뭘 잘못했는지도 모른 채 십자가에 못 박히는 험한 꼴을 당했다. 그걸 본 어미였다. 참으로 야속했다.

때마다 무릎을 꿇고 기도를 올렸건만 겨우 얻은 답이 죽음이었으니 기가 막혔다. 그저 한 아이의 평범한 어미이기를 얼마나 바랐던가. 세상 어미의 평범하기 그지없는 소망이거늘 어찌해야 옳은가. 어찌 되었건 하나님의 물음에 답을 드려야했다.

"아, 제가 어찌 하나님의 말씀을 거역하겠나이까. 이 아이가 제 아이가 아니라 하나님의 아들이며 장차 만인의 아비인 것을 잠시 잊었습니다. 청컨대, 저는 제 자식을 하나님 앞에 이미 바쳤나이다. 아버지 하나님, 앞으로 세상의 어미에게 더 이상 자식으로 하여금 눈물을 흘리지 않게 하여주시옵소서."

성모는 그리 말하면서도 흐느끼고 있었다. 하나님인들 어찌 성모 이전에 한 아이의 어미로서의 그녀를 이해 못할 것인가.

"걱정하지 마라. 다시는 세상에 이런 일은 없다. 내가 약속하마. 들어라. 이는 죽음이 아니요, 부활이요, 영생이니라. 그러니 슬퍼하지 마라.”

성모의 기도는 절규였다. 도무지 부활이란 말은 귀에 들어오지 않았다. 방에 계시지 않는 성모를 찾아다니던 바울과 요한은 그 기도 소리에 놀라고 있었다. 두 사도의 눈에서 눈물이 주르르 흘러내렸다. 아, 어머니!

저토록 자식의 죽음을 애통해 하는 성모 마리아의 모정은 실로 인간다웠다. 그러나 그 자식을 내주고 인류의 구원과 맞바꾼 어머니의 용기는 놀랍다 못해 성스럽기까지 했다. 요한과 바울은 자신들도 모르게 무릎을 꿇고 기도를 올렸다. 모정이 믿음을 잠시 흔들었다. 성모 마리아가 곧게 일어서는 걸 보는 순간 두 사도 역시 믿음의 기둥이 굳게 서는 것을 느꼈다. 그리고 생각했다. 이미 돌아가시고 계시지 않을 부모님과 남아 있을 형제들을.

눈물이 절로 솟았다. 아, 어머니! 어머니 얼굴이 떠올랐다. 그녀가 다가와 왜 그러냐고 물었다. 엄마가 보고 싶어졌다고 했다. 그녀의 얼굴을 올려다보았다. 그녀는 결혼하지 않아 아이를 나아보지는 않았지만, 그녀에게서 모정을 느껴보고 싶었다. 그녀는 왜 그러느냐고 물으며 두 손으로 내 눈물을 닦아주었다. 그녀에게 말했다.

“나 좀 안아줄래?”

그녀는 이게 무슨 일인가 싶었는지 잠시 망설이는 듯했지만 이내 다가와 나를 품에 안았다. 다시 눈물이 솟았다. 물론 나는 성모 마리아를 떠올리며 스스로 취해 있었지만 어머니와 아들 간의 이별 그것도 먼저

간 자식의 앞에서의 어머니는 어떠했을까.

나는 흐느끼며 그녀의 가슴 속으로 파고들었다. 순간 당황했는지 어찌할 바를 모르는 그녀는 내 울음이 잦아드는 기색을 보이자 손수건을 꺼내 눈물을 닦아주었다. 겸연쩍었다. 웃음을 지어보였다. 이번에는 그녀가 울었다. 나는 그녀를 꼭 안고 말했다.

"우리 왜 이러지?"

마치 꿈을 꾸고 있는 것 같았다.

그리고 훗날 뉴욕 메트로폴리탄 박물관에서 십자가에 못 박혀 돌아간 아들 예수 그리스도를 무릎에 안고 있는 성모 마리아의 조각상Pieta을 보았다. 그때는 거꾸로 에베소에서의 느낌이 다가왔지만 모정 앞에서 무엇이 중요하고 덜 중요한지를 알 수는 없었다. 아, 만약 나라면?

에베소 마을은 사라지고 건물은 무너져 내렸다. 사람들은 살지 않고, 아무 관계도 없다고 생각하는 관광객만 드나들며 옛날의 영화를 짐작해 보려고 한다. 주위 사람들을 둘러보지만 그 누구도 그들의 조상이 이곳에 살았을 법한 사람은 없다.

셀주크 시내를 거닐어도 마찬가지다. 어느 날 도시가 멸망하면서 이곳에 살던 사람들조차도 흔적도 없이 사라져버렸다. 지금은 아무 관련도 없는 사람들이 이곳을 거닌다. 과연 나는 이들과 무관한 존재인가, 그냥 이방인일 뿐인가?

나에게는 서너 명의 터키 친구들이 있다. 두 명은 소원해지기는 했지만 2000년 초 축구 관계 일을 할 때 사귄 사람들이고, 다른 한 사람은 그 당시 업무차 안탈리아를 드나들 때 사귄 호텔 지배인인 쿠툴루스이다. 그들 모두 수없이 만났지만 터키에 대해서 아무도 말해주지 않았다.

터키를 드나드는 동안 내 발로 여기저기 찾아다니며 유적지를 보며 놀라고 감탄하기까지 그들에게서 들은 이야기는 아무것도 없다. 그들이 이 땅의 주인이 맞는가 하는 의문이 든다. 하기는 나도 외국에서 친구들이 와도 우리나라의 역사나 유적지에 대해서는 말하지 않기는 마찬가지만 말이다.

이쯤에서 터키에 대해 궁금해지기 시작했다. 터키인조차도 할 말도 별로 없을 듯싶었다. 남의 나라 즉 그리스나 로마의 문물을 제 앞에 모아놓고 설명하기도 쉽지 않을 뿐더러 그걸 이해하기란 얼마나 어려운가. 더구나 그것이 종교고, 철학이라면 함부로 말하기도 쉽지 않을 것이다.

자신들은 기독교와는 무관한 이슬람의 후예가 아닌가. 누가 보아도 남의 문화를 점령하고 있을 뿐인데, 그걸 자신의 것이라고 우기는 건 염치없는 일이요, 종교적 신념에도 어긋나는 일이다. 그런 면에서는 차라리 모르는 척 겸손한 것도 괜찮다. 나 역시 워낙 문화가 이질적이라 언젠가는 주인에게 되돌려주는 것이 맞는지도 모른다는 생각이 들었다.

터키 사람들은 허풍쟁이라는 것을 어슴푸레 느낄 수 있었는데, 시간이 지나면서 그 허풍의 위력과 배경을 느꼈다. 오스만 터키! 뭔지는 잘 모르지만 많은 사람들의 가슴속에 깊이 새겨진 이름이다. 세계를 지배해 본 사람들만의 가슴 속에서 나오는 일종의 우쭐함 같은 것이었다. 그네들이 점령하고 있는 문화의 위력을 보면 이해가 되었다. 왜 나라를 송두리째 망가트리면서까지 세계를 손에 넣겠다고 전쟁을 일으키려고 하는지.

아무튼 터키는 큰 나라다. 우리가 말하는 금수강산의 풍모를 어디 가나 느낄 수 있는가 하면 어디에 내놓아도 뒤질 것 없는 유적과 유물을 지니고 있기도 하다. 가는 곳마다 보는 것마다 우리를 놀라게 한다. 그런 유적과 유물들이 점령지로부터 얻어낸 것이니 얼마나 뽐낼 만하겠는가. 하다못해 남의 팔뚝을 구부려 알통을 보여줄망정!

그런 면에서는 부러움이 앞섰다. 늘 피지배자 입장에서 살았던 우리도 언젠가는 지배자의 입장으로 살아야 한다. 침략자가 되자는 말은 아니지만 인류 역사상 피할 수 없는 것이 전쟁이라면 이기는 것이 얼마나 자랑스러운가. 그런 것들을 도처에서 확인하고 있는 중이었다. 이기는 자만이 살아남는 것이다. 역사는 이기는 자 중심으로 쓰이게 마련이다.

말하자면 먼저 방문했던 코풀룰루 계곡 국립공원은 우리나라에서처럼 금수강산임을 보여주는 자연 그대로의 아름다움을 간직한 설악산과 같은 산수풍경이요, 지중해변을 따라 이어지는 도시는 상상을 초월하는 점령지인 고대 로마와 그리스의 유적지다. 우리는 카파도키아에서 이들 조상의 유적을 다시 보게 될 것이다. 그러나 알고 보면 이 모두 남의 나라의 문화유적일 뿐이다.

정신없이 다니다보니 허기가 졌다. 저녁이 가까워오고 있었다.

"배가 고프네. 저녁 먹을 시간이 다가오나 봐."

"저도 배가 고파와요. 참 대단하네요. 이제 다 본 것 아네요?"

"한 군데 남았어. 저쪽으로 가면 원형극장이 있거든. 여기까지 왔으니 보고 가자고. 하기는 다 비슷해. 안탈리아에서 본 것이나, 파묵칼레에서 본 것이나, 조금 전 셀주크 성에서 본 것이나 다 똑 같이 생겼지만 그래도 여기까지 와서 그냥 가면 안 되지. 바로 저기야. 저곳에 대중을 모아놓고 바울 선생과 요한 선생이 설교를 했다는군."

"그렇죠. 가요, 선생님."

원형극장을 돌아보고 천천히 걸어 나왔다. 수많은 관중을 모아놓고 설교를 하는 바울의 모습이 언뜻 보였다 사라졌다. 비는 그쳤으나 날은 잠시 갰다가 다시 흐린 채였다. 에베소는 여전히 발굴과 복원이 계속되고 있었다. 몇몇 사람들이 원형극장 안에서 사진을 찍고 있었다. 연일 계속되는 강행군에 피로가 느껴졌다. 날을 잡아 하루 푹 쉬어야겠다는 생각이 들었다.

호텔로 돌아왔을 때 카운터에는 낯선 남자가 앉아 있었다. 사장님은 가죽공방에 가셨기 때문에 오늘은 자기가 이곳 당번이라며 무엇이건 자신에게 이야기하면 된다고 편하게 지내라고 했다. 내일은 무엇을 볼 것이냐고 물었다.

내일은 페르가몬에 갈 것이다. 그곳에 있는 버가모(페르가몬) 교회 역시 세계 7대 교회 중의 하나로 예까지 왔으니 꼭 가보아야 할 곳이다. 방으로 돌아와 뜨거운 물로 찜질을 하려고 욕조에 물을 받았다. 그녀는 침대에 누워 책을 보겠단다. 물이 데워졌을 때 욕실에 들어가 옷을 벗어 밖으로 집어던지고 문을 닫았다. 피로가 몰려오는 것을 느꼈다. 눈이 스르르 감겼다. 얼마가 지났을 때 문을 두드리는 소리가 났다.

"선생님, 배고파요. 주무세요? 벌써 사십 분이나 지났단 말예요."

"아, 알았어. 나갈게."

욕조에서 일어나 샤워기를 틀었다. 비누칠을 해 몸을 닦고 물기를 걷어냈다. 문을 빠끔히 열고는 옷을 달라고 했지만 돌아온 대답에는 장난기가 잔뜩 묻어 있었다.

"그냥 나오세요. 괜찮아요."

"나 그러면 정말 그냥 나간다. 농담 아냐."

"네, 저도 농담 아녜요."

큰 수건을 찾아 몸을 감쌌다. 그리고는 눈 감아, 하고는 욕실 문을 열고 나갔다.

"칫, 그럴 줄 알았어요."

"근데 내 옷이 왜 저기 가 있어? 설마 터키 선녀가?"

"안탈리아에서 내 옷도 터키 나무꾼이 소파 위에 가져다 놓았던데요."

"별 복수를 다 하네. 치사한 터키 선녀!"

수건으로 머리를 털면서 침대로 다가갔다.

"그거 무슨 책인감?"

"그냥, 심심할 때 보려고 가져온 거예요. 옛날에 산 책인데『연금술사』라는 거예요."

책을 뒤집어 표지를 보여주었다. 흘낏 쳐다보고는 돌아서서 수건을 벗어던지고 옷을 입었다. 팬티를 입었을 때 그녀가 뛰어와 품에 안기며 비누 냄새가 좋아요, 하고 말했다. 내 냄새가 좋은 게 아니라 비누 냄새가 좋다고, 그럼, 기다려봐 비누 가져다줄게, 라고 말했다. 그녀는 살짝 나를 떠밀며 선생님은 정말 못 말려, 하고는 어서 옷을 입으라고 했다. 가슴에서 그녀의 체취가 느껴졌다.

저녁식사는 즐거웠다. 조그만 옹기에 끓여주는 터키 전통음식 맛이 좋았다. 채소와 소고기 그리고 이들만의 양념과 소스로 요리를 했는데 그릇 모양은 우리의 된장찌개를 끓이는 옹기그릇 같았고 맛은 약간 시큼했다. 포도주 한 병을 얻어가지고 방으로 돌아왔다.

"한 잔 합시다. 술꾼이 그냥 자면 체면이 말이 아니지. 그냥 자면 술꾼도 아냐."

"좋죠. 오늘은 진하게 한 잔 하죠."

"진하게 한다는 말이 무엇이야? 그거 은근히 기대도 되고 겁도 나네."

"겁내실 것 없어요. 상상하지 마세요."

"그러지. 옛날에는 소설 쓰지 마세요, 라고 말했는데 상상하지 마세요, 라고 말하니까 훨씬 문학적이고 운치가 있네."

"닮아가잖아요. 이러다 서울 가면 저도 수필가 되겠어요."

"그거 좋지. 이건 농담이 아닌데, 김군이라면 얼마든지 글을 쓸 수 있겠어. 이해력도 빠르고, 말하는 게 조리도 있고, 단어 선택도 탁월해. 내 수제자 하는 건 어때?"

"수필가 양반들 다 죽으면 한번 도전해 볼게요."

"그렇게 농담하듯 말 잘라 먹지 말고. 내 말 쉽게 들으면 안 돼."

"알았어요. 고민해 볼게요. 포도주 드세요."

"이게 포도주가 아니라 포로주네, 이제 보니까."

그녀는 의자를 끌어와 자연스럽게 곁으로 다가와 앉았다. 우리는 셀주크에 와서 두 번째 러브샷을 했지만 유치하다는 생각은 안 들었다. 그리고 서로 고개를 돌려 입을 맞췄다. 잔을 내려놓고 그녀와 긴 입맞춤을 했다. 그러고는 거의 동시에 마치 물속에서 오랫동안 숨을 참았던 사람처럼 숨을 몰아쉬었다.

진하게 마시겠다던 술판은 일찌감치 파장을 맞았다. 뛰다시피 침대로 가 부둥켜안고 다시 한번 길고 긴 입맞춤을 했다. 입맞춤이 끝났을 때 숨을 몰아쉬며 둘이 깔깔거리며 웃었다. 나란히 누워 창밖 하늘을 올려다보며 손을 꼭 잡았다.

달이 숨었다 나왔다 하며 출렁이고 있었다. 어지러웠다. 그때마다 눈을 감았다. 숨이 찼다. 그녀의 가슴에 얼굴을 묻고 숨을 크게 쉬었다. 땀이 달았다. 밤은 농익은 과일처럼 점점 달콤해지고 달은 불그레해져 갔다. 그녀의 젖무덤에서 배꽃 향기가 나는 것을 느끼며 잠이 들었다.

제10장 … 곡신불사谷神不死, 카파도키아

인간은 어리석음을 스스로 증명할 때까지
어리석다는 것을 모르는 유일한 동물이다.

눈을 떴을 때 그녀는 아침을 준비하는 사람처럼 옷을 차려입고 서성이고 있었다.

"뭘 그렇게 일찍 일어났어. 밥 하나?"

"편히 주무셨어요? 밥이요? 그러고 보니 밥을 해 본 지도 꽤 오래 되었네요. 특히 누구를 위해서. 어머니 돌아가시고는 나 먹자고 밥했지 남을 위해 밥을 한 기억은 없네요. 그러네요. 밥을 한다는 것, 그건 단순히 먹기 위해 하는 것만은 아니군요. 문득 누군가를 위해 정성껏 식사를 준비한다는 것이 얼마나 아름답고 숭고한 일인지 이제 알겠어요."

그녀의 뺨에 눈물이 주르르 흘러내렸다. 공연히 밥 이야기를 꺼낸 것이 문제였다. 우리는 그즈음 자주 눈물을 보였다. 그간 돌아보지 못한 삶을 정리하고 있었다.

"왜 그래? 이제 보니 울보야. 아님, 은혜 받았나?"

"갑자기 엄마 생각이 나요. 보고 싶어요. 한 끼만이라도 정성을 다해 밥을 지어드리지 못했어요. 딱 한번만이라도 그랬다면 좋았을 걸. 정말 어머니께 죄송해요. 선생님 말씀을 듣고 보니 저 들으라고 하신 말씀 같아요. 아닌 게 아니라 저 여기 와서 은혜 많이 받나 봐요."

그녀에게 다가가 가만히 어깨를 감싸며 말했다.

"그 정도면 되었어. 자 그만하고 우리 아침 먹으러 가. 나 씻고 나올게."

문득 혼자 계실 아버지가 떠올랐다. 재작년 시월 어머니가 돌아가셨을 때 장사 내내 걱정했다. 누가 아버지를 모셔야 하나. 사실 큰아들인 내가 모시는 것이 당연하지만 아내와 별거 중이니 끼니를 해 올릴 용기가 나지 않았다.

장사 전 날 이건 내 일이라고 생각했다. 누구에게도 양보할 수 없고, 떠넘겨서는 안 되는 일이었다. 평생 부모님을 모셔보지 못한 것은 나뿐이었다. 동생들 셋이 돌아가며 모셨고, 근자 한 십여 년을 부모님과 같이 살았지만 그건 내가 부모를 모신 게 아니라 부모가 나를 거둔 것이다. 꼭 여자가 있어야만 모시는 것은 아니지 않은가.

장삿날 밤에 형제들을 불러놓고 선언했다. 아버님은 내가 모신다. 그러니 너희들은 아무 걱정 말아라. 단지, 반찬을 하는 재주가 없으니 제수들이 그것만 도와주면 좋겠다.

그렇게 해 아버지를 섬기는 영광을 독차지하게 되었다. 다행스러운 것은 아버님이 편안해하신다는 것이다. 어머니도 돌아가시기 전 이십여 일 동안 화장실 출입을 못하고 누워서 뒤를 보셨는데 며느리보다 내가 편하다고 나에게 기저귀를 갈아달라고 하셨다. 그때 너무 감격해 병원 화장실에서 눈물을 훔쳤다. 어머니와 더 가까워지고 싶어서 아침마다 수건을 빨아 어머니 얼굴을 정성껏 닦아드렸다.

나는 우정 엄마라고 불렀다. 엄마 얼굴이 밉고 지저분하면 하나님이 안 받아줄지도 모른다고 머리도 빗겨드렸다. 그때마다 엄마는 환히 웃으셨다. 그때 엄마의 소리를 들었던 것 같다. 옳지, 그래야지. 엄마는 부모 자식 간의 관계를 새삼 일깨워주셨다. 그것이 아버지를 모셔야겠다는 용기를 내게 했는지도 모른다. 지금도 어머니는 나를 울게 하지 않지만, 엄마는 언제나 나를 울리곤 한다.

어디 외출이라도 하는 날에는 아버지의 낯빛이 변하는 걸 느낀다. 이번 출장도 그랬다. 이렇게 일을 마치고 마음 놓고 여행하고 있는 것이 송구하기도 했지만 동시에 불안하기도 했다. 잘한다고 해봤자 그럼 그렇지, 하는 생각이 들었다. 하지만 중단하고 돌아갈 수는 없다. 아이에게 이 여행은 너만 알고 있으라고 당부해두었다. 아이는 제가 돌아가 할아버지 곁에 있을 것이니 걱정 말고 여행을 즐기시라고 했다. 다른 식구들에게는 절대 비밀로 할 것이었다.

짐을 꾸려가지고 체크아웃을 했다. 페르가몬에서 바로 이즈미르 공항으로 가 카파도키아의 네브쉐히르로 가는 비행기를 탈 예정이었다. 차는 이곳 공항에서 반납하면 되었다. 세계 7대 교회 중 한 곳인 페르가몬 교회를 방문하면 세 곳을 보게 된다. 라오디게아, 에베소 그리고 페르가몬 교회를 보고 나머지 네 곳인 두아디라Thyatira, 필라델피아

Philadelphia, 사르디스Sardis 그리고 스미르나Smyrna는 후일로 미뤘다. 에게해를 따라 북쪽으로 차를 몰았다. 페르가몬에 도착했을 때는 점심을 먹기에는 어중간한 시간이었으므로 먼저 페르가몬 교회를 다녀와 점심을 먹자고 했다.

페르가몬 교회는 페르가몬 왕국이 있던 390m의 작은 산 정상에 있었다. 헬레니즘 문화를 대표하는 기원전 5세기경에 세워진 도시로 인구가 한때 20만 명에 달했다니 그 규모와 융성을 엿보게 했다.

극장과 아테나 니케포로스 신전, 헬레니즘 예술의 걸작품인 벽을 화려하게 장식한 거대한 제우스 제단 등이 주요 유적으로 꼽히지만 모두 전쟁통에 폐허가 되고, 그 일부만 베를린에 있는 페르가몬 박물관에 남아 있다. 전쟁은 페르가몬의 유적을 베를린에 가서 보게 하는 그런 터무니없는 짓이다. 나라를 잃고 몇 천 년을 떠돌게 하는 것이 전쟁이다.

그런 도시에 있는 특급교회였지만 환영받는 교회는 아니었다. 우상숭배를 했고, 교회를 계급화하는 바람에 급기야는 하나님으로부터 경고장을 받았다. 라오디게아 교회와 입장이 비슷했다. 어찌 보면 오늘날의 교회를 연상시킨다. 오죽하면 하느님이 그들에게 싸워 이기면(우상숭배를 물리치고 계급화된 교회를 정상으로 되돌리면) 상을 주겠노라고 하셨을까. 모르기는 몰라도 도시가 성하고 크면 클수록 인간의 심성이 거만해지고 생활이 문란해지는 건 예나 지금이나 다르지 않았다. 사람들은 자신들의 지식을 믿고, 자신들 마음속에 그것이 돈이든, 명예든, 권력이든 우상을 둔다. 페르가몬이라고 다를 리가 있었겠는가. 사람들은 도시의 융성과 번성이 마치 믿음의 융성과 성장으로 알고 있다.

그럼으로 언제든 도시가 먼저 피폐해지는 것이다.

회교국인 터키가 기독교 유적을 자신의 나라에 갖고 있다는 것은 무엇을 의미하나. 특별히 유적 말고는 기독교적 분위기도 없고 종교적 갈등도 없다. 지금 같아서는 종교적 문제로 사회가 분열되는 일은 없을 테지만, 육백 년 전 이 땅을 지배하던 이들의 후손들 중에 기독교적 역사의 흐름을 아는 자손이 나타난다면 훗날 어떻게 역사가 바뀔지는 알 수가 없다. 게다가 로마의 후예인 이탈리아와 신전을 지었던 그리스가 곁에 있지 않은가.

여전히 이곳은 오래된 점령지일 뿐이고 역사는 계속되고 있다. 이 땅을 지배하던 로마가 천 년 후에 망한 것을 생각하면 지금의 터키가 오스만 터키 제국을 포함해 아나톨리아 반도를 지배한 지는 겨우 육백 년도 채 되지 않았다. 역사의 물길은 도도히 또 다른 역사를 향해 흐르고 있을 뿐이다. 격랑을 볼 수 있을 때가 언젠가 있게 될 것이다.

문득 중국이 떠올랐다. 동북공정! 어림없는 이야기다. 그게 그렇다면 그들은 북경 이북의 땅을 고스란히 우리에게 돌려주어야 한다. 역사는 되풀이되지만 힘이 있는 쪽이 아니라 바른 쪽으로 움직여 간다. 우리도 늘 깨어 있어야 한다. 동북공정이라는 터무니없는 말을 가슴 깊이 새겨두어야 한다. 그래야만 역사를 바로잡는 일이 될 것이다. 주인 없는 역사가 어디 있는가. 언제나 영원히 한 쪽만이 승리하는 전쟁 또한 없다. 동북공정이란 터무니없는 말이 더 이상 그들을 믿지 않게 할 것이다. 역사는 있는 그대로 존재하지만 맞는 채로 혹은 틀린 채로 기록될 뿐이다.

역사의 물길이 바뀌게 되면 그때는 불행하게도 이들 유적들이 증거하고 나설 것이다. 여전히 앞으로의 국제분쟁은 종교적 분쟁이 될 가능성이 제일 크다는 게 학자들의 중론이고, 실제 중동지역에서 그런 조짐이 보이고 있지 않은가. (영토 때문에 일어나는 전쟁은 없다는 것이다.) 게다가 이곳은 종교가 다른 로마 혹은 그리스의 땅이었다는 것을 역사가 증명하고 있다.

아무래도 초행길이고 도로 사정도 잘 모르니 서두르는 것이 좋을 듯해서 좀 이른 시간에 공항에 도착했다. 공항은 잘 관리되고 있었다. 공항 안에 있는 렌트카 업체를 방문해 간단한 수속을 거쳐 차를 반납하고 탑승 수속을 밟기 위해 카운터로 향했다. 두 시간 정도의 여유가 있었지만 특별히 할 일은 없었다.

탑승 수속을 마치고 바로 탑승구로 가 자리를 잡고 앉았다. 탑승장 안은 손님들로 붐비고 있었다. 터키의 삼대 도시다웠다. 그녀는 자리에서 일어나 어디론가 천천히 걸어갔다. 잠시 후 돌아와 저쪽에 커피점이 있다며 그곳에 가 차를 마시는 게 어떻겠느냐고 했다. 그곳으로 가 커피를 주문했다.

비행기가 이스탄불 공항을 거쳐 네브쉐히르 공항에 도착했을 때는 저녁이었다. 공항 가로등에 불이 들어오고 있었다. 날이 추워서인지 가로등 불빛조차도 차가움이 느껴졌다. 공항을 빠져나오자 내 이름을 적은 피켓을 들고 있는 이가 보였다. 손을 흔들자 다가와 가방을 빼어들었다.

그녀 대신 가방을 끌고 밖으로 나왔다. 찬바람에 정신이 번쩍 들었다. 준비해 놓았던 파커를 그녀에게 입혔다. 차가 주차장에 있다며 그리 가자고 했다. 차는 시내를 거쳐서 어디론가 자꾸만 가고 있었다. 차창 밖 가로등 불빛에 녹다만 눈이 그대로 쌓여 있는 것이 언뜻언뜻 보였다. 사람이 보이지 않아서인지 밖이 을씨년스러워 보였다.

네 번째 방문이지만 두 번은 카이세리 공항에서 내렸고, 한번은 차로 왔으며, 네브쉐히르 공항은 처음이었다. 한참을 달려 전에 투숙했던 호텔에 짐을 풀었다. 이곳의 상징처럼 동굴을 본떠서 만든 동굴 호텔이었다. 제법 묵을 만했다. 어차피 관광이니 이런 곳에서 묵는 것도 그런대로 의미가 있었다.

사장은 여전히 큰 개를 두 마리나 데리고 나타났다. 나를 알아보았다. 가볍게 저녁을 먹고 일찌감치 잠자리에 들었다. 동굴 속 방은 두 칸으로 나누어져 있었고 방마다 침대가 놓여 있었다.

"김군은 어디서 잘 테야?"

"입구 쪽보다는 저 안 쪽이 좋겠어요."

"그래? 그럼 거기서 자. 내가 바깥 쪽에서 잘게."

"뭐예요, 선생님. 그럼 저도 거기서 잘래요."

"음 그럼, 할 수 없네. 같이 자야지."

"뭐예요. 사정 봐주는 거 같아요. 제가 복수할 거예요."

우리는 침대 속으로 뛰어들었다. 바깥 날씨가 제법 추웠다. 내일 아침에는 다섯 시에 일어나 열기구를 타러 가야 했다. 그녀를 꼭 안았다. 발이 찼다.

"아직 발이 안 녹았네."

"너무 추워요. 우리가 가본 곳 중에서 제일 추운가 봐요. 파묵칼레보다 더 추운 것 같아요. 내일 하늘에서 얼어 죽는 거 아네요?"

"지금이 딱 죽기 좋은 때라며? 며칠 사이에 마음이 변했나?"

"얼어 죽는 건 싫어요."

"왜? 물속으로 걸어 들어가자며?"

"거긴 따듯하잖아요."

가볍게 입을 맞추고 잘 자라고 인사를 했다. 우리는 곧 깊은 잠에 빠져들었다. 동굴 속 잠은 달콤했다.

모닝콜 소리에 잠이 깼을 때도 방이 너무 어두워서인지 금방 누웠다 일어난 기분이었다. 그녀도 부스스 눈을 떴다. 간단히 세수만하고 옷을 챙겨 입었다. 모자를 쓰고 그 위에 다시 옷에 딸린 모자를 뒤집어썼다. 목도리를 하고 장갑을 끼고 나섰다. 밖으로 나가는 데는 용기가 필요했다.

한 팀이 호텔 사무실에서 추위를 녹이며 차를 기다리고 있었다. 어디에서 왔느냐고 물었더니 오스트리아에서 왔다며 우리에게 일본인이냐고 물었다. 한국 사람이라고 하자 동양인 특히 중국과 일본 그리고 한국 사람은 구분이 잘 안 된다며 같은 언어를 쓰냐고 물었다. 완전히 다르다고 했더니 둘이 무어라고 대화를 나누며 우리를 쳐다보고 웃었다. 우리도 웃었다. 우리도 당신들 구분 못해요, 속으로 말했다.

잠시 후 차가 도착했다는 연락이 왔다. 차에는 여러 호텔에서 픽업한 손님들 몇 팀이 타고 있었다. 굿모닝, 하고는 차에 올랐다. 셔틀버스는 몇 군데 더 들러 손님을 태우고는 열기구가 있는 곳으로 떠났다. 그곳에는 손님들로 붐비고 있었고, 대기실 내에서는 다과를 준비해 손님에게 대접했다, 우리도 따듯한 차와 몇 조각의 과자로 요기를 했다.

얼마 안 있어 우리 이름을 불렀다. 손을 들어 신호를 보내자 따라오라고 손짓을 했다. 그는 우리를 차에 태워 우리가 탈 열기구까지 데려갔다. 여기저기서 가스에 불을 붙이고 열기구를 띄울 준비에 열중하고 있었다. 준비가 끝나자 한 사람씩 기구의 바스켓 안으로 올려 보냈다. 우리가 탄 기구는 그리 크지 않은 약 스무 명 정도가 탈 수 있는 소형이었다. 잠시 후 열기구는 굉음을 내며 하늘로 떠올랐고 사람들은 탄성을 질렀다. 그녀는 손에 힘을 주어 아플 정도로 내 팔을 꽉 잡았다.

"무서워?"

"네."

두려움에 잔뜩 겁을 먹은 모습이었다.

"괜찮아. 마음 편히 먹고, 이 팔 좀 놔줘. 살이 집혔는지 너어무 아파."

"어머, 그래요?"

그녀는 팔을 풀어주었다. 그리고는 허리를 다시 감아쥐었다.

"저기 좀 봐. 기구가 새까맣게 떴네."

"그러게요. 도대체 몇 개나 뜬 걸까요?"

열기구 조종사에게 보통 하루에 몇 개나 뜨느냐고 물었다. 총 200개 정도의 열기구가 있다고 했다. 정비 중인 것을 빼고 전부 뜨면 약 180개쯤 되는데, 경기에 따라 다르다고 했고, 오늘은 약 120개 정도가 떴다고 한다. 장관이었다. 최고로 높이 올라가면 300m쯤 올라간다고 설명했다. 생각보다 춥지 않았다,

기구는 비둘기 계곡 위를 날아 동굴집들이 있는 하늘 위에 멈춰 서서 충분히 구경하도록 배려했다. 로즈벨리에서는 지면 가까이 내려왔다가 다시 하늘로 솟구쳐 올랐다. 여우 한 마리가 우리를 올려다보더니 냅다 어디론가 뛰어 사라졌다. 승객들이 감탄을 연발하고 있었다.

동쪽에서 해가 떠오르고 있었다. 조종사가 해가 떠오르는 설산을 가리키며 해발 3,916m의 에르지예스Erciyes 산이라고 했다. 설산은 햇빛을 받아 눈이 부시도록 빛나고 있었다. 산이 저렇게 빛나는 건 처음 보았다. 에르지예스는 카파도키아의 어머니 격이었다. 삼백만 년 전 화산이 폭발하면서 생겨난 곳이 카파도키아다. 우뚝 솟은 산이 위엄이 있었고 자애로워 보였다.

한 시간 정도 구천을 떠돌던 열기구가 착륙을 시도했다. 열기구가 착륙한 곳은 이륙한 곳과는 전혀 다른 곳이었다. 열기구의 단점이 제가 뜬 곳으로 되돌아가지 못한다는 것이다. 우리는 호텔로 돌아와 아침을 먹었다.

아침을 마치고 잠시 쉬었다가 투어에 나섰다. '비둘기집'으로 불리는 계곡 쪽에서 시작하는 트레킹은 생각보다 훌륭한 경험이었다. 동굴집을 구경하며 천천히 걸었다. 기원전부터 1950년대까지도 일부는 동굴집에서 거주했다고 하니 본래 인간이 어떤 동물인지 알 만도 하다. 최근까지 거주한 민족은 기독교도인 그리스인들이었다고 한다. 물론 그들은 초기 교회시절 핍박을 피해 이곳에 온 사람들의 후손들이었다. 지금은 희망자는 모두 고국으로 돌아갔다고 하며, 그 대신 그리스에 사는 터키인들이 환향했다고 한다.

이곳 카파도키아는 타우루스 산맥 끝자락에 자리 잡고 있는 유서 깊은 도시다. 기원전 6세기경 페르시아의 지배를 받으며 조로아스터교가 널리 퍼져 있던 곳이었다. 동쪽으로부터 아나톨리아 반도를 지키는 길목이기도 해 동로마제국 시절 알렉산더 대왕이 일찍이 요충지로 삼았던 곳으로, 이곳을 지나면 아나톨리아 반도를 관통해 콘스탄티노플로 들어올 수 있었다. 칭기즈칸도 티무르도 모두 이곳을 지나 유럽정복을 시도했다. 타우루스 산맥 북쪽 끝자락 위에 있는 대평원으로 '말의 땅'이라고 불릴 정도로 말이 많고, 훈련시키기에 적합했다.

안내인은 터키 보석에 관심이 있느냐고 물었지만 쇼핑에 관심이 없는 우리는 바로 점심을 먹으러 갔다. 전통음식점이면 좋겠다고 했고, 그는 자기가 잘 아는 곳이 있다며 허름한 집으로 안내했다. 말하자면 동네 아주머니가 운영하는 그들만 아는 그런 집이었다. 아닌 게 아니라 조카딸과 큰어머니가 함께 음식을 만들고 있었다. 터키 음식 중에서 소고기와 닭고기 케밥을 시켜 비교적 성공적으로 점심을 마쳤다. 점심 후 그가 안내하는 대로 몇 군데 더 들렀다. 거의 다 엇비슷한 자연 경관을 중심으로 하는 관광이었다. 이른 저녁나절 호텔로 돌아왔다.

잠시 누워서 쉰다는 것이 둘이 다 깜빡 잠이 들고 말았다. 눈을 떴을 때는 여덟 시쯤이었다. 사무실로 전화를 걸어 저녁을 먹을 수 있겠느냐고 물었다. 그들은 아무 문제가 없다며 식당으로 오라고 했다. 저녁을 먹고는 방으로 돌아왔다. 밖에 나가고 싶기도 했지만 우선 추운 것이 싫었고 이 시간에는 마땅히 갈 만한 곳도 없었다.

"재미있었어?"

“신기하고 재미있네요. 상상도 못했던 광경들이라 볼 만해요. 내일은 어디로 가요?”

“내일은 지하로 가자고. 오늘은 하늘과 땅 위를 헤맸으니까. 그리고 오후에는 사우나를 하고, 저녁에는 멋진 식사를 하는 거야. 어때?”

“사우나요?”

“터키탕에 가는 거지.”

“그 유명한 터키탕요? 한때 우리나라에서도 유행한 적이 있었잖아요? 터키 정부에서 항의해 터키라는 이름을 모두 내렸잖아요. 초임 공무원시절에 우리 시에도 공문이 와서 기억이 나요. 우리 시에도 무슨 호텔인가에 한 군데 그런 이름의 사우나가 있었거든요.”

“그랬지. 그때는 좀 잘못되었지. 잘못되나마나 뭘 제대로 알지도 못했으니까. 우리나라에서 터키탕이라고 하면 퇴폐업소를 의미했지. 터키 입장에서는 자신들 나라에서 사우나가 마치 그런 식으로 운영되고 있다는 인상을 주는 것도 싫었지만 실제 내용이 완전히 다르니까 터키라는 이름을 쓰지 말라고 한 것이겠지. 내일 그 터키탕의 진면목을 한번 보자고. 사실 당시 나도 좀 오해를 했었거든. 사실 내 눈으로 보고 확인하지 않으면 믿어서는 안 되는데 남들이 그렇다니 그런 줄 알았지 뭐야. 안심해도 좋아. 호텔에서 갔었던 그런 식야. 우리식으로 하면 대중목욕탕 격이지. 단지 시설이 좀 그보다는 못하지만 추운 곳에서는 갈 만해. 삼백 년도 더 된 곳이래. 국가문화재 격인데 민간에게 운영을 맡긴 거라네. 거기 가기 전에 옆에 포도주 집이 있어, 거기 들러서 포도주 한 잔 하면 아주 좋아. 한 시간이면 되잖아. 때 밀 일도 없고. 김군, 때

밀 거야?"

"혹시 마사지 할 수 있나요?"

"그건 잘 모르겠어. 내일 가보면 알겠지. 생강차는 못 마시고 진저 차는 마신다는 말과 같군. 누가 그러더래. 자기는 생강차는 못 마시고 진저 차는 마신다고."

"그게 무슨 말씀예요?"

"때 미는 거나 마사지나지. 제가 조금만 받고 밀어드리면 안 될까요?"

"호호호, 그런가요? 내일 봐서요."

"참 들어오다 보니까 어딘가 포도주가 있던데. 그거 마실까? 나 술꾼 다 됐어. 여기, 왜 아까 우리 트레킹 할 때 포도나무 보았잖아. '땅 포도'라고 한다는데, 그 포도로 빚은 포도주가 유명하데. 맛도 있고, 좋다고 하더라고. 그렇다니까 일단 한 잔 하자고."

"방에 들어올 때 본 것 같은데 어디서 봤더라. 아, 생각났어요. 들어오는 입구에 있었어요. 근데 땅 포도가 뭐래요?"

"아, 그거? 우리는 포도농사를 질 때 지지대를 세우고 포도넝쿨을 올려 재배하잖아. 이곳에서는 지지대 없이 포도넝쿨을 그냥 땅으로 기어가게 내버려두고 농사를 짓는데. 그래서 땅 포도라고 하나봐."

그녀는 일어나 포도주병을 들고 왔다. 건배를 했지만 러브샷은 하지 않았다. 그녀는 한 잔을 들이켜고 다시 잔을 내밀었다.

"술 따르기도 바쁘네."

"이게 뭐예요. 술은 차야 맛이고 임은 품어야 맛이라면서요."

"많이 드십시오. 오늘은 웬만하면 저리 가서 자야겠다."

"또 공갈치신다."

"아냐, 정말야. 잠들면 살짝 도망갈 테니까, 두고 봐."

잔에 술을 가득 부으면서 말했다.

"근데 무슨 포도주를 잔이 넘치도록 따르라는 거야."

"우리 한국식이죠. 궁금한 게 있어요. 왜 이 사람들은 산꼭대기에 동굴을 파고 살았을까요?"

"김군 생각을 먼저 말해 보시지 그래."

"음, 제 생각으로는 적의 침입으로부터 자신들을 보호하려고 그런 게 아닐까요?"

"그럴까? 나도 첨엔 그렇게 생각했는데 아닌 것 같아. 혹시 맹수라면 몰라도 말이야. 내가 보기에는 당시 무기라는 게 칼이나 창이나 그런 거였을 텐데. 그걸 들고 저 위까지 올라간다는 건 쉽지 않았을 거야. 그렇다면 오늘 당장은 적으로부터 보호는 됐겠지. 그렇지만 생각해봐. 그런 이유였다면 반 년만 밑에서 버티면 다 항복하고 내려와야 하잖아? 결국 땅에서 걷어드린 곡식이 있어야 먹고사는데 적이 지키고 있어서 농사를 못 지으면 어떻게 살겠어. 적들은 농사 지어먹으면서 기다릴 거고. 동굴에서 안 내려오니까 돌아가자고 그리 쉽게 싸움을 끝내지는 않았겠지. 내 생각으로는 보다시피 연료도 부족하니 땅속이 추위와 더위를 막아줄 것이고, 맹수로부터 보호도 하고, 집을 짓는 것도 용이해 거기서 살았던 게 아닌가 해. 게다가 응회암이라 파내는 데도 그리 큰 힘을 들이지 않아도 되었거든. 아까 본 그리스인들이 살던 마을 있잖아. 1950년대까지도 그곳에서 생활을 했다니까 주택으로서 손색이 없었던 것으로 보여. 어때 그럴 듯해?

그런데 사실 그보다 결정적인 이유는 종교적 박해를 피해 이곳으로 온 사람들이거든. 눈에 띄는 걸 별로 달가워하지 않았던 듯해. 아무래도 기독교인인 걸 알면 박해하려 했을 것이고, 이를 피하려고 그런 곳에서 산 것이라네. 하여간 저 굴 속 집에 교회가 3,000곳도 더 되었다니까. 종교를 탄압하는 사람들도 적은 적이지. 하지만 종교적 박해는 전쟁과는 다르니까."

"그러네요. 저는 생각이 짧아 글러 먹었어요."

"우선은 이곳의 자연조건이 굴을 파기 쉽게 되어 있다는 거지. 반대로 연료는 구하기도 어렵고, 주변 환경을 보면 알겠지만 재목과 건축자재를 구하기도 쉽지 않았을 거야. 산이라고 풀 한 포기 없잖아. 그때는 어땠는지 몰라도. 자연에 순응하고 자연을 잘 이용한 사람들이지."

"다른 데 가서 살면 되잖아, 바보 조상님들."

"그러게. 그런데 여기 살도록 하는 뭔가가 있었겠지."

"선생님 저 취하는 것 같아요."

"안아서 침대에 뉘어 달라는 말이지?"

"네, 안아주세요."

그녀를 안고 침대로 갔다. 단 몇 걸음을 가는 동안 내 목에 매달리다시피 몸을 밀착시켰다. 사랑하는 여인은 솜보다도 가벼운 것인가. 밖에서는 가끔 고양이 울음소리만 들려올 뿐 쥐죽은 듯 고요했다. 차라리 가슴 뛰는 소리가 더 요란하게 들렸다.

우리는 희미한 불 하나로 밤을 밝혔다. 죽음이 이처럼 고요하고 평온

하다면 얼마나 좋을까. 왜 죽음에는 동반자가 없는 것일까. 누군가 마음에 꼭 드는 사람과 함께 죽을 수만 있다면 얼마나 행복할까. 그게 아쉽다.

나는 가끔 죽음과 사랑은 같은 것이라고 생각했다. 다만 죽음은 혼자 하고, 사랑은 둘이 할 뿐이다. 누가 마음에 꼭 드는 사람일까? 살아보니 그 사람이 다 그 사람 아니던가. 어제 오늘 만나 마음에 들었다고 평생을 마음에 들라는 법이 없지 않은가. 그래서 사랑하는 사람과 함께 죽기가 어려운 것일까. 아니면 죽음은 원래 제각각 따로 정해져 있는 것인가.

오래 전 친구의 어머니가 돌아가셨다. 당일 문상을 갔다가 돌아와 이틀 후 전화해 장례는 잘 치렀냐고 물었다. 친구는 그게 일이 이상스레 되었다며 예정대로라면 오늘 장례를 치러야 되는데 어젯밤에 갑자기 아버님이 돌아가셔서 장례를 미루고 같은 병원에 장례식장을 마련했다는 것이었다. 염치가 없어서 친구들에게는 알리지도 못했다고 했다. 이런 경우가 두 분의 금슬이 좋아 함께 또 다른 영구해로를 하려고 하신 것은 아닌가 하는 생각이 문득 들었다.

"김군 나하고 같이 죽을 용의 있나?"

"그게 무슨 말씀이세요, 아닌 밤중에."

친구 부모님 이야기를 하고 누군가와 함께, 그것도 좋아하는 사람과라면 행복한 죽음이 될 것이 아니냐고 말했다.

"하필 왜 저예요. 그것도 나이가 엇비슷해야지. 왜 젊은 저를 데려가려고 하세요. 저는 억울하죠. 선생님보다 한참 덜 살았는데. 다른 사람 알아보시죠."

"그런가? 아니지. 거기 가서 더 오래 살면 될 거 아닌가?"

"거기가 어딘 줄 알고 무작정 따라가요. 그런 보장이 있으면 혹시 한 번 가볼까. 먼저 가서 자리 잡고 기다리면 몰라도 같이는 못 간다고 전해 주세요."

"일단 퇴짜군. 제길헐. 근데 왜 지난 번에는 같이 죽자고 했어, 살아도 같이 살고 죽어도 같이 죽자며? 마음이 변한 거야, 같이 죽을 놈이 생긴 거야? 섭섭하네."

그녀는 몸을 바싹 붙이면서 말했다.

"선생님이 꼭 같이 가자고 하시면 한번 고려해 볼게요."

"감동이네. 일단 면접 볼 기회는 얻은 것 같군."

그녀의 손길이 한결 부드러워진 것 같았다. 우리는 오래도록 잠을 청하지 못한 채 더 가까이 다가가려고 애를 썼다. 아무리 몸을 작게 해 다가가도 작아지지도 가까워지지도 않았다. 마치 고향에 살아도 고향이 그리운 것처럼.

거의 술이 깰 무렵에야 잠이 들었다. 그녀의 체온을 다시 느끼면서 잠을 깼다. 그녀는 여전히 예쁜 모습으로 잠들어 있었다. 깨울까 하다가 살짝 일어나 세수를 하고 어깨를 흔들었다. 잠결에 그녀가 목에 매달리며 끌어당겼다.

"일어나야지. 아침 먹고 나갑시다. 다른 사람들이 기다리겠어."

"이대로 있고 싶어요. 안 가면 안 돼요?"

"일어나, 게으름뱅이 아가씨야!"

목을 감고 있던 그녀의 팔을 잡아당기면서 말했다. 가볍게 입맞춤을 했다. 그녀는 몸을 일으키며 말했다.

"여기 보지 마세요. 저기 제 옷 좀 주세요."

"뭘 보지 말라는 거야? 다 벗고 잤나봐? 감기 들면 어쩌려고."

"놀리지 마세요. 창피해요."

"알았어. 그러니까 더 보고 싶네."

"하여간, 짓궂어."

그녀는 주섬주섬 옷을 입고 욕실로 갔다. 잠시 후 샤워기에서 물 쏟아지는 소리가 멈추고 문이 열리며 수건을 두른 채 그녀가 나왔다. 짐짓 못 본 체하며 딴전을 피웠다. 옷을 챙겨 입은 그녀에게 말했다.

"머리 감은 것 아냐?"

"아뇨. 오늘 사우나 간다면서요?"

"그렇지. 가십시다. 금강산도 식후경이라고 먹어야 꿈지럭거리지."

미로 같은 동굴 길을 따라 식당에 들어섰을 때 다른 부부 한 팀이 아침을 먹고 있었다.

"안녕하세요?"

먼저 인사를 하자 그들도 인사를 건넸다. 그들은 독일서 왔다며 이곳도 독일 못지않게 춥다고 몸을 옴츠리며 너스레를 떨었다. 자신들은 아침을 먹고 투어에 나설 것이라며 우리의 계획을 물었다. 어제 로즈벨리 트레킹을 했고, 오늘은 지하도시를 볼 예정이라고 했더니 자기들 일정과는 다르다고 한다. 그들은 아침을 마치고 일어서며 구경 잘하라고 인사를 건네고 떠났다.

사장이 들어오면서 오늘은 바람도 없고, 해도 나 춥지도 않아서 구경하기 좋을 것이라고 말했다. 이런 날을 만나기가 별로 쉽지 않다고 덧붙였다. 내일 체크아웃을 하면 어디로 가느냐고 물었다. 우리는 고속버스 편으로 다시 안탈리아로 돌아간다고 대답했다. 그는 시내에 가면 고속버스 회사에서 셔틀버스가 오니 그걸 타면 된다며 거기까지 데려다주겠단다. 고맙다고 인사를 하고 밖으로 나와 투어버스에 올랐다.

모레는 선수단이 귀국한다. 아이는 이틀 더 남아 호텔과 잔무 정리를 하고 귀국하기로 되어 있었다.

버스에서 내려 가이드를 따라 데린쿠유 지하 동굴도시로 들어갔다. 이곳 동굴을 지하도시라고 부르는 데는 그만한 이유가 있었는데 그 규모 때문이었다. 현재는 지하 8층까지 발굴이 끝났지만 지하 15층까지 있다는 등 규모에 대해 확실하게 규명된 바가 없고, 거주 인구가 팔천 명이라는 등 이만 명이라는 등 의견이 분분했다. 팔천 명이든 이만 명이든 그 정도라면 도시라고 부르는 것이 온당했다.

내부 시설은 완벽했다. 조리시설, 보관시설은 물론이고 환기시설과 포도주 발효시설 등이 상상을 초월했다. 이 역시 적으로부터의 방어를 위한 거주형태는 아니었고, 자연을 이용한 훌륭한 주거시설이었다. 특히 눈에 띄는 것은 지하 동굴 내부에 산재한 교회였다. 적어도 그 안에서는 누구에게도 박해를 받지 않고 믿음 생활을 할 수 있었다.

"김군, 도시국장도 해 보았나?"

"아뇨. 그건 주로 남자가 해요. 왜요?"

"이게 말이야. 지금은 장비도 좋고 재료도 좋으니까 일백 층씩 건물을 올리잖아. 그 당시에는 무슨 장비가 있었겠어. 그런데 이런 시설을 지하에 갖춘 것을 보라고. 여기 네 번째 오는데 올 때마다 느끼는 게 현대과학이니 뭐니 해도 이 당시보다 과학이 조금도 앞으로 더 못 나간 것 같아. 만약 당시에도 지금과 같은 장비가 있었더라면 어땠을까?"

"저에게 물으시는 거예요?"

"그렇지. 대답해봐."

"이보다 훨씬 더 훌륭하고 완벽한 건물을 지었겠죠."

"그건 아닐 거야. 보통 그렇게 생각하지만 지금 이 상태보다 더 발전된 모습은 아닐 거라고 봐. 만약 그게 맞는다면, 지금 우리가 짓는 건물들은 상상을 초월할 만큼 더 멋지고 훌륭해야 해. 그런데 이 지하 동굴 도시보다 더 낫다는 게 뭐야. 겨우 전기시설, 인위적인 냉난방시설 등과 인테리어뿐이잖아. 인간의 머리라는 게 거기서 거기야. 모든 게 머리에서 나오는데, 뭐 그리 놀랄 만한 것들이 나오겠어. 옛날 선현들이 쓴 철학서나 문학 저술보다 뛰어난 작품이 나오고 있지도 않잖아. 그건 인간의 머리는 예나 지금이나 달라진 게 없다는 증거야. 비행기만 해도 그래. 다닐 필요가 없던 그 시절에 그게 뭐 필요했겠어. 꼭 필요했다면 일찌감치 발명했을지도 모르지. 필요는 발명의 어머니란 말도 그래서 생겨난 말일거야. 그저 놀랄 뿐이야."

그녀는 내 말을 경청하고 있었다.

"언제 그런 생각을 하셨어요?"

"난 터키에 1999년부터 해마다 한두 번씩은 드나들었어. 업무를 보는 중간중간 여행을 하게 되었는데, 그때부터 뭐랄까 인생, 아무것도 아니구나 하는 생각을 하게 되었지. 이런 걸 보면서 참 어설프게 살고 있다고 느낀 거야. 생각해봐. 다시 말하지만 우리가 본 예술품, 장신구, 건물 등을 보면 지금 것보다 뒤지는 게 뭐가 있어. 무슨 목적으로 지하도시를 만들었건 참 대단한 시설이야."

"그렇군요. 하여간 뛰어난 발상예요."

"발상이 아니라 현실적인 이야기지. 소크라테스, 아리스토텔레스, 셰익스피어, 괴테 같은 대 철학가나 문호가 근세에 있었나? 지나봐야 알겠지만 그들을 능가하는 이는 없다고 봐야 해. 그러니 현대인의 머리나 조상의 머리나 그게 그거라는 거지. 하기는 머리 크기도 변하지 않았어. 선현들이 만들어놓은 지표를 등불 삼아 따라가면서 사는 것 같아. 오늘날 우리들이 삶의 목표랄까 아니면 이정표랄까 교훈이 되는 이야기는 다 조상들의 머릿속에서 나온 것 아냐? 어쩌면 우리는 거저 사는지도 몰라."

그녀는 어차피 내 이야기를 들어야 했다. 가이드가 하는 이야기는 알아들을 수도 없거니와 그 자리에서 통역을 한다는 것도 쉽지 않았다. 나는 중요하다고 생각되는 것, 혹은 물어오는 것에 대해 내가 아는 정도로 대답하고 있었다. 지하도시 밖으로 나왔을 때 전에 들은 이야기가 생각났다.

"저기 저 입구가 좁잖아. 1900년 초인가 언젠가 농부가 보니까 닭이 사라지고는 안 돌아오더라는 거야. 처음에는 그럴 수도 있겠거니 했는데 그 숫자가 늘어나더라는 거야. 그래서 일종의 미행이랄까, 감시랄까, 그랬더니 이 부근에서 돌 틈으로 미끄러져 사라져서는 그 길로 그만이더래. 그래 입구를 파헤친 것이 지하도시의 발견이라는 말이 있는데 사실 여부는 모르겠어. 일리는 있는 말이지. 그리고 이런 지하도시가 이 근처에 수도 없이 많다는 거야. 발굴 중인 것도 있고 아직 손도 대지 않고 있는 곳이 많다네."

"대단하네요. 상상도 못했던 일예요."

"그래서 말인데. 전에도 말했지만 작가가 해야 하는 일 중 하나가 상상력을 키우는 일이야. 그게 독서고 여행이지. 나는 현장을 확인하고 상상해가는 걸 '확장성'이라고 정의했어. 내 의견이지만 말이야. 좋은 작가란 사실에 기반을 둔 '상상의 확장성'이 뛰어난 사람을 말하는 거야. 그래서 독자가 미처 생각하지 못한 재미, 세계, 퍼즐 같은 걸 제공해주는 거지. 물론 세계는 공간을 의미하기도 하고 정신세계를 의미하기도 하겠지. 작가들에게는 이런 여행이 무척 유익해. 그렇지만 수박 겉핥기식으로 보고 넘기면 아무 짝에도 쓸모가 없지. 늘 의문을 던지고 무슨 일이 일어날까를 예상해 보는 것이 중요해."

"저는 현장수업을 하고 있는 폭이네요."

"그렇지. 그러니 더 생생하고. 하여간 김군은 좋은 글을 쓸 수 있어. 가끔 번뜩이는 유머 감각에 내 오관이 몸서리치고는 해. 작가로서 훌륭한 자질을 갖추고 있지."

"작가 수업을 받기에는 좀 늙지 않았나요?"

"아직 젊지. 아까 말했지만 수필은 어차피 경험을 중심으로 해서 쓰는 글이거든. 나이가 들수록 경험이 많다는 것이고, 사유가 깊다는 걸 의미해. 그게 철학이기도 하잖아. 그러니 그 나이로 치면 차라리 이르지. 단지 공부를 해야 하는 이유는 글쓰기 훈련을 하자는 거지. 수필 공부하는 사람을 보면 알 수 있어. 옳고 그르고의 문제가 아니라 모두 은퇴한 사람들이 대부분야. 젊은이들이 아주 없는 건 아니지만 보통 쉰 중반은 넘었고, 육십대가 많아. 팔십이 넘어서도 공부하고 등단하는 걸 뭐. 그러니 늦었다고 생각할 필요는 없어. 치매 들기 전 혹은 죽기 전에 쓴 글이 최고의 수필이 될 거야. 젊은 수필가들은 대부분 사유가 직업이랄 수도 있는 인문학자들이거나 철학가들이지.

우리나라와는 달리 외국의 경우는 수필가 하면 곧 철학가를 의미하기도 해. 수필의 효시라 불리는 몽테뉴를 시작으로 프랜시스 베이컨, 대만의 임어당, 중국의 홍매나 주자청, 독일의 루이제 린저, 미국의 에머슨, 소로 선생 등이 모두 철학적 기반 위에서 수필을 쓴 분들이야. 학문도 깊었지만 경험을 바탕으로 한 사유 또한 깊은 사람들이지. 김군도 그 대열에 들 수 있지.

수필을 에세이라고 부르고 수필가를 에세이스트라고 부르는데 그것이 우리나라에 와서 번역에 문제가 있었던 게 아닌가 해. 사실 에세이라고 하면 소논문을 말하는데 우리는 수필이라고 쉽게 해석을 해버린 거야. 소논문식 글을 쓰는 수필가는 우리나라에 몇 없거든. 그러니 서양에서는 에세이스트라고 하면 철학적이고 학문적 냄새를 풍기게 마련이지.

예를 들면 수필의 창시자로 불리는 몽테뉴, 프랑스와 모리악, 로맹 롤랑, 폴 발레리 등 모두가 철학가이거나 사상가 혹은 비평가들이야. 영국의 토마스 칼라일, 조지 기싱, 사무엘 존슨, 존 러스킨, 버트런드 러

셸 등도 마찬가지야. 미국에는 헨리 소로, 에머슨 등 이름만 들어도 정신이 번쩍 드는 인물이 즐비해. 그건 일본이나 중국도 마찬가지야. 부끄럽지만 우리나라에는 그런 인물이 그리 많지가 않아. 우리가 그런 일을 해야 하는데 언제 공부해 그런 지경에 이르겠어."

"희망적인 말인 줄 알았더니 갈 길이 머네요."

"아무렴. 희망적이고 말고. 어차피 거저 되는 건 없어. 그러니 노력해 보자고. 해서 안 되도 누군가가 이어가겠지. 나 혼자 다 이룰 수는 없잖아. 그건 그렇고 이런 데 오면 늘 느끼는 것 중 하나가 현대과학이야. 물론 편리하기는 하지. 그렇지만 그 과학의 발달이 가져온 것을 생각해 보면 널려 있는 쓰레기들이 우선 생각나. 무엇인가 자꾸만 만들어서 속에 있는 것은 꺼내 쓰고 껍데기는 버리는데, 그 버리는 것들을 우리는 온전하게 처리하고 있기는 한지. 쓰레기를 치우는 몸의 움직임이나 능력은 예나 지금이나 크게 달라지지 않았잖아. 그 양이나 종류는 한 없이 늘어나고 있지만.

과학의 발달이 우리에게 이득을 준다고 생각하지만 꼭 그 의견에 동의하고 싶은 마음은 없어. 당장 거리를 거닐어도 냄새나고 지저분해서 싫어. 난 가끔 우주를 상상해. 지구에는 물론 지구 밖에도 버리고 있잖아. 이미 행성에도 쓰레기가 생기기 시작했어. 그곳에도 많은 쓰레기가 떠다니고 있는 건 아닌지 몰라. 세상에 청정지역은 사라지고 없겠지. 만약 지하도시에서 살래, 아니면 지금처럼 이렇게 발달한 곳에서 살래, 하고 물으면 고민 한참 해야 할 것 같은데 옛날로 돌아가서 살고 싶기도 해. 편리함에 물들여져 있다는 걸 빼면 대답은 쉽지. 누가 이 세상에 산다고 하겠어? 다 돌아간다고 하지."

"맞아요. 그런 게 상상을 통한 확장성이라고 보아도 되겠네요. 꼭 글을 쓰는 일에만 필요한 것은 아닌 것 같아요. 깊이 생각하고 살아야 하겠다는 생각이 문득 드네요."

"그게 철학적 사고인지도 모르지. 고뇌해야 해. 너무 쉽게 살려고 하고 있는 것 같아. 억지로 하면 고통이고, 스스로 느껴서 하면 고뇌지."

우리는 기사가 내리라고 할 때까지 이야기에 빠져 있었다. 사우나 앞에서 내려 문을 열고 들어갔다. 종업원은 돈을 받고 옷장 열쇠를 내주었다. 옷을 벗어던진 채 수건으로 몸을 가리고 사우나 안으로 들어갔다. 후끈한 열기가 온몸을 감쌌다.

이야기에 빠져서 포도주 마시자는 약속도 잊고 말았다. 이내 땀이 솟았다. 마사지를 받을 수도 있었지만 받지 않기로 했다. 땀을 흘리고 나니 몸이 개운해졌다. 샤워를 하고 밖으로 나와 옷을 갈아입었다.

"별 거 아니지?"

"네, 우리보다는 영 시원치 않지만 추워서 그런지 그런대로 할 만 하네요."

"뭐든 돈만 있으면 한국이 최고야."

"차가 온다고 했으니까 한 이십 분 기다리자고. 참, 깜빡했네. 기다리는 동안 옆집에 가서 낮술 한 잔 할까?"

옆집은 포도를 재배해 포도주를 생산하는 집이었다. 그곳에서 오디술을 한 잔 얻어 마시고 포도주를 한 병 샀다. 호텔로 돌아가 점심을 먹고 다시 관광에 나설 것이다. 그 집 아들 이름이 튜나였다. 참치라고 기억을 해 잊지 않고 있었지만 그 아들의 어머니가 가게를 보고 있었다. 사실 이곳은 동굴집과 지하도시를 보면 더 볼 것은 없다. 적당히 이름을 붙여 관광지로 만들었을 뿐 어디를 가나 내용이 크게 다르지 않았다.

셀게에서도 그랬지만 여기에서도 슬픔을 느꼈다. 현대문명이라는 것이 우리를 보이지 않는 우리 속에 가두어놓았다. 한 발짝 한 발짝 늪으로 들어서서 결국은 빠져나올 수 없는 곳까지 걸어 들어가고 말았다.

이제 얼마 안 있으면 누군가가 끈을 잡아챌 것이고, 우리는 커다란 조롱 속에 갇혀서 영원히 빠져나오지 못하고 말 것이다. 그것을 만든 것도 끈을 잡아당겨 우리에 가둔 것도 모두 인간인 우리 스스로다. 이미 우리 안에 갇혔는지도 모를 일이었다.

인간은 어리석음을 스스로 증명할 때까지 어리석다는 걸 모르는 유일한 동물이다. 본능을 거부하고 본능을 넘어서려는 무모한 시도가 그렇게 만드는 것은 아닐까?

「개」라는 글에서도 쓴 일이 있지만, 우리와 역사를 같이 하고 있다는 개는 여전히 신발도 양말도 신지 않은 채 겨울을 나고 있고 가시덤불로 뛰어다닌다. 그 하찮을 것 같은 동물이 무슨 의술이 발달해 예전과 같이 생명을 유지하겠나.

매일 뭘 잡아다 실험하고, 백신을 개발하고 해 보아야 수명 늘어난 것 말고 어떤 아픔과 괴로움을 없애주었는가. 개만도 못한 것이 인간의 삶이 아닌가 하는 생각이 들었다. 죽어가는 사람을 살려내는 것이 과연 측은지심이었나. 혹시 그렇게 해서 남의 목숨을 연장해주고 돈을 벌려고 했던 건 아닐까. 그러기야 했겠냐마는 모두 다 부질없는 욕심인 것만은 틀림없었다.

점심을 먹고 돌아와 잠시 눈을 붙인다는 것이 이번에도 깊은 잠으로 빠져들고 말았다. 여행이 길어지면서 피로가 쌓이고 있었다. 눈을 떴을 때는 아무 곳에도 갈 수 없는 시간이었다. 따로 차를 빌려 도자기 굽는 곳을 둘러본 후 저녁을 먹기로 했다. 그런 곳에 가면 뭘 좀 사주어야 하는데 값도 비싸고 선뜻 살 만한 물건도 없었다. 문 닫을 무렵이라 잠시 둘러보고 나왔다.

"우리 같은 손님만 있으면 가게는 다 굶어 죽을 거야. 하다못해 컵을 하나 사나 카펫 조각을 하나 사기를 하나."

"그러게요. 그러고 보니 물 한 병 안 사 먹었네요. 너무했나요?"

도자기 가게는 화려했으나 너무 비싸 살 수가 없었다. 우리말고도 몇 팀이 더 있었다. 그래서 그런지 물건을 사야 하는데 대한 부담은 덜 수 있었다.

그곳을 떠나 동굴식당으로 왔지만 식당은 한산했다. 손님이 있으나 없으나 시간에 맞춰 전통춤을 공연했다. '항아리 케밥'이라는 전통음식을 먹고, 코냐의 전통춤인 '세마' 공연을 본 후 호텔로 돌아왔다. 무슨 내용인지는 몰라도 춤이 좀 숙연한 느낌을 주었다. 죽은 자를 위로하는 춤이라는 느낌이 들었다.

이야기를 하는 둥 마는 둥하다가 잠이 들고 말았다. 밤은 여전히 짧았고, 어김없이 아침이 왔으며 우리는 짐을 챙겨 호텔을 떠났다. 여행은 아무리 느리게 해도 바쁘고 피곤하다. 그래도 좋기는 좋았다.

카파도키아! 온통 동굴과 지하와 계곡의 도시였다. 그곳에는 어머니의 품과 같은 아늑함과 포근함이 있었다. 지하도시 어느 구석엔가 어머니의 자궁에서처럼 몸을 동글린 채 편안하게 앉아 있는 내가 보였다. 고향 '절터골' 어딘가에서도 움푹 팬 곳에 마른 솔잎을 모아다 깔고 누워 하늘을 올려다보던 소년시절의 기억이 떠올랐다. 이곳도 그런 편안함을 주는 곳이었다. 갑자기 곡신불사谷神不死라는 말이 떠올랐다. 비둘기계곡이니, 장미계곡이니 하는 계곡이 많아서 그런가?

제11장 … 신은 혼자 오지 않는다

그것이 신의 심술이든 위용이든 신은 먼저 고통을 보내고서야 온다.
신은 인간을 구원하기 전에 고통을 주어
스스로 헤쳐나오는 방법을 가르친다.

고속버스는 타우루스 산맥을 넘어 지중해변으로 내달리고 있었다. 열 시간은 가야 되니 안탈리아에는 저녁 여덟 시나 되어서 도착할 예정이었다. 첫 번째 도시인 악사라이Aksaray 터미널에 정차해 손님을 바꿔 태우고, 다시 목적지를 향해 가고 있었다. 그녀는 옆에서 내 팔을 꼭 잡은 채 잠들어 있었다. 스르르 눈이 감겨왔다.

차가 두 번째 도시인 코냐Konya 터미널에 멈추었을 때 한 시가 조금 넘었고 한 시간의 점심시간이 우리에게 주어졌다. 오래된 코냐는 얼핏 보아도 고색창연하고 큰 도시였다.

10세기경부터 12세기까지 번성했던 셀주크 왕국이 이곳 코냐를 수도로 삼았다. 도시는 아름답고 컸지만 결코 화려하지 않았다. 조신한 처녀를 닮았다. 실크로드를 관통하는 중심 도시였고, 이슬람 메비레비교단의 발생지이기도 하다. 시간이 허락했다면 세마젠의 세마춤 공연을 보았어야 하는데 미처 그 생각을 못한 것이 후회가 되었다. 다음에는 하루쯤 묵어야겠다고 생각한 건 쿠툴루스의 처가가 이쪽이라며 코냐 자랑을 늘어놓은 것이 문득 떠올랐기 때문이었다.

코냐는 의미 있는 도시다. 이곳은 셀주크 트루크라고 불리는 이슬람 왕조의 수도였다. 말하자면 터키 이슬람의 원조 도시 격이니 코냐를 빼놓고 터키를 말하기는 어렵다. 훗날 오스만 트루크를 건설해 세계를 통일하는데 힘을 보태기도 했지만 역사적으로도 터키의 중심축으로 보아야 한다. 그들은 1, 2차 십자군전쟁으로부터 터키를 지켜냈고, 그 힘을 오스만 터키에 물려줌으로써 터키가 강력한 이슬람국가로 자리 잡는 데 수훈을 세웠다. 코냐는 지정학적으로나 정신적으로 그 중심에 있었다. 터키의 정신이 담겨 있는 고도였다. 이곳을 빼고 터키를 말하기는 어렵다. 시를 중심으로 비옥한 옥토가 끝없이 펼쳐져 있었다.

터미널 앞길을 건너 터키에서 유명한 코냐 피데(터키의 피자)를 먹기 위해 음식점으로 들어갔다. 부리나케 피데Pide를 시켜 먹고 차로 돌아왔을 때는 약 이십 분 정도의 여유가 있었다. 그녀는 무엇이든 잘 먹었다. 잘 먹는다기보다는 잘 먹으려고 노력했고, 음식을 음미하기도 했다. 그럴 때는 음식 호기심 많은 영락없는 가정주부였다.

차가 출발한 후 한숨 자고 일어났을 때는 날이 어둑어둑했다가 다시 해가 밝게 빛나기를 반복했다. 산중에서는 저녁처럼 어두웠고, 평지로 나왔을 때는 해가 하늘에 떠 있었다. 곧 해는 떨어질 것이다. 타우루스 산맥을 넘어와 평지를 달리기 시작한 지 얼마 안 돼 어둠이 주위를 삼켜버리고 말았다.

두 시간 정도만 더 가면 아이가 차를 가지고 나와 기다릴 것이다. 목적지 한 시간 정도 못미처에 있는 세 번째 도시인 마나브갓Manavgat에 도착했을 때는 시계가 일곱 시를 가리키고 있었다. 잠시 화장실에 다녀올 시간만 허락되었다.

열 시간의 여행이라면 비행기가 이스탄불 공항을 떠나 인천국제공항에 도착할 시간이었다. 카파도키아에서 이곳 셀릭Selik 버스터미널에 도착하는 시간과 비슷했지만 여행이 주는 느낌은 전혀 달랐다. 경관을 주위에 두고 달리는 버스와 구름만 떠다니는 하늘을 정지한 듯 나는 비행기와의 차이기도 했지만 심정적으로 느끼는 감정이 사뭇 달랐다. 어쨌든 짧지 않은 버스여행이 끝나가고 있었다.

차가 셀릭 고속버스터미널에 도착하자 아이가 다가와 짐을 받아들었다. 캐리어 두 개뿐이었다. 우리는 먼저 묵었던 스웨노 호텔로 가 다시 여장을 풀었다. 호텔에 도착하자마자 방으로 전화가 왔다. 사장인 쿠툴루스였다. 그는 웃으며 허니문은 즐거웠냐고 물었고, 내일 출근해서 보자고 했다.

아이에게 선수단 출국 시간을 물었고, 아침 먹고 쉬었다가 12시경 가벼운 식사를 하고 호텔을 나서게 된다고 했다. 공항에 가 선수단을 보내고 이리로 오겠다고 하고 숙소로 돌아갔다.

집에 돌아온 것처럼 마음이 놓이고 포근했다. 옷을 갈아입고 로비에 내려와 차를 한 잔 마셨다. 촌(?)으로만 돌아다니다가 도시로 돌아온 기분이었다. 그녀도 내 집에 온 것처럼 편하다고 했다. 만나는 직원마다 어디를 다녀왔느냐고 반갑게 맞았다.

"집 생각 안 나?"

"아뇨."

"김치찌개 생각도 안 나고?"

"그런 음식도 있었어요? 다 잊어먹었나 봐요. 별로 생각이 안 나요."

"해외 체질이구먼. 눌러 살아도 되겠네."

"한번 그래 볼까요?"

"피곤한데 일찍 올라가 잡시다. 내일은 늦잠을 자는 거야. 아침이고 뭐고 다 그만두고."

"좋아요. 오랜만에 늦잠 한번 즐겨 보죠 뭐. 누가 출근을 하라고 하나, 밥을 차려달라나."

그녀는 내 손을 꼭 잡고 엘리베이터에 올랐다. 텅 빈 승강기 안에서 그녀는 발뒤꿈치를 살짝 들어 입을 맞췄다. 매우 만족하다는 표정이었다. 그녀의 입술이 달콤했다.

"김군, 마지막으로 뭐 먹었지?"

"왜요? 커피 마셨잖아요."

"입술이 달아서."

"선생님은, 싱거워요."

"거봐. 같이 마셨는데 난 싱겁잖아."

그녀는 손가락으로 옆구리를 살짝 찔렀다. 그녀의 손을 낚아채 허리를 감싸도록 하고는 팔을 둘러 그녀의 어깨를 감싸 안았다.

"참 좋아요, 그죠?"

"뭐가 좋다는 거야?"

"아무렇게나 행동해도 보는 사람도 없고, 거치적거리지도 않고, 마음도 편하잖아요."

"그래서 해외로 신혼여행을 가나봐. 그렇지만 우리는 아무렇게나 행동하지는 않았지. 적어도 나는 그래. 서양식으로 했지. 도처에 거미줄처럼 도덕이 걸려 있는 것 안 보여?"

그녀는 깔깔대고 웃었다.

"하여튼 선생님 순발력은 대단해요."

"눈치챘네. 스타트는 빠른데 나중에 보면 늘 꼴찌더라고. 여행이 그래서 좋은 거지 뭐. 떠나온 곳과 쉽게 단절하게 되지. 아는 사람도 없지만 익숙했던 환경도 없거든. 새로운 환경에 적응해야 한다는 어떤 압박 같은 것도 작용하겠지만. 그러다 보니 떠나온 곳의 일은 모두 잊을 수밖에 없어. 여행지에서 안달복달한다고 해결되는 일도 없고……, 그러니 얼마나 좋아. 게다가 만나는 사람 모두 일면식도 없지. 너희 둘이 함께 여기는 웬일이냐고 다그치는 친척도 없지. 그 여자는 누구냐고 묻는 사람도 없지. 합법적으로 여행한다고 공표하고 왔겠다, 그러니 걱정거리가 뭐 있겠어. 문제는 귀국해 공항에 내리면 또다시 그때부터 고민이 이어지겠지. 연탄 갈아야지, 이자 내야지, 빚 갚을 걱정해야지, 쓰레기 분리수거해야지, 시아버지 생신 상 차려야지. 이건 정신없는 거지 뭐."

"정말 그래요, 선생님. 아무리 생각하려고 해도 집에 무슨 일이 있는지, 생각도 안 나고 걱정도 안 돼요."

"여행 다니는 사람치고 머리 좋은 사람 없어. 테스트 한번 할까? 아파트 현관 키 번호 생각나? 잘 안 날걸. 근데 비관하지는 마. 귀국해서 현관 앞에 서면 다 기억나게 되어 있으니까."

그녀는 씻겠다며 욕실로 들어갔다. 이제는 제법 자연스레 옷을 벗기도 했다. 창가에 서서 레이저 불빛이 만들어내는 스웨노Sueno라는 호텔 이름을 바라보았다.

잠시 후 욕실에서 나온 그녀는 나에게도 씻을 것을 권했다. 주섬주섬 옷을 벗어놓고 욕실로 들어갔다. 따듯한 물이 몸에 흘러내리자 긴장이 풀리면서 피로가 몰려왔다. 샤워를 마치고 밖으로 나왔을 때 그녀는 가운을 걸친 채 창밖을 내다보고 있었다.

"뭘 그리 내다봐?"

"특별히 보이는 건 없어요. 오늘은 달이 없는 밤이네요. 언제 다시 와보나 하고 생각하고 있는 중이었어요."

"또 올 기회가 있겠지. 생각나면 아무 때나 또 오지 뭐. 이번 예산 일억 중에서 십 분의 일도 못 썼으니까."

"선생님 언제든지 제가 가자고 하면 함께 오는 거예요? 약속하세요."

"뭘 약속해. 아무 때나 생각나면 오는 거지. 여행이라면 지옥에라도 갈 사람이니까 아무 걱정 마시라고. 별일이 생겨도 별 볼일 없게 만들어놓고 올 거야. 암, 오고야 말 거야."

"좋아요. 난 유치하게 손가락을 걸자하지는 않겠어요."

"김군, 늦잠자려면 지금부터 자야 돼. 그만 잡시다. 늦잠의 기본은 일찍 잠자리에 드는 거야. 벌써 열한 시야."

그녀는 깡충깡충 뛰어와 폴짝 침대로 올라왔다. 그 바람에 침대가 출렁거렸다. 그녀를 받아 침대에 뉘었다. 금방 잠이 들었다. 왼쪽 팔이 저려오는 걸 느끼고 가만히 그녀의 머리를 들어 베개위에 올려놓았다. 그녀는 몸을 한 축 뒤척이고는 잠에 빠져들었다. 가볍게 코를 고는 것으로 보아 아무래도 계속되는 강행군에 지친 듯했다.

호텔 골프 코스의 마지막 홀 주변 작은 연못에 햇살이 빛나고 그린 위에는 스프링쿨러가 돌아가며 물을 뿌려대고 있었다. 바람 한 점 없는 우리의 전형적인 봄 날씨였다. 이제 곧 여름이 닥칠 것이다. 그린키퍼가 전동차를 타고 잔디를 다듬고 있었다. 멀리 해송 위로 타우루스 산맥이 보이고, 높은 두세 봉우리는 흰 눈을 인 채로 위용을 뽐내며 아침 햇살에 반짝거렸다.

스타팅 하우스 주변에는 다소 흥분한 골퍼들이 서성거리며 빈 스윙을 하기도 하고, 스트레칭을 하는 모습이 눈에 들어왔다. 처음에는 커튼 사이로 내다보았으나 이제는 일어날 때도 되었다 싶어 커튼을 아주 제켜버렸다. 햇살은 침대에 미치지 못했지만 갑자기 방안이 훤해지는 바람에 그녀가 눈을 떴다.

"몇 시나 되었어요?"

"응, 지금 일곱 시 반 조금 지났어."

"늦잠 주무신다고 하더니 왜 벌써 일어나셨어요?"

"이맘때쯤이면 눈이 떠지네. 밥 안칠 시간이거든. 그리고 해님이 부끄럽잖아."

"선생님, 나 좀 안아주세요."

그녀에게 다가가 침대 위에 엎드려 그녀를 안았다.

"아뇨, 그렇게 말고요. 그게 어디 나를 안은 거예요. 이불을 안은 거지."

그녀는 눈을 감은 채 이불 속에서 몸을 뒤채며 이불을 걷어내려고 애를 썼다. 다시 일어나 이불을 걷어내고 그녀를 꼭 안았다. 아침 여인의 향기가 코끝을 자극했다.

그녀는 두 손을 모아 내 가슴에 대고 태아처럼 몸을 웅크렸다. 속옷 사이로 봉긋한 젖가슴이 탐스럽게 솟아 있었다. 여전히 눈을 감은 채 이렇게 있자며 일어날 기색을 보이지 않았다.

그녀를 안은 채 가만히 누웠다. 참새 한 마리가 창문을 기웃하더니 실례했다는 듯 고개를 돌리고 날아갔다. 그녀는 장난스럽게 실눈을 뜨며 말했다.

"선생님, 부탁이 하나 있어요."

"뭔데?"

"아니, 두 개다."

"말해봐, 두 개건, 세 개건."

"하나는 키스해 주세요. 그리고 저를 반짝 안아 욕실 안에 내려놔 주실래요? 거기까지 갈 기운도 없어요."

"그거 몹시 바람직한 부탁이군. 그런 부탁이라면 앞으로는 하지 마. 아예 입력해놓고 알아서 할 테니까. 샤워하실 거면 옷도 벗겨 드릴까요?"

그녀와 긴 그리고 달콤한 입맞춤을 했다. 그리고 일어나 그녀를 안고 욕실로 갔다.

"됐습니까? 더 하명하실 것 없으면 소인 물러갑니다."

"네, 됐어요. 가서 쉬세요."

그녀가 욕실에서 큰소리로 물었다.

"우리 오늘은 어디 가요?"

"오늘 날이 기가 막히니 올림포스 산에 가서 제우스를 만나는 거야. 열 시에 약속이 되어 있어. 다른 신들도 올지 모르겠어. 그리고 올림포스 시내로 내려와 산보를 하겠어."

"좋았어요. 나도 아프로디테를 만나서 할 말이 있어요."

"김군이 그 여자를 왜 만나?"

"예쁘게 그리고 주름 좀 없애달라고 부탁하려고요."

"그건 안 돼."

"왜요?"

"더 예뻐지면 곤란해. 지금도 충분히 예뻐."

"뭐가 예뻐요?"

"김군은 얼굴도 마음도 예쁘잖아. 얼굴이 더 예뻐지면 마음이 변하게 되어 있지. 그러니 더 이상 예뻐지는 건 옳은 일이 아냐. 사람이라는 동물이 다 그래. 뭐가 하나 변하면 다른 게 따라 변하는 데 꼭 좋게 변하면 하나는 나쁜 쪽으로 변하더라고. 그것도 음양의 법칙인가. 그게 두려워. 제발 아프로디테를 만나더라도 그 부탁만은 하지 마. 만약 그래도 그렇게 하겠다면, 나도 제우스에게 다른 부탁을 할 거야."

"뭔 부탁을 하시게요?"

"만약 김군이 아프로디테에게 그런 부탁을 한다면, 제우스 당신이 아프로디테에게 그 부탁 들어주지 말라고 할 거야. 남자끼리니까 통할 걸."

"선생님 정말 웃기셔. 어떻게 그런 생각을 하셨어요."

"원래 인간의 욕심은 끝이 없지. 난 가급적 지금까지 욕심을 자제하고 살았어. 친구들에게도 그랬고 형제간에도 그랬지. 그 바람에 친구들에게도 별로 인심 잃지 않았고, 형제간에도 아무 탈 없이 잘 지냈어. 그러자니 실속은 없었어. 그런데 이번만은 달라. 내가 김군을 안 것이 나를 욕심꾸러기 인간으로 만든 것 같아. 평생 처음 욕심을 부리는 거야. 난 사실 어렸을 때, 서울에 사시던 둘째 고모가 사온 사탕도 한 알 더 차지하고 싶었지만 참은 사람이야. 그 철없던 어린 나이에도 말이야. 장남이었거든. 이번만은 아냐. 그러니 나를 시험에 들게 하지 말라고. 몸은 늙는데 얼굴만 젊어지고 예뻐지면 뭐하나? 포기해. 알았지?"

"어이구, 알았어요. 그저 저는 이가 부서지도록 입 꽉 다물고 있을게요. 질투의 화신은 누구에게나 오는군요."

"질투라니? 그리고 늙었다고 무시하는 거야? 이미 게임은 끝났는데 무슨 질투야. 혹시 모르지 다른 것들이 나를 질투하는지는. 듣고 보니 은근히 신경 쓰이네."

식사를 끝내고 차를 몰아 올림포스 국립공원으로 향했다. 두 시간이 채 안 걸려서 도착했고, 그곳은 손님들로 북적거렸다, 케이블카를 타기 위해 표를 끊고 기다렸다. 안내 글귀에는 우리가 있는 곳이 해발 700미터쯤 되는 곳이고 나머지 산 정상까지는 케이블카로 약 십여 분 올라간다고 설명하고 있었다.

올림포스 산의 높이는 해발 2,400m가 채 되지 않았다. 백두산보다 낮기는 했지만 정상에는 눈이 하얗게 쌓여 있었다. 마침 날이 맑아 하늘에는 구름 한 점 없었다. 이런 날을 만나기는 쉽지 않았다. 정상도 그런지는 올라가보아야 했다. 여기는 변덕이 심한 지중해였으므로!

케이블카는 일정한 속도로 하늘로 솟구쳤다. 발 아래로 거대한 바위산이 펼쳐지고 다시 저 멀리 지중해가 착한 아이처럼 누워 있었다. 너나 할 것 없이 풍경을 카메라에 담느라고 정신이 없었다. 어떤 이는 오금이 저린지 아예 눈을 감고 식은땀을 흘리기도 했다. 그래도 케이블카에 오른 용기가 가상했다.

케이블카가 철탑을 지날 때 덜컥하는 바람에 사람들이 소리를 지르고 소요가 일었지만 두세 번의 덜컥거림을 끝으로 정상에 다다랐다. 정상의 기온은 영하 2도를 가리키고 있었지만 바람이 없어서 따듯하게 느껴졌다.

사진을 찍어 문학회로 보냈다. 터키에 와서 처음으로 찍은 사진이었다. 주위의 산들이 온통 눈으로 덮여 있었다. 눈이 부셔서 바로 쳐다보기가 쉽지 않았다. 설맹雪盲! 그럴 수도 있겠다 싶었다.

만약 이 산이 그리스 신화에 나오는 바로 그 올림포스 산이라면 신들이 저곳에서 말을 달리며 놀았을 법했다. 지중해가 끝 간 데 없이 펼쳐지고 있었다. 어디선가 갑자기 신들을 태운 말이 나타나 히힝거리며 울 것만 같았다.

혹시 하고 셀게 쪽을 바라보았으나 푸른 하늘만 끝없이 이어졌다. 그 바람에 맑은 하늘과 풍경을 만끽할 수 있었다. 셀게 소녀의 얼굴이 떠올랐다. 꼭 초등학교 때 짝사랑했던 소녀와 닮았다는 생각이 머리에서 떠나지 않았다. 그 눈매가 닮았어. 지금은 할머니가 되어 있겠지. 알 수 없는 일이었지만 그녀의 아이들이 보고 싶다는 생각이 들었다. 제 어미를 닮았다면 눈이 초롱초롱하겠지.

카페 종업원이 오늘 온 손님들은 행운의 손님이라고 했다. 자신들도 이렇게 맑은 날을 일 년에 몇 번 만나지 못한단다. 우리는 정상에 있는 '셰익스피어' 카페의 종업원인 터키 아가씨와 기념사진을 찍었다. 다음 일정 때문에 제우스는 만나지 못하고 산을 내려왔다. 카페 종업원은 제우스가 오면 당신이 한국서 다녀갔다고 전해주겠다며 작별인사를 했다. 눈이 검고 큰 아가씨여! 그대를 기억하겠노라.

신은 혼자 오지 않는다. 비바람과 구름을 거느리고 올 것이다. 케이블카에서 내려 산을 올려다보았을 때 정상에 구름이 몰려들고 있었다. 제우스가 드디어 돌아오고 있다고 그녀에게 말했다. 우리에게 허락된 시간은 채 한 시간이 안 되었다. 잠시 후 정상이 사라지고 짙은 구름이 드리워졌다. '운수 좋은 날'이었다.

국립공원을 빠져나와 차를 돌려 올림포스로 향했다. 그리 멀지 않은 곳에 마을이 있었다. 올림포스 산에서 눈 녹은 물이 옥색 물빛을 이루며 흘러내려 계곡을 이루었다. 물은 계곡을 지나 지중해로 흘러든다. 비경이었다. 자랑스러워도 하련만 조금의 으스댐도 없이 그저 일정한 몸짓으로 일정한 속도로 지중해를 향해 흐르고 있었다. 코프룰르 계곡의 물보다는 색이 좀 연했다. '무심'이라 해도 좋았다. 나만 안달하고 있었다.

마을은 텅 빈 채로 여기저기 유적만 흩어져 있었다. 유적의 생김새나 짜임새로 보아 잘 정돈된 마을이 있었음이 분명했다. 우리는 천천히 걸어 바닷가까지 갔다가 되돌아왔다. 그리고 그곳에서 터키 음식으로 늦은 점심을 먹었다. 관광객이 많은 곳이어서인지 음식도 정갈하고 입에 맞았다.

왜 이런 아름다운 마을이 사라진 것일까? 누군가가 탐을 내 정복했다면 지금까지 살았어야 하고, 남을 정복하러 갔다가 멸망했다면 안타까운 일이었다. 어느 경우도 욕심이 만든 결과일 뿐이다. 그 언저리라도 남아 이렇게 볼 수 있다니 얼마나 다행스러운가. 저 물은 알고 있으련만 말없이 흐르고만 있었다. 그 위를 여남은 마리의 물오리들이 한가롭게 떠다녔다.

지금부터 호텔로 돌아가면 네 시경이 될 것이고, 아이가 돌아와 우리를 기다리고 있을 것이다. 차를 몰아 계곡을 올라와 큰길로 들어섰다. 도로는 한산했다. 붉은 색 콘이 놓여 있는 것으로 보아 교통단속 중이었다. 속도를 줄여 시속 80㎞로 달렸다. 두어 대의 차가 단속에 걸려 스티커를 발부받고 있었지만 우리는 아무 탈 없이 그곳을 지나쳤다.

마치 동해안 해안도로를 달리는 느낌이었다. 오른쪽으로 끝없이 펼쳐지는 지중해가 아름다운 풍경을 그려내고 있었다. 왼편으로 이어지는 산 위쪽은 돌산이었지만, 산 아래쪽으로는 소나무들이 들어차 있었다. 곳곳에 해변 마을이 보였다. 한 시간 반쯤 달렸을 때 멀리 안탈리아 시내가 눈에 들어왔다.

"김군, 저기가 안탈리아 시내야."

"거의 다 왔네요."

"그래도 호텔까지는 한 시간 이상 가야 해."

"호텔로 바로 가요?"

"그래야지. 아마 애가 지금쯤 팀을 내보내고 호텔에 들렀다가 우리 호텔로 올 거야. 가서 함께 저녁을 먹자고."

"네, 그래요."

안탈리아 시내에 들어서자 아스팔트가 젖어 있었다.

"여기는 비가 왔네."

"그런가 봐요. 와도 많이 온 것 같아요. 여기저기 물이 고여 있는 걸 보면."

"그러게. 하여튼 알 수 없는 동네야. 그래서 이곳 지중해 사람들이 변덕스러운가봐. 꼭 지중해를 닮았어. 한 없이 조용하고 온화하다가도 한 번씩 변덕을 부리면 이건, 감당이 안 돼. 그럴 때는 모르는 척하고 있는 게 최고야. 그러면 언제 그랬냐는 듯 제풀에 꺾여. 이거 봐. 여기도 같은 시내인데 이곳은 멀쩡하잖아?"

중간에 주유를 하고 다시 차를 몰아 호텔로 향했다. 로비에서 아이가 쿠툴루스와 이야기를 나누고 있었다.

"온 지 오래 되었니?"

"막 왔어요. 올림포스 산은 어땠어요? 비가 오지는 않았나요? 여기는 소나기가 내렸어요."

"비는커녕 종업원 말로는 그렇게 화창하고 좋은 날씨는 근래 처음이란다. 바람 한 점 없고 시계가 확 트여 볼 수 있는 데까지 다 보았어. 정말 장관이더구나."

"아주머니는 어떠하셨어요? 여기는 천둥번개에 소나기가 내려 말도 아니었어요."

"뭘 알아야 말씀드리죠. 그런데 확실한 것 하나는 감탄할 수 있을 만큼 모든 게 제 눈이 볼 수 있는 한 멀리까지 또렷하게 잘 보였어요. 저는 행운이 따르나 봐요. 터키를 여행하면서 제가 보아야 할 것을 날씨 때문에 보지 못한 것은 없었어요."

"네, 큰 행운이죠. 올림포스 산에서 걸리든 카파도키아에서 걸리든 한번은 일기 때문에 낭패를 보는데 그런 일이 없었다는 건 정말 큰 행운이네요."

"제가 행운의 여신 '디케Dike'잖아요."

"그러시네요. 아버지가 아주머니 덕을 많이 보시네요."

"저 분이 순 국산 행운의 무당 신이셔."

셋이 소리 내어 크게 웃었다.

쿠툴루스는 곁에서 우리가 하는 말을 경청하고 있었지만 무슨 말인지 알아듣지 못해 답답해하는 모습이었다.

"쿠툴루스에게 우리가 대화한 내용을 설명해줘."

아이는 터키 말로 열심히 설명하고 있었고, 그는 연신 고개를 끄덕이며 웃고 있었다.

"정말 이곳에 사는 나도 그런 날씨에 그곳에 올라가 보지 못했어요. 두 분은 행운을 몰고 다니는군요. 부러워요. 디케!"

"쿠툴루스, 내가 워낙 유능한 가이드라 날씨까지도 다 조절하잖아요. 나하고 다니면 만사 문제없어요. 저 신은 한국산이라 여기서는 별로예요."

그는 웃음 끝에 내일 떠나기 전에 골프를 칠 수 있겠느냐고 물었다. 늘 바쁜 그였지만, 내일 오전에는 별일이 없으니 운동 한번 하자고 청해왔다. 그리고는 몇 시쯤 공항으로 출발할 것이냐고 물었다. 한 시 반경이면 된다고 하자 그러면 이른 시간이기는 하지만 일곱 시에 티업을 하자고 제안했다. 그는 미세스 김은 무엇을 할 것이냐고 물었다.

"김군은 무얼 할 거냐고 묻네?"

"저요? 느지막이 일어나 우아하게 아침을 먹고 로비에서 차를 마실 거예요. 그리고 밖을 한 바퀴 돌아보고 연못 옆에서 차 한 잔 시켜놓고 여러분이 마지막 그린으로 들어오는 것을 보고 있을 테니 제 걱정은 하지 않으셔도 돼요. 저는 기분에 따라 울기도 하고 웃기도 하면서 이곳 안탈리아를 맘껏 느끼고 즐길 거예요. 도대체 안탈리아의 무엇이 저보다 아름다운지 좀 따져봐야겠어요. 정말 알 수 없는 매력이 넘치고도 남는 마을이군요. 그리고 다음에 다시 올 때는 안탈리아가 저를 질투하도록 꾸미고 건강한 모습으로 올 거예요."

아이가 설명을 하자 화술에 놀랐다는 표정으로 원더풀!이라고 허리를 숙이며 인사하듯 말했다.

"아, 아버지, 제가 호텔에서 일 마치고 와 아주머니와 함께 이야기하면 되어요."

내 생각으로는 그녀의 말이 아들을 사로잡은 듯했다.

"아드님은 함께 운동 안 하시고요?"

"예, 저는 아직 입문을 못했어요. 서울 가면 본격적으로 배워야죠."

"그리고 아버지 오늘 저녁은 아저씨가 호텔 이탈리아 식당에서 대접하겠대요. 별 계획 없으면 그렇게 하시죠?"

"좋지. 그렇게 하자."

얼마간의 대화를 주고받은 후 그의 안내를 받아 이탈리아 식당으로 갔다. 우리 말고 두 팀이 식사를 하고 있었다. 미리 준비된 좌석으로 가 앉았고, 종업원의 멋진 서비스가 시작되었다. 나는 그녀의 귀에다 대고 아마 저 테이블에 있는 남자가 여자에게 잘 보이려고 무진 애를 쓰고 있는 것 같아, 라고 말했다. 그녀는 마치 그들이 우리의 말을 알아듣기라도 한다는 듯 그러지 말라고 발로 신호를 보내왔다. 뷔페 식과는 달랐지만 이탈리아 음식인 것은 알지 못했다. 피자나 스파게티가 아니니 말이다. 이탈리아 여행 때도 아는 음식이 없어서 피자와 스파게티를 주로 먹었다. 어쩌다 한번 물고기 그림을 보고 그걸 시켰던 기억이 났다.

우리는 업무보다는 여행에 관한 이야기를 주로 했다. 그는 런던 골프 박람회에서 있었던 영국인들의 반응에 대해서 이야기했다. 내년에는 서울에서 열리는 골프박람회에도 참가하면 어떻겠느냐고 제의했고 그는 흔쾌히 승낙했다.

코풀룰루 계곡 국립공원 이야기가 나왔을 때는 자신도 두 번인가 가 보았다며, 다음에 다시 안탈리아에 오면 자기 식구들과 그곳에서 야영하며 바비큐 파티를 하자고 제안했다. 사는 모습은 다 비슷했다. 그곳에서 하늘을 보고, 별을 보며 누워 있는 즐거운 상상을 해보았다. 같은 몽골리언이라 습성이 비슷한 건 어쩔 수 없다는 생각이 문득 들었다.

언젠가 트라브존Trabzon 시(우리나라 이을용 선수가 소속되었던 트라브존 프로축구팀의 홈 도시다)에 갔을 때 고기 굽는 집에 들른 적이 있었는데 우리나라와 비슷해 깜짝 놀랐다. 소고기, 닭고기 그리고 양고기가 모둠으로 나왔다. 마치 우리의 숯불석쇠구이를 연상케 했다.

아이스크림을 후식으로 저녁식사를 마치고 로비로 나왔다. 그는 돌아가겠다며 특유의 포옹으로 작별인사를 했다. 갑자기 포옹을 하는 바람에 그런 인사에 익숙지 않은 그녀가 그와 몸의 동선이 겹쳐 얼굴이 맞닿자 얼굴을 돌리며 깔깔대며 웃었다. 친해졌다는 표시였다. 그를 보내고 우리는 응접 테이블에 앉아 이야기를 계속했다.

"이번 전훈은 어땠어?"

"특별히 문제는 없었어요. 큰 부상도 없었고 대체적으로 만족하고 돌아갔어요."

"운동장이나 음식은 좋았어?"

"아무래도 운동장은 우리가 늘 늦게 오는 편이라 먼저 온 팀들이 밟아 놔서 썩 좋지는 않았지만, 그런 정도면 크게 문제가 되지는 않았어요. 음식은 대만족이구요. 팀이 가져온 김치나 밑반찬도 막판에 풀었어요."

"호텔하고 정산은 다 끝났나?"

"네, 다 마쳤어요. 이제는 호텔도 요령도 생기고 경험도 쌓여서 한번에 딱딱 맞춰요."

"잘 됐네. 그럼 너는 언제 들어갈래?"

"모레 체크아웃해요. 이스탄불에서 환승해 바로 서울로 들어가요."

"하여간 갈 때까지 긴장하고, 우리는 내일 이스탄불로 갔다가 다 다음날 오전 비행기로 벨기에로 갈 거야. 거기서 이삼일 머물렀다가 다시 생각을 좀 해볼 거야. 애비 기다리지 마라. 할아버지께는 아직 일이 남아서 며칠 더 있다가 온다고 말씀드려. 그리고 귀국하면 담당자들 찾아다니며 꼭 고맙다는 인사 빼먹지 말고."

아이는 걱정말라 했다.

"내일 공항에는 어떻게 가실 거예요? 제가 모셔다 드릴까요?"

"그럴 거 없어. 쿠툴루스가 자기 차로 가라고 했으니까 그 차로 갈게. 가서 쉬고 서울서 보자고."

아이는 마지막까지 즐거운 여행을 하시라고 하며 떠났다. 우리도 방으로 올라와 밖이 내다보이는 창가에 앉았다. 우리는 말없이 앉아 밖을 응시하고 있었다. 몸과 마음이 일순에 가라앉는 느낌이었다. 그녀가 다가와 목을 감싸 안으며 물었다.

"무슨 생각을 그리 골똘히 하세요?"

"응, 별 생각 안 했어."

"아드님이 싹싹하고 경우가 바르네요."

"그렇게 보니까 그렇지 뭐. 아직 철부지야."

"그렇지 않아요. 저는 혹시라도 둘이 만나면 몹시 불편할 줄 알고 전전긍긍했어요. 솔직히 그 자리를 피하고 싶었죠. 그렇지만 그렇게는 안 되는 거잖아요? 근데 아드님이 그런 제 걱정을 단박에 불식시켜 주었어요. 너무 고마워 눈물이 다 날 뻔했어요. 한 편 그런 생각을 하니까 내용도 모르고 선생님을 따라나선 것이 후회도 되고 저 자신이 한심하더라고요.”

“거기까지는 나도 생각을 못했네. 하지만 김군이 마음이 편하고 좋다니까 다행이네. 무슨 이야기를 했는데?”

“아드님 앙카라에 가게 된 연유며, 공부할 때 이야기를 주로 들었어요. 아버지를 존경한다고 했어요. 자기 아버지지만 누나와 자신을 키워준 것, 그리고 해외로 보내 공부시킨 것이 고맙고, 만약 자기라면 생각도 할 수 없었을 거래요. 그때가 한참 어려웠을 때라 더 그렇게 생각이 든대요. 한번도 자신들을 꾸짖거나 야단맞아 본 기억도 없대요. 그렇지만 늘 어렵다고 하네요. 따님도 중국에서 유학을 했다면서요?”

“그랬지. 그때는 망해서 집도 절도 다 버리고 고향으로 내려와 살 때야. 1998년인가? IMF 관리에 들어가면서 쫄딱 망했지. 난 내가 왜 망해야 하는지도 모르면서 망했어. 지금 생각해도 열심히 산 죄밖에는 없어. 좀 다른 이야기지만 지금이라도 정부는 당시 피해를 본 기업인과 국민에게 보상은 안 해도 사과는 해야 한다고 생각해. 그 생각만 하면 속에서 열불이 나기도 해. 참 기가 막혀.

애들 대학은 보내야 하는데 방법이 없었어. 마침 축구 관계 일을 하게 되면서 중국을 드나들었는데 누가 그러더라고 중국으로 유학하면 학비도 싸고 좋다고. 생각해 보니까 이웃 나란데 너무 모르고 지내는 것 같기도 했어. 그래서 딸아이를 데리고 중국 출장길에 동행했지. 그러면서 슬쩍 물었지. 너 여기 와서 유학할래, 하고 말이야. 아이는 한동안 생각하더니 그러겠다는 거야. 그래서 고등학교 졸업하면서 바로 중국으로 보내 어학연수 시키고 대학 입학을 하게 했어. 걔가 계집애라도 성격이 꼭 머슴애 같아."

"정말 학비가 쌌어요?"

"그럼. 당시 국내에서는 입학금까지 한 학기에 이백만 원 정도 할 때인데 한 오백 달러 든 것 같아. 그것도 일 년에 그랬지 아마. 외국인들한테는 일 년치를 한꺼번에 받은 걸로 기억해. 그러니 거저지 뭐. 그리고 공부라는 게 소위 요새 말하는 스펙 쌓는 일은 아니라고 생각했어. 인격 쌓는 일이지. 그건 지금도 마찬가지야. 그때 많은 사람들이 다 큰 딸을 어떻게 외국으로 보내느냐고 걱정했어. 내 대답은 간단했지. 잘못될 아이들은 서울에 있거나 외국에 있거나 마찬가지라고. 실제로 내 아이를 믿고 있었고, 이제 성인이니 제 일은 제가 알아서 할 것이라고 말했지. 사실 걱정이 안 된 건 아냐. 하지만 걱정보다는 먼저 신뢰하기로 했어. 그 말은 그 애가 유학을 떠나기 전에 내가 해준 유일한 부탁이랄까 충고랄까 그랬지. 그게 다야. 만약 아이가 하나쯤 더 있다면 아프리카 쪽으로 유학 보내고 싶어. 카메룬과 아이보리코스트를 간 적이 있었는데 수도는 볼 만했고 만나는 사람들도 모두 지적이었지. 그런 곳에서 공부할 수 있다면 그건 축복이야. 지금도 그 아름다운 나라들을 경험하지 못하는 건 속상해. 우리가 다양한 문화를 가지고 있지 못하니 나가서라도 경험을 해야 한다고 봐. 뉴욕이나 이스탄불이 그래서 더 부러워. 거기는 세계문화의 보고요, 용광로야."

"제가요, 서울에 돌아가면 아드님 초대해 식사대접할 거예요. 약속했어요. 정말 살면서 생각지도 않았던 이런 깊고 따듯한 배려는 처음예요. 이런 말을 해도 되는지 모르지만 너무 감격적이고 감동적예요."

"나는 한번도 제 어미와 별거하면서 십오 년 가까이 돼 오지만 아이에게 제 어미를 원망하거나 나쁘게 말하지 않았어. 물론 별거하는 이유도 말한 적이 없지. 아이는 가끔 나를 존경하고 사랑한다고 말해. 그건 뭐 때문에 별거를 하건 상관없이 나를 보는 관점이 남다르다는 거겠지. 왜 존경하고 사랑하느냐고 물은 적도 없어. 왜냐하면 나는 그 애의 애비니까. 존경할 만하면 하는 거지, 그게 하란다고 하고, 말라 한다고 마는 게 아니잖아.

우리 애들이 뭘 보고 사는지 모르겠어. 단지, 나는 아버지로서 내 의무와 본능적으로 해야 한다고 느끼는 걸 했을 뿐이야. 남들은 아버지가 돈 대서 해외 유학까지 보냈는데 돌아와서는 제 어미한테 가 있다는 게 영 못마땅하게 보이나봐. 내 생각은 달라. 내가 가르친 건 부모로서의 할 일을 한 것이니 생색낼 일도 아닐 뿐더러, 가르쳤다는 게 뭘 가르쳤다는 거야? 나야 막말로 헤어지면 아내와는 남이지만 아이들은 끝까지 제 어미 아닌가. 그러니 제 어미에게 잘해야지. 그걸 못한다면 잘못 가르친 거지. 아이들은 제대로 배우고 잘하고 있는 거야. 부모 자식 간에 조건이 어디 있어. 그냥 부모고 자식인 거지. 따지고 보면 어른인 우리가 잘못하고 있지. 이번에 하는 걸 보고 나도 똑같이 고마움을 느꼈어. 물론 아이는 김군이 아니라 제 어미를 데리고 왔으면 얼마나 좋았을까 하고 생각했겠지. 그 점이 미안하기는 하지만, 안 되는 건 안 되는 거고, 못하는 건 못하는 거야. 세상일 다 껴안고 살 수 없잖아. 그리고 나를 믿으니 내가 하는 일에도 별 문제를 삼지 않는 걸 거고.

저들도 살아보면 알겠지. 삶이 제 마음 먹은 대로 되지 않는다는 걸.

난 아이들에게 아내와의 문제로 용서받고 싶은 생각도 변명하고 싶은 생각도 없어. 그냥 그때, 그때 열심히 살 뿐이야. 하여간 우리 관계를 어떻게 보았건 우리를 편하게 해주니 고맙기는 해. 서울 가면 대접 극진히 잘하시라고."

"참 알다가도 모르겠어요. 인생이라는 게."

"그렇지?"

"삶이라는 게 뭐예요?"

"내 개똥철학 강의 듣고 싶어?"

"네, 제가 하고 있는 생각이 있는데 한번 선생님 생각과 비교해보고 싶어요."

"그럼 김군이 먼저 이야기해봐."

"싫어요. 선생님이 먼저 말씀하세요."

"나는 이렇게 말하고 싶어. 삶이란 말이야, 본능에 대한 끊임없는 인식의 작용이야. 그 과정을 고뇌라고 보는 거지. 무슨 말이냐 하면 인간은 태어나면서 본능적으로 해야 할 일을 알고 있다고 생각해. 그리고 본능은 모두 선이고 아름답지. 예를 들면 어머니 젖을 무는 것은 살기 위해서고, 우는 건 어디가 불편하다거나 배가 고프다는 걸 알리는 행위지. 그건 어쩔 수 없는 일이지만 남에게 해가 되지도 않을 뿐더러 아름다운 행위지. 그게 본능이지. 점점 나이를 먹으며 그런 일을 경쟁을 통해 스스로 해야 한다고 느끼게 되지. 인식이 시작되는 거겠지. 그리고 그런 본능을 해결하기 위해 하는 행위가 경쟁이라는 거야. 투쟁이라고 해도 좋겠지. 인식이 시작하는 시기는 사람마다 다르겠지. 그 인식이 본능과 다투며 작용을 해가는 과정을 삶이라고 생각한 거지.

대체적으로 아주 어린 아이였을 때는 그런 인식에 의한 작용이 욕심이 없고 순수해 보기가 좋지. 어느 날부터 이기심과 욕심이 생기기 시작하면서 세상이 시끄러워지고 아수라장이 되지. 뭐든 넘치도록 차지하려고 하잖아. 그리고 그런 걸로 남을 무시하는 척도로 삼거나 제 아래에 두는 무기로 삼기도 하지. 정신을 잃는 거야. 정신이 든 사람들이 그때부터 비로소 고뇌하기 시작하는 거야. 삶이 무엇인지, 죽음은 또 무엇인지, 사랑은 무엇이고 존재는 무엇인지 등등 말이야. 사실 그 고뇌는 단순해서 보석으로 치장된 칼집과 그 속에 든 칼날의 예리함조차도 혼동하게 되지만 말이야."

잠시 뜸을 들였다가 말을 이었다.

"그래서 세상이 이 모양 이 꼴인 거야. 좋은 세상을 만들겠다고 나선 사람들이 예수고 부처지. 종교가 생긴 연유가 거기 있다고 봐. 그들이야말로 고뇌의 고수요, 최고봉이고, 해결사지."

"그건 아니죠. 기독교는 우리를 회개하게 해서 천국으로 데려가려고 하는 거죠."

"천국을 본 사람이 있나? 그건 나쁘게 표현하면 사탕발림이야. 그래야 믿을 거 아냐? 종교의 목적은 믿음을 갖게 만드는 것이고, 그 믿음의 구체적 내용은 쉽고 포괄적으로 말하면 착하게 살아라, 그러면 천국에 간다는 것이지. 원래는 착하게 살라는 것이 그 목적이지. 천국에 간다는 것은 착하게 살라고 꼬드기는 거고. 그 점은 불교도 마찬가지야. 불교에서는 윤회설을 말하잖아. 착하게 살아라, 그러면 내세에서는 네가 원하는 것으로 태어난다. 역시 내용은 착하게 살라는 거야. 내세에 태어난다는 것은 꼬드김이지. 근데 윤회로 다시 태어나면 뭘 해. 그게 그거 아냐. 그래서 영원히 고뇌가 없는 세상을 해탈로 보는 거야. 윤회보다는 해탈이 한 단계 위고 궁극적 목표야. 거기까지 이르기는 어렵겠지? 내 생각일 뿐이야. 이런 문제로 논란도 싫고 토론도 싫어. 의미가 없어. 나는 종교가 없지만 종교를 보고는 있지. 감시한다는 말은 아니고."

"듣고 보니 그럴듯하네요."

"그래서 나는 그렇게 살려고 노력하는 중일 뿐야. 그게 인생이라고 결론을 내렸거든. 그리고 본능에 대한 인식의 끊임없는 과정 중에서 부딪는 것이 투쟁이고 경쟁인데 이 모두가 이기심과 욕심에서 비롯되고 그 크기가 결정된다는 거지. 나는 지기로 했고, 양보하기로 했어. 그렇게 사는 게 꿈이지. 정말 세 끼만 먹을 수 있다면 싸우는 건 싫어. 착하고, 여리고, 새싹 같은 아이적 본능을 존중하지. 어른들은 새봄에 나는 풀은 모두 독이 없다고 하셨어. 그 새싹과 우리 아기들이 똑같아. 나는 성선설을 믿어. 사람들이 크면서 악해져 가지. 그럼, 김군이 생각하는 삶이란 무엇이지?"

"글쎄요. 저는 삶이란 갈등이라고 봐요."

"갈등이라. 알 것도 같군. 설명해봐요."

"저는 인간은 갈등구조 속에 갇힌 존재라고 봐요. 눈 뜨면 먹어야 되나 마나, 저걸 취할까 말까, 훔칠까 말까, 싸울까 물러설까, 살아 마라, 등등 항상 반대되는 것 즉 갈등구조 속에서 어느 쪽으로 가느냐를 놓고 고민하는 존재라는 거죠."

"좋아. 그러면 말이야, 그럴 때 그걸 결정하게 하는 요인이 뭐지?"

"당연히 욕심이고 이기심이겠죠."

"그럼, 그 결정은 늘 옳은가?"

"옳고 그른 것은 나중 이야기고 우선은 그렇게 결정해 가지 않나요? 그러니까 어리석다, 현명하다, 하고 말을 듣는 거겠죠."

"옳지. 내 생각도 비슷해. 그 점은. 그런데 나는 그걸 투쟁 또는 경쟁이라고 말한 거지. 김군은 갈등구조라고 설명한 거고."

"그럼 예를 들어 행복은 뭐고 불행은 뭐예요? 그걸 알면 갈등구조에서 빠져나오는 데 도움이 될 것 같아요."

"그렇겠군. 내 생각으로는 행복이란 없지. 따라서 불행도 없는 거지."

"농담 마시구요. 그럼 왜 사람들이 행복하다, 불행하다 말하죠?"

"세상에 행복이 어디 있어? 김군, 한번 나에게 예를 들어줘 봐. 행복이란 게 이런 거다, 하고 말이야."

"막상 예를 들라니까 쉽지 않네요."

"그럼 내가 한번 맞춰볼게. 한 백 평쯤 되는 강남 한복판 아파트에, 안정된 직장에서, 안정된 수입을 보장받고, 아이들이 병 없이 잘 크고, 집안이 화목하면 이것이 행복일까?"

"그렇겠죠. 사람에 따라 다르기는 하겠지만, 그렇지 못한 사람들은 그렇게만 되면 행복하다 말하겠죠."

"그건 아니지. 행복의 가치는 누구에게나 동일해야지, 어떻게 사람에 따라 달라지나. 사람마다 다르다면 행복의 종류나 크기가 다른 거 아냐? 금 한 돈이 누구에게나 같은 것처럼 말이야. 그렇다고 치고, 그럼 행복은 그걸로 끝인가? 말하자면 더 이상의 행복에 대한 욕구는 없는 거냐 이 말이지. 다시 말하면 셀게 사람들은 다 불행하냐는 말이지."

"그렇지는 않겠죠. 사람의 욕심이 한이 있나요."

"옳지. 그래서 행복이 없다고 말한 거야. 그건 행복의 한 가지 종류일 뿐이고 그것이 지어내는 욕심일 뿐이지. 그조차도 올바른 것이 아니지만 말이야. 이건 노자의 도 이론에서 모방한 내 이야기인데 그래서 세상에 행복이란 없다는 거야. 우리 입에서 행복이란 말이 나왔을 때는 이미 행복이 아니라 그건 행복의 한 가지 작용 즉 종류일 수밖에 없다는 거지. 그런 식으로 해석하면 불행이라는 것도 마찬가지야. 그런 점에서는 행복은 네 안에 있거늘 어찌 밖에서 찾으려고 하느냐고 하신 말씀도 같은 맥락이지. 마음 밖으로 나오는 순간 행복은 더 이상 행복이 아니고 행복의 한 가지 작용이 되고 마는 거지. 그건 불행도 마찬가지야. 어떤 사람은 아무것도 아닌 일을 가지고 불행하다고 말해 주위를 놀라게 하지. 그런가 하면 어떤 사람은 그 반대로 말해 또 우리를 놀라게 하거든. 보는 관점에 따라 다르지. 그러니 불행 역시 한마디나 한 가지로 규정할 수가 없는 거라고 봐. 어때 그럴 듯해?"

"그러네요. 이해가 가요."

"내가 집, 집, 하는 사람에게 한 백 평쯤 되는 집을 사주었다고 가정해 보자고. 그럼 그 사람은 행복을 얻은 것인가? 아니지. 행복이라고 생각해왔던 것 중 한 가지를 얻은 거지. 더 정확히 말하자면 집을 얻은 것이지. 그리고 얼마 안 가서 이게 행복이 아니구나 하는 걸 깨닫지. 왜? 백

평이 좁다는 걸 느끼거든. 사람들은 편리함과 행복함을 혼동하기도 해. 무릇 행복뿐이겠나. 모든 추상명사가 다 마찬가지야. 이런 경우가 있었어. 대학 다닐 때 우리 동네에 정부 정책으로 연탄아궁이 개량을 시작해 연탄이 들어왔어. 그 당시 내가 사귀던 아가씨 집이 서울 어딘가 부촌이었고, 그 친구 아버님이 은행의 차장인지 지점장인지 그랬지. 그 아가씨의 친구들도 모두 기름보일러를 때는 집에 살았다나 봐. 무슨 이야기 끝에 자신은 연탄을 때는 집에서는 못 산다는 거야. 그게 불행이라는 거지. 그런데 우리 어머니는 한여름에 보릿짚을 때다가 연탄을 때니까 너무 행복하다는 거야. 그때 농촌 아궁이 개량을 해서 연탄이 보급되었거든. 같은 것을 보고 누구는 행복이고, 누구는 불행이라고 하더라고. 이 친구와는 더 만나기 어렵겠구나 하고 생각했지. 결국 그게 내내 걸림돌이 되어서 헤어지고 말았어."

"이해가 되는군요. 그게 무슨 이론이라고요?"

"노자의 『도덕경』에 나오는 거야. 도란 무엇인가?를 설명하는 이론이지, 아마. 가치란 사물에 있지 않고 우리가 그 사물에 부여할 때만이 가치가 존재한다는 말은 어때?"

"맞는 말이네요?"

"내가 한 말이 아니라 몽테뉴가 그의 명저 『수상록』에서 한 말이야."

그녀는 눈을 깜빡이며 졸음을 참느라 애쓰고 있었다. 나는 말을 끊고 자자고 말했다. 깜빡 졸았다며 자자고 맞장구를 쳤다. 침대에 나란히 누웠다. 내일은 이곳을 떠나 다시 이스탄불로 간다. 갑자기 아침에 골프를 치기로 한 것이 생각났다.

"자야지. 내일 아침에 운동하기로 했잖아."

쿠툴루스는 친구 한 사람 데리고 와 소개했다. 함께 운동하려고 하는데 괜찮겠느냐고 물었다. 돈만 많으면 아무 문제없다고 대답하자 이 친구는 돈밖에 가진 것이 없다고 해 함께 웃었다. 경기가 끝났을 때 우리는 호각을 이루고 있었고, 나는 1달러를 잃었다. 1달러를 되돌려주겠다고 놀려댔지만 보관해놓으면 다음에 와 이자까지 돌려받겠다고 했다. 내 이자는 비싸니 그리 알라고 하며 웃었다.

분수가 시원하게 솟구쳐 오르는 연못가 야외 식당 의자에 그녀가 아들과 함께 앉아서 우리를 보며 손을 흔들었다. 쿠툴루스도 손을 흔들어 화답했다.

그는 다음에 올 때는 미세스 김도 골프를 배워 자기 부인과 함께 넷이서 라운딩을 하자고 제안했다.

"김군, 들었지? 골프 배워 오래. 다음에는 자기 부인과 함께 넷이서 라운딩하자네."

그녀는 고개를 까딱하며 알았다는 표시를 했다. 다과를 즐기며 차를 한 잔 했다. 잠시 후 공항으로 갈 것이라고 했고, 그는 차를 준비시켰으니 그 차로 가라고 말했다.

"이 양반이 결혼하고 한 십 년간 애가 없었어. 그런데 아들을 낳았지 뭐야. 그 애가 지금 여덟 살이야. 복덩이 아들이지. 내가 큰아버지야."

아이는 쿠툴루스에게 방금 한 말을 통역했다. 쿠툴루스는 아들이 레고에 미쳤다며 자랑 아닌 자랑을 늘어놓았다. 작별인사를 하고 방으로 올라와 간단히 샤워를 마친 후 짐을 쌌다. 아이에게 귀국 전에 레고를 사서 쿠툴루스에게 주라고 했다. 아이와 무슨 이야기를 나누었느냐고 하자 선생님 흉만 실컷 봤다고 했다. 그녀는 아들이 요즘 젊은이 같지 않다고 칭찬을 해댔다. 어쨌거나 듣기는 좋았다.

제12장 … 아! 이스탄불

파도라도 일렁이는 날이면 포세이돈이
마치 금가루를 끊임없이 뿌리는 것처럼 금빛 물결이 연이어 출렁인다.
아름답다 못해 기이하기까지 하다.

이스탄불 공항은 여전히 붐볐다. 입국장을 빠져나오자 피켓을 든 호텔 직원이 우리를 기다리고 있었다. 밴에 몸을 싣고 공항을 빠져나와 이스탄불 시내로 향했다. 술탄 아흐멧 광장 근처에 있는 호텔은 작지만 깨끗하고 아담했다. 이곳에 오면 늘 묵고는 했는데 근래 2년간은 호텔이 재건축을 하는 바람에 다른 곳에서 묵었었다.

이 호텔에 오는 까닭은 식당에서 바라보는 보스포루스 해협의 바다 풍경이 아름답다 못해 황홀하기 때문이었다. 손님들이 던져주는 빵을 얻어먹기 위해서 식사 시간이 되면 갈매기가 날아와 창가에 앉았다. 눈을 돌리면 블루모스크와 소피아 성당 그리고 톱카피 궁전이 한눈에 들어온다. 그 뒤로 펼쳐지는 나팔자락 같은 마르마라 해협의 물결이 아름답다.

어떤 때는 비잔티움에 혹은 콘스탄티노플에 앉아서 경치를 즐긴다. 물론 오늘은 이스탄불에 앉아 있다. 이곳은 동서양의 문물이 뒤섞인 곳이다. 적어도 뉴욕이 탄생하기 전에는 이곳이 세계의 중심이었다. 동으로는 몽골이나 중국, 인도의 문물이 실크로드를 타고 모여들었고, 서로는 중유럽의 문물이 그리고 남으로는 아프리카와 로마의 문물이 모두 모이는 그런 장소였다. 얼마 전 뉴욕의 허드슨 강변에서 느낀 세계문화의 융합과 창조를 이곳 마르마라해협에서도 느끼고 있다. 거의 천년 이상을 세계 사람들이 이곳에 모여 세계문화의 창조를 위해 용광로 같은 삶을 살았을 것이었다. 그런 영화를 지금은 뉴욕으로 물려주었지만 그 영화는 여전히 빛을 발하고 있었다.

비가 오면 비가 오는 대로, 눈발이 흩날리면 흩날리는 대로 바다가 연출하는 풍경은 말로 다 표현하기가 어렵다. 이스탄불을 미항이라고 일컫는 데는 그만한 까닭이 있겠지만, 이쯤 언덕에서 내려다보는 바다 풍경도 한 몫 한 것이 아닌가 하는 생각이 든다.

그런 모습을 보인 것이 한두 해였겠는가. 무엇이든 오래도록 일어나고 스러지고 하는 일이 반복되어야 우리는 그 사실을 인정하려고 한다. 이스탄불의 아름다움은 그런 되풀이를 통해서 우리에게 전해져 오고 있는 것이다. 예외는 없다.

겨울에 이곳에 오면 가끔 일기가 나빠지면서 햇살 속으로 눈이 오고는 하는데, 그 광경이 마치 운동 경기에서 승리한 후 환희에 차 감정을 주체 못하고 울음을 터드리는 모습과 닮았다는 생각을 하고는 했다. 금빛 눈은 승자의 목에 걸린 금메달처럼 빛났다. 언제나 금빛 눈이 시원스레 펑펑 휘날렸다. 그런 광경을 보고 박수를 보내지 않는 관객이 있을 수가 있는가.

이스탄불은 완만하게 흘러내리는 구릉지에 자리 잡고 있는 도시다. 보스포루스 해협은 넓은 곳이 한강보다 두 배 정도 넓은 폭이지만 바다가 갖추고 있는 건 다 갖췄다. 파도가 그럴 듯하고 갈매기가 끊임없이 난다. 그런 정도는 어느 바다에서나 볼 수 있는 광경이다.

저녁이면 황혼 빛에 물드는 골든 혼Golden Horn의 금빛 물결이 장관을 이룬다. 보스포루스 해협 쪽은 나팔의 중간 부분처럼 가늘고, 마르마라 해협 쪽은 활짝 핀 나팔꽃과도 같다. 골든 혼이라고 부르는 이유가 그런 데서 연유한 듯하다. 파도라도 일렁이는 날이면 포세이돈이 마치 금가루를 끊임없이 뿌리는 것처럼 금빛 물결이 연이어 출렁인다. 아름답다 못해 기이하기까지 하다.

다른 손님이 다 나가도록 저녁을 먹으며 이스탄불의 바다 풍경을 즐겼다. 한국의 어느 여행사 직원 말로도 이곳 호텔은 시설이나 서비스보다 식당에서 보는 풍광이 뛰어나 유명하다고 했다. 동급 호텔에 비해 숙박료가 비쌌지만 풍경을 구경하는 호사까지 생각하면 그리 비싸다는 생각은 들지 않았다. 눈치가 보여 더 앉아 있기가 거북스러웠다. 방에 들러 대충 옷을 챙겨 입고 밖으로 나섰다.

블루모스크 옆 오벨리스크 탑을 지나 트램이 다니는 곳까지 와, 왼쪽으로 꺾어 그랜드 바자르 쪽으로 걸어 올라갔다. 가로등이 켜지고 상점에 불이 들어오기 시작하자 거리가 휘청거리기 시작했다. 손으로 가리켜 가며 내일 방문할 곳을 알려줬다.

대충 그랜드 바자르, 메두사 조각이 있는 지하 물 저장소, 소피아 성당, 블루모스크 그리고 톱카피 궁전이 방문 대상이었다. 날씨가 그리 춥지는 않았지만 좀 을씨년스러웠다. 관광객으로 붐비는 거리는 낮이나 밤이나 여전했다. 우리는 소피아 성당이 내려다보이는 조그만 호텔 커피숍으로 들어가 차를 주문했다.

"이곳이 일 년에 약 일억 명 정도의 관광객이 다녀가는 세계 최대 관광지라고 지난 번 신문에선가 본 것 같아."

"저도 보았어요. 그게 아까 말씀하신 그랜드 바자르인가 뭔가로 소개된 것 같던데요."

"그렇지, 내가 알기로는 '큰 시장'이라는 뜻이지. 그랜드 바자르를 가려면 반드시 이곳을 거쳐야 하니까 이스탄불에 오는 관광객 숫자나 그게 그거지 뭐. 여기서 한 이백 미터나 될까."

"그러겠네요."

"내일 여기서부터 저 바다 쪽으로 걸어내려갈 건데 바다에서 올려다보는 이스탄불은 정말 아름다워. 특히 꽃이 필 때 크루즈를 타고 보스포루스 해협을 오르내리며 보는 이스탄불은 또 달라. 감탄사가 절로 나와. 지금 여기서는 내려다보고 있지만 올려다보면 영 딴판야. 그게 한 오월경이지. 단지 지금은 건물이 너무 들어차 옛날과 같은 여유로움은 볼 수가 없어. 위도 상으로 우리나라와 같아서 봄 풍경도 똑같아. 진달래 피고 개나리 피는 그런 봄 풍경이야. 진달래나 개나리가 있었는지는 기억이 안 나. 개나리는 본 것 같기도 하고."

"기대가 돼요. 저 바다 이름이 뭐예요?"

"저것이 보스포루스 해협이야. 밖으로 나가면 마르마라 해를 거쳐서 에게해로 가고 위쪽으로는 흑해로 가는 길목이지. 생김새 때문에 이 전체를 골든 혼이라고 부르기도 해. 나는 주로 겨울에 이곳에 오지만 봄이나 여름의 이스탄불을 다시 보고 싶어. 전에 일 때문에 왔다가 이스탄불을 빼먹고 바로 귀국했는데 뭔가 허전하고, 터키에 갔다 왔다는 느낌이 안 들 정도였으니까. 귀국해 생각해 보니까 아쉽더라고. 그래서 결심했지. 이곳에 오면 세상 없어도 이스탄불은 꼭 보고 가기로 말이야. 나만 그런지는 몰라도 이스탄불이 주는 아름다움이랄까 매력은 그 정도로 말로 다 표현하기가 어려워."

"그럼 우리 겨울 말고 봄이나 여름에 다시 와요. 그래서 멋진 이스탄불을 만나보는 거예요. 개나리가 피는지도 확인하고요. 말만 들어도 정말 기가 막힐 것 같네요."

"여행의 매력에 푹 빠졌나봐. 하기는 그럴 만도 해. 여기는 콘스탄티노플과 이스탄불이 공존하는 도시야. 말하자면 로마적인 것과 터키적인 것, 옛 것과 새로운 것, 가독교적인 것과 회교적인 것이 말이지. 아마 그런 게 장차 문제가 될지도 모르지. 종교적 정체성과 이념적 정체성이 어떻게 조화를 이루는지가 큰 문제야. 요즘 그런 것들이 문제가 되어 나타나는 것 같기도 해."

"콘스탄티노플도 멋있는 이름예요."

"그럼. 저 아래 있는 소피아 성당은 비잔틴 건축 양식이라고 불리지만 콘스탄티노플적이라고 말할 수 있고, 그 위에 있는 블루모스크는 이스탄불적이지. 원래 콘스탄티노플 이전의 이름은 비잔티움이었어. 누가 작명을 했는지 이름도 모두 아름다워. 서기 330년 로마 황제 콘스탄티누스 대제가 이곳 비잔티움으로 천도하고 콘스탄티노플로 개명을 했지. 그리고 이스탄불이 태어나기까지 약 천 년이 걸린 거지. 따지고 보면 지금의 터키 역사 즉 이스탄불의 역사는 약 600년 정도밖에는 안 되었고, 그 전에는 약 1,000년간 비잔틴 왕국이었어. 물론 동로마제국의 다른 이름이지만."

"얼마 안 되었네요."

"그렇지. 오스만 터키가 점령한 것이 1,400년 중반쯤이니까 따져 봐. 불과 600년도 채 안 된 거야. 터키 사람들 복터졌지. 그때 그 유적·유물 때문에 해마다 일억이나 되는 관광객이 몰려드니까. 그 관광수입이 도대체 얼마야. 일 달러씩만 써도 일억 달러네. 자세히 보면 이스탄불 사람들과 우리가 갔던 카파도키아 있잖아, 그쪽 터키 원주민과는 생김새도 달라. 이곳 사람들은 원래 유럽인들이고 바다 건너 저쪽은 아시아계거든. 저쪽은 우리처럼 모발도 검고 굵어. 보면 금방 알아. 종족이 다르다는 걸. 물론 동로마제국이 지배하던 시기에 유럽 사람들과 피가 섞여 반도 사람들도 순수혈통은 아니지만 그래도 이스탄불보다는 덜해. 주로 로마 사람들은 콘스탄티노플에 거주했을 테니까. 지금은 다리도 두 개고 지하 터널도 있지만 그때는 이 해협이 유럽과 아시아를 구분했거든. 조만간 바다 밑으로 지하철도도 다니게 된다고 하더라고."

"어쩐지 여기 사람들은 유럽 사람과 생김새가 같아요. 난 처음 봤을 때 관광객인 줄 알았어요."

"그래서 터키가 유럽연합EU 가입에 어려움을 겪고 있는지도 몰라.

본적은 아시아인데 현주소가 유럽이거든. 정체성이 완전히 다른 거지. 종교적인 문제도 한 몫 하는 것 같아. 요즘처럼 IS가 시끄럽게 하면 더 하겠지. IS도 못되게 변형된 이슬람이잖아. 그러니 가입한다고 해도 쉽게 동화가 되겠어? 게다가 요즘에는 터키 지식인들 사이에서도 유럽연합 가입을 꼭 해야 하는가 하는 문제가 이슈로 등장하는 것 같아. 말하자면 뿌리가 다른데 우리가 왜 거기 휩쓸려야 하느냐는 거지. 쿠툴루스만 해도 그렇게 적극적이지는 않은 것 같아. 언젠가는 대세를 따라 가입하기는 하겠지. 결국 국내 문제와 겹쳐서 가입이 그리 쉽지는 않아 보여. 그리고 꼭 거기에 목매는 것도 아닌 것 같아. 나는 이런 현상이 결국 터키가 동로마제국의 영토를 돌려주고 제 땅으로 되돌아와야 하는 전조로 보여."

"공부 많이 하네요."

"수업료 내야지."

"얼마 드리면 돼요?"

"이따가 호텔에 돌아가서 받을게."

"선생님은 알기도 참 많이 아세요."

"학교 다닐 때 국사, 세계사 이런 과목을 좋아했지. 그때 공부한 것들이야. 그리고 여기 드나들면서 이렇게 저렇게 주워듣기도 하고, 찾아보기도 하고 그랬지. 머리가 그런 쪽으로 발달했나봐. 수학은 여전히 싫으니까."

"머리 아파요. 저는 제일 싫은 게 역사였어요."

"이과였구먼."

"그렇지는 않았는데 외우는 건 죽어도 싫더라고요."

"그럼 과를 잘못 선택했지 뭐야. 이과로 갔어야 하는 건데."

"이과로 가면 뭐해요. 결국은 고등학교 마치고 대학은 안 간 걸요."

"하여간 역사는 재미있어."

트램 길을 따라 내려와 소피아 성당 앞을 지나 한 바퀴 돌아 호텔로 돌아왔다. 이틀 동안 이스탄불을 본다는 건 어렵다. 모레 아침 벨기에로 갔다가 이곳으로 돌아와 이삼일 더 머무는 게 어떻겠느냐고 의사를 물었다. 이번 여행은 선생님이 알아서 하기로 했으니 좋을 대로 하라고 대답했다. 모레 일찍 공항으로 가 귀국 편을 변경하는 게 좋을 듯싶었다.

아침이 되었을 때 하늘은 빛나고 술탄 아흐멧 광장에는 새로운 사람들로 붐비고 있었다. 우리도 그 속으로 섞여들었다. 광장 주변의 나뭇가지에는 봄소식이 전해지고 있었고 사람들은 들떠 있었다. 나무 하나 하나에서는 볼 수 없는 초록이 멀리서 보이는 나무군락에는 연하게 묻어나고 있었다.

발걸음을 옮겨 블루모스크로 향했다. 입장료를 받지 않았다. 그들이 자랑하는 역사적 건물이라고는 하지만 아직도 모스크로 사용되고 있으니 돈을 받기도 어렵기는 할 것이다.

이곳에 올 때마다 느끼는 바가 있다. 경우는 좀 다르지만 중앙청 즉 옛 조선총독부 건물을 헐어버린 것이다. 역사는 놔두어도 역사요, 허물어버려도 역사다. 조선총독부 건물을 헐어버린 것은 좀 편협하고 감정적이었다는 생각이 든다. 그렇게 헐어서 식민지역사가 아주 사라져버린다면 몰라도 말이다. 단지 사람들의 생각을 복잡하게 하고, 의견이

갈리게 한 것 말고 얻은 게 무엇인가.

역설적으로 말하자면, 두고두고 보면서 지나간 치욕의 역사를 가슴에 새겨야 했다. 우리는 아픈 역사를 딛고 이렇게 극복해 우뚝 섰다는 걸 자랑할 수 있어야 했다. 허물어버렸다고 해서 치욕의 역사가 사라지거나 극복된 것은 아니다. 역사는 증언할 뿐이지 그 자체가 수치스럽다거나 영광스러운 것은 아니다. 만약 우리였다면 저 앞의 소피아 성당을 혹시 헐어버린 것은 아닐까.

소피아 성당은 일종의 점령자의 전리품이다. 그렇다 해도 중앙청 건물이 우리나라를 강점했던 일본의 조선총독부가 있던 곳이라는 이유로 헐어 없앤 것은 그리 잘한 일은 아니다. 그곳에 조선총독부 건물을 세웠던 일본의 무지함과 무례함을 우리는 두고두고 똑똑히 보았어야 했다. 일본은 패퇴하지 않았던가. 중앙청을 허는 날 뽀얗게 피어오른 사진 속의 먼지를 기억한다. 시원하다거나 깨끗하다는 생각보다는 유치하고 졸렬하다는 생각을 먼저 떠올렸었고, 그 생각은 지금도 변함없다.

모스크 안에는 관광을 나선 사람들로 붐볐다. 내부는 형형색색의 찬란한 이슬람 모자이크 문양이 아름다움을 뽐냈다. 더러는 이슬람 문양을 카메라에 담기도 하고 더러는 기도를 하고 있었다.

어느 관광해설사가 여러분이 산 기념품에 있는 문양과 색상이 이곳 블루모스크의 모자이크 문양에서 따온 것이라고 관광객에게 설명했다. 듣고 보니 그랬다. 사진으로 보는 것보다 특별히 더 감동적이지는 않았다. 단지 그 현장에 와 있다는 사실이 감동적일 뿐이었다.

그곳을 나와 소피아 성당으로 향했다. 서기 360년에 세워진 건물로 세계에 남아 있는 비잔틴 양식으로는 몇 개 안 되는 건축물이다. 지금은 성당이 아니라 박물관으로 사용되고 있지만 차라리 그 자체가 전시품이다. 건물 자체도 아름다웠지만 웅장함이 주위를 압도했다.

그곳에도 역시 승자의 횡포가 있었다. 기독교 성화 위에 회칠을 해 덧입혀놓은 것이다. 복원하고 있지만 원그림이 훼손될까 두려워 조심스레 벗겨내고 있는 중이다. 점령자가 조금 더 관대했더라면 좋을 뻔했다. 몇 년째 방문해도 원래 그림의 모습이 더는 드러나지는 않고 있다. 아쉽지만 아예 성당을 통째로 헐어버리지 않은 것이 얼마나 다행인가. 이곳은 촬영이 금지되어 있었다.

밖으로 나오자 그녀는 군밤을 사달라고 했다. 우리는 군밤을 먹으며 1475년부터 3년간에 걸쳐 지어진 톱카피 궁전으로 발걸음을 옮겼다. 정문 입구부터 관광객이 인산인해를 이뤘다. 왕이 기거하며 오스만 터키 제국을 지배하던 왕궁이었다는 것 외에는 전시되어 있는 유물이 볼만하다면 볼 만할까 특별히 감동적이지는 않았다.

하기는 어느 나라건 유적이라는 게 그것이 지니고 있는 역사적 상징성 말고는 특별히 볼 만한 것이 있는 것은 아니다. 전문가가 기술해놓은 책을 보아도 건축물 특징이 어떻다는 등 전문가적 식견만 가득할 뿐 우리가 알 수 있는 것은 별로 없다.

현대의 아름답고 특징 있는 건물을 많이 본 우리의 눈에 그런 건물이 들어올 까닭이 없다. 당시 건축물 중에서는 크고 웅장했으리라고 짐작할 뿐이다. 왕궁이니까. 유적이니까. 그래서 감탄하게 된다. 세계에서 제일 크다는 86캐럿짜리 다이아몬드는 다른 나라에서 전시를 위해 잠시 자리를 비우고 있었다.

"선생님, 너무 행복해요. 저 정말 이대로 사라졌으면 좋겠어요."

궁전을 둘러보고 나왔을 때 그녀가 한 첫 마디였다.

"행복하다며 어디로 사라지겠다는 거야?"

"하늘 위로든 바다 속으로든 영영 사라져버리고 싶어요."

"오늘 저녁부터는 일이 하나 늘었네."

"저 감시하는 일요?"

"그래. 서울에 가면 경찰서에 불려 다니면서, 그러니까 선생께서 잠들기 전까지는 방에 같이 있었다는 말이죠? 아침에 눈을 떠보니까 사라지고 없더라고요? 하며 조사를 받아야하는데 그게 귀찮아."

"선생님은 내가 사라진 것보다 조사 받는 게 더 문제라는 말씀이군요."

"기왕에 없어진 사람을 어쩌겠어. 조사가 끝나고 저녁에 집에 돌아와서는 혼자 포도주를 마시며 슬퍼할지도 모르지. 포도주나 몇 병 사갈까? 그래서 그런 상황을 예상하고 감시하겠다는 거지."

"완전 소설이네요."

"보면 이상해, 사람들은 죽겠다는 방법이 여러 가지야. 그 중 하나는 좋아서 죽겠다는 사람, 다른 하나는 힘들어서 죽겠다는 사람. 지금 김군은 좋아서 죽겠다는 것이고, 저기 저 사람은 혹시 죽겠다고 한다면 세상이 싫어서 죽겠다고 하겠지."

머플러를 쓴 채 아이를 안고 구걸하는 여인을 가리키며 말했다.

"돈 좀 조금 주고 싶어요. 왜나하면 좋아 죽겠다는 사람의 것 조금만 세상이 싫어 죽겠다는 사람에게 나누어 주면 둘 다 그럭저럭 살아가지 않겠어요?"

주머니에서 십 리라짜리 지폐 한 장을 꺼내 그녀에게 건넸다. 마치 용기가 없어서 기다리고 있었다는 듯 몇 명의 유럽 여인이 뒤이어 적선을 했다. 그녀는 돈을 주면서 수건을 들추고 걸인이 안고 있는 아기를 들여다보았다. 방금 전까지도 찡그리고 있던 그 애의 어머니가 웃고 있었다.

"아이가 예뻐요. 저렇게 천진난만할 수가 있을까요. 아이에게서 비누 냄새가 났어요. 저래 뵈도 잘 씻겨서 데리고 다니네요."

"지난 번에 내가 원元 즉 카오스에 대해 말한 적 있잖아. 그 다음에 오는 세상이 형亨이라고 부르는 세상이래. 그 형의 단계가 바로 저 아이의 순진무구한 그 단계라는 거지. 욕심도 없고, 바라는 것도 없지. 그저 본능이 시키는 대로 하지. 배 고프면 울고, 아파도 울고, 기분이 좋으면 웃는 그런 거 말이야. 천사들의 세상이지. 그런 세상이 지속되어야 하는데 어느 순간 저 아이가 크면 그때부터 세상이 달라지지. 전에 내가 말했잖아. 삶은 본능에 대한 인식의 작용이라고.

그 순간부터 원래 아이적의 본능과 이기심과 욕심이 생기기 시작하는 현실이 서로 인식하면서 작용을 거듭하게 된다고 생각한 거야. 그것이 다시 말하면 경쟁이고 투쟁인 거지. 김군의 말대로라면 갈등구조로 들어가는 거겠지. 이기심이나 욕심을 잠재워야 돼. 그렇게 하라고 부추기고 용기를 불어넣는 것이 종교가 아니겠어? 그 단계를 리利라고 한데. 그때부터 종교의 필요성도 생긴다고 봐. 말하자면 아이는 형이요,

어미는 리지. 저 어미는 제 아이의 순수함을 돈벌이에 잘 이용하고 있는 거야."

아이를 안고 있는 걸인 어머니를 한번 더 돌아보고 그곳을 떠났다. 나는 종교를 아직 갖지 못했지만 혹시 그래서 종교를 가져야 하는 것 아닌가 하는 생각이 들었다.

지하 물탱크는 음습했고, 천장에서는 습기로 뭉쳐 있던 물방울이 떨어져 내렸다. 정수리에 떨어질 때는 기분이 나빴다. 지하의 물속에는 물고기들이 헤엄치고 있었다. 밤인지 낮인지도 모른 채 살아만 있었다. 고기들이 볼 수 있는 빛이란 희미하게 비추는 조명뿐이었다. 그들이 딱하다는 생각이 들었지만 왠지 셀게에서 본 사람들과 같다는 느낌이었다.

바깥세상이 로마 시대인지, 오스만 터키 시대인지도 모르고 살고 있을 터였다. 하기는 내 걱정이지 그들이 그건 알아서 무엇하겠는가. 느리게 걸어 메두사를 보는 것을 끝으로 밖으로 나왔다.

트램 길을 따라 공동묘지가 있는 곳을 향해 걷다가 옆길로 접어들어 그랜드 바자르로 향했다. 1450년경에 건축되었다고 하니 거의 오스만 터키와 그 역사를 같이한다. 다 아는 이야기지만 동로마제국 시절 모스크란 엄두도 못 낼 일이었다. 입구에는 이스탄불에서 가장 큰 술레마니예 모스크가 있지만 사람들의 관심을 끌지는 못했다. 대부분의 관광객이 이곳에 올 때는 시장 구경을 하려고 오기 때문이다.

막상 살 만한 물건은 없었다. 조명 아래 반짝이는 금은세공제품과 가죽제품 그리고 양탄자와 유명 브랜드의 모조품이 대부분이었다. 구경

거리로는 볼 만했지만 사고 싶다는 생각을 갖게 하기에는 제품이 좀 어설프고 궁색해 보였다. 어느 가게에서는 연극인 윤 모 씨가 다녀갔다며 그와 함께 찍은 사진을 걸어놓고 한국인을 호객하고 있었다.

들은 바에 의하면 이슬람 문화권에서는 어렸을 때 아이가 총명하면 학교에 보내지 않고 상술을 가르쳤단다. 좀 부족하다 싶은 아이들이 학교로 갔다고 하니 왜 이들이 상술이 뛰어난지를 말해주는 일면이기도 하다. 하기야 총명한데 배울 까닭이 무엇인가. 그래서 그런지 가게에는 어린 아이들도 더러 보였다. 그들은 호객을 하고 물건을 팔기도 했다. 제법 어른스럽고 장사꾼다웠다. 실크로드의 종착지인 터키 장사꾼의 후예는 뭐가 달라도 달랐다.

그녀는 전통방식으로 직조한 방석 커버를 사겠다고 했지만 내 권유에 따라 다른 곳에서 사기로 했다. 가게 종업원은 집요하게 물건 값을 내려가며 살 것을 권했다. 문제는 전통방식대로 직조했느냐는 것인데 믿음이 전혀 가지 않았다. 그랬다면 값이 헐할 리도 없었다. 결국 우리는 빈손으로 그랜드 바자르를 나왔다.

너른 길을 걸어 올라오다가 커피집에 들러 차와 케이크 한 쪽으로 점심을 때웠다. 그녀는 다리가 아픈지 종아리를 주무르고 있었다.

"힘들지? 힘들 때도 되었지. 벌써 며칠째야."

"날짜 가는 것도 모르겠어요. 참, 오늘 며칠예요?"

"오늘이 2월 1일이지, 아마. 나도 헷갈리네. 맞아 선수단이 어제 귀국했으니까."

"여기 온 지가 열흘이 다 되었다는 말예요? 시간이 금방 가요."

"맞아. 좋은 사람과 있으면 더 빨리 가지 않나? 지금부터는 아마 점점 시간이 더디 갈걸. 조금 있다가 해협 쪽으로 걸어 내려가자고. 그곳에서 모스크와 이집트 향신료 바자르를 구경하고 돌아와 쉬고, 내일은 벨기에로 가는 거야. 거기서 이틀 정도 관광하고 다시 이스탄불로 돌아와 몇 군데 더 구경하고 서울로 가면 끝이야."

"가기 싫어."

앙탈하듯, 독백하듯 말했다. 정말로 가기 싫다는 모습이 역력했다.

"집에 연탄불 꺼졌을 거야. 연탄 갈고 다시 오자고."

농담이 썰렁했는지 웃지 않았다. 트램 길을 따라 이십여 분 걸어서 이스탄불 중앙역을 돌아 바닷가로 나왔다. 그녀는 팔짱을 끼고 있었지만 건성으로 그러고 있는 것 같았다. 갈매기들이 날고 울음소리가 시끄러웠다, 자동차의 경적 소리, 뱃고동 소리, 장사꾼들의 외침들이 어울려 영락없는 시장통이었다. 고등어 굽는 냄새도 진동했다. 어느 첩보 영화에선가 본 풍경이었다.

페르시아 시장? 고춧가루 냄새, 마늘 냄새, 건어물 냄새가 뒤섞인 우리네 시장통처럼 온갖 향신료 냄새와 음식 냄새가 뒤섞여 범벅이 되어 있었다. 마르마라 해협 쪽으로는 상선과 대형 유람선이 가득 떠 있고, 바다를 가로지르는 다리 위 난간 양쪽으로는 낚시꾼이 진을 치고 있었다. 저녁 햇살을 받아 바다는 금빛으로 변해갔다.

"저것 봐. 어느 바다를 가도 저런 금빛 물결을 본 기억이 별로 없어. 아름답다 못해 황홀해."

"정말 멋지네요. 뭣 때문에 바다가 금빛이 되는 거죠?"

"모르겠어. 하여간 특이해."

"저 역 근처에 가면 찻집이 있는데 그 집 아이스크림 맛이 좋아. 상호는 기억이 안 나. 그거 먹으며 바다를 구경하자고."

이번에도 찻집은 만원이었다. 우리가 들어가자 마침 창가에 앉았던 커플이 일어나는 바람에 용케 자리를 잡았다. 거리에는 연신 사람들이 넘쳐나고 있었다. 햇빛이 비추고 그 사이로 금빛 눈발이 날리며 아름다운 풍경을 연출하기 시작했다. 카페 안의 사람들이 탄성을 지르며 웅성거리지 않았다면 밖을 보지는 않았을 것이다. 마치 꿈속을 걷는 느낌이었다.

"멋지다! 그런데 저 배들은 다 뭐예요? 관광하는 배 같아요."

"맞아. 여기서 배를 타고 약 한 시간가량 흑해 쪽으로 올라갔다가 다시 내려오는 유람선야. 저 큰 호화선은 해외에서 온 유람선일 거고. 다음에 오면 저쪽에 있는 작은 유람선을 탈 거야. 오른 쪽이 이스탄불 중앙역이야."

"재밌겠다."

"타볼 만해. 혹시 〈우스크다라 머나 먼 곳 찾아왔더니〉 하는 노래 기억 나?"

낮은 목소리로 노래를 흥얼거리며 멜로디를 확인시켰다. 옆 테이블의 처녀가 나를 보고 신기하다는 듯 웃었다.

"네 기억나요."

"조금만 저 위로 올라가면 오른쪽이 우스크다라야."

"그게 터키 노래예요?"

"터키 민요야. 내 생각으로는 육이오 때 참전했던 터키 군인들이 퍼트렸던 것 같은데 멜로디가 좋아. 사랑하는 사람과 연관된 노래인데, 대충 내용은 사랑하는 임을 찾아 우스크다라에 왔지만 결국 임을 찾지 못하고 만다는 그런 슬픈 노래라지."

"술탄 아흐멧에 가면 책방이 있는데, 거기서 그 노래가 수록된 CD도 팔아. 전통악기로 연주했는데 들을 만해. 그거 기념으로 한 장 사가지고 가. 난 지난 번 왔을 때 한 장 사갔지."

"그럴게요. 한 장 사주셔요."

찻집을 나와 걸어 내려갔던 길을 거슬러 올라왔다. 술탄 아흐멧 광장 입구에 이르렀을 때 고양이 한 마리가 괴성을 지르며 튀어나오는 바람에 그녀가 소리치며 내게 안겨왔다.

"놀랬나봐. 저놈의 고양이들, 매일 튀어나오지 왜 오늘만 나오는 거야."

"선생님이 고양이보다 더 미워요. 갑자기 튀어나와 얼마나 놀랐다고요."

"그렇지. 갑자기 튀어나와야 놀라지. 나도 놀랐네, 갑자기 안기는 바람에. 여긴 개, 고양이 천국이야. 개도 자세히 보면 귀에 귀걸이를 한 놈들은 다 버린 개들이야. 그런데 정부에서 모조리 잡아다 예방접종을 해서 표시를 해놓거든. 그런 건 잘 되어 있어."

"이 사람들은 개고기 안 먹어요? 개고기 먹으면 금방 다 없어질 텐데요."

"그러게. 개고기가 뭐에 좋다고 소문 한번 내볼까?"

"우리나라에서나 통하지 여기서도 통하겠어요?"

"그건 모르지. 몸에 좋다는데 그냥 놔두겠어, 설마. 호텔로 갈까, 아니면 이 근처에서 더 어슬렁거릴까?"

"CD 산다고 했잖아요. 사가지고 가요."

호텔이 마주 보이는 길가에 있는 책방에 들러 CD를 샀다. 터키 말로 쓰여 있어서 알 수 없었지만 종업원이 그 음악이 수록되어 있다고 확인해주었다. 방은 깨끗하게 정리가 되어 있었다. 누가 먼저랄 것도 없이 침대에 나란히 누었다. 그리고는 TV를 켜고 채널을 이리저리 돌렸다.

그 즈음 어디선가 폭발음 같은 것이 들리고 구급차 사이렌이 울렸지만 지나치고 말았다. 잠시 후 아이에게서 전화가 왔다. 이스탄불 지하물탱크 근처에서 폭발 사고가 일어나 사망자가 생기고 부상자가 생겼는데 지금 어디 계시냐는 전화였다. 폭발음을 듣기는 했는데 그게 그 소리였나 보다며 알았다고 했다. 아이는 조심하라며 될 수 있는 한 밖에 나가지 말고 내일 바로 벨기에로 떠나시는 게 좋겠다고 말했다. 그녀는 그게 무슨 이야기냐고 물었고 나는 상황을 설명했다.

"요 근천데 나가볼까?"

"안 돼요. 어떤 상황인지도 모르는데 어딜 나가요. 있다가도 피할 판인데."

"그냥 멀찌감치 서서 무슨 일인지 보지 뭐."

"안 돼요. 그냥 여기 있어요."

"알았어. 영 궁금하네."

손전화를 켜 인터넷을 검색했다. IS 소속 테러리스트로 추정되는 여성이 물탱크 근처 경찰서 안에서 자살폭탄 테러를 감행해 사망자가 나고 부상자도 여럿 발생했다고 속보로 전하고 있었다. 우리가 불과 한 시간 전에 지나온 곳이다.

"김군, 우리가 한 시간 전에 지나온 곳이네. 고양이 튀어나왔던 데서 이십 미터밖에는 안 돼."

"어머, 그래요? 어떻게 아세요?"

"여기 보면 지하 물탱크 앞 경찰서라고 나오잖아. 거기 가면 파출소가 있어."

터키도 더 이상 테러로부터 안전한 국가는 아니었다. 어떤 이해관계가 얽혀 있는지는 모르겠지만, 여러 나라에서 수많은 관광객이 모이는 장소에서 무차별 테러를 감행한 것은 옳지 않은 일이다. 아무런 이해관계도 없는 사람들이 다치거나 죽어야 한다는 건 누가 벌인 일이건 비난받아 마땅하다.

다행히 경찰서 안에서 폭발이 일어나 여행객들의 피해는 없었다. 그렇지만 이스탄불도 테러로부터 안전하지 않다는 것이 증명된 이상 여행지로서 적합한지는 심사숙고할 필요가 있게 되었다. 종교가 도대체 무엇이며 왜 존재하는가? 아이러니하게도 종교의 모습은 야누스의 얼굴처럼 양면이다. 터키는 회교국이지만 어찌 보면 중동의 전통적 회교국과는 다르게 어정쩡한 태도로 일관했는데, 아마도 그것이 눈에 거슬리기 시작해 테러 단체들의 목표가 된 것이 아닌가 생각되었다. 더욱이 종교적으로 형제국인 자신들을 외면하고 서방과 가깝게 지내는 것에 대한 반감이 일고 있는지도 모른다. 역설적으로 말하면 소아시아의 강국인 터키도 종교적 양심을 따라야 한다는 압박이었다.

종교는 신념이다. 신념을 버리면 종교는 더 이상 설 곳이 없는데 터키는 그 종교적 신념을 망각하고 있다고 정통 회교국은 느끼고 있는 것 같았다. 그것도 모태신앙처럼 귀히 여겨야 할 터키가 탕자 같은 모습을 하고 있으니 얼마나 보기 싫고 얄미울 것인가. 근자에는 터키 국내에서도 그런 것에 불만을 지닌 세력들이 나타나고 있었다. 남들은 차도르를 못 벗어 안달인데 이곳에서는 착용하자고 데모를 시작하기도 했다. 그래서 그런지 몰라도 정부 정책도 중동처럼 회교국으로 회귀하고 있다는 인상을 받았다. 문제는 일치되지 않는 국론이었다.

회교 국가들이 별로 선호하지 않는, 기독교 사상에 젖어 있는 서방국가와 가까워져 있는 것이 눈에 거슬리기도 했을 것이다. 표본적으로 경고하듯 테러를 하고 있는 것이라고 보이는데 어찌되었건 그 방법도 잘못되었고 폭력은 더더욱 안 될 일이다.

보스포루스 해협의 저녁 경치를 즐기기 위해 시간에 맞춰서 식당으로 올라갔다. 마침 창가에 한 자리가 비어 있었다. 해가 마르마라 해협으로 가라앉고 있었다. 바람에 날리던 휴지조각이 땅에 내려앉듯 갈매기 한 쌍이 우리가 앉아 있는 창가에 날아와 떨어져 내렸다. 빵조각을 떼어내 창밖으로 내밀자 날름 채갔다.

저들도 먹고 살기 위해 세상에서 가장 위험한 인간의 손에 들려있는 빵을 거침없이 채가고 있다. 그녀에게 빵조각을 줘보라고 했지만 손을 쫄 것 같아 무서워서 못하겠다고 했다.

두려움은 누구에게나 있다. 빵을 받아먹는 갈매기도 제 목을 낚아채

지나 않을까 두려워할지도 모른다. 그렇지만 그 위험을 감수하고라도 고소한 빵맛을 이기지는 못한다. 사실 낚아챌 의사도 손을 쫄 의사도 서로 없는데 말이다.

밖이 어두워졌다. 거대한 술탄 아흐멧 광장도 비어가고 있었다. 무장한 군인들만 보일 뿐 일반 관광객의 북적이던 모습은 찾아보려고 해도 찾아볼 수가 없었다.

방으로 내려와 TV를 켰다. 오늘 일어난 폭발사건에 대한 속보가 숨가쁘게 이어지고 있었지만 말귀를 알아듣지 못해 그림만 보고 있었다. 정황은 뻔했다. 폭발물을 두른 여인이 경찰서 안으로 들어가 자살폭탄 테러를 감행한 것이다.

"김군 보고 저거 하라면 하겠나?"

"저요? 못하죠."

"난 저들이 하는 저런 행위가 애국적 행동인지 뭔지를 잘 모르겠어. 원하는 게 뭔지도 모르겠고. 땅을 달라는 건지, 밥을 달라는 건지도 알 수가 없네."

"IS가 뭐예요?"

"말 자체는 이슬람국가Islam State라는 뜻인데, 어느 자료에 찾아보니까 그들이 원하는 게 몇 가지 있더라고. 첫째는 범 이슬람국가를 건설하는 거라네. 세계를 이슬람국가로 통일하겠다는 말이겠지. 그리고 서구 기독교문화에 대항해 이슬람문화를 지키고 보급하려는 목적을 갖고 있대. 그들은 서구문화를 뭐랄까 극히 타락한 문화로 보거든. 그렇지 않아도 기독교사상을 별로 좋아하지 않잖아. 어느 종교나 마찬가지겠지만 기독교를 순수성을 잃은 종교로 보는 건 아닌지 모르겠어. 또 '칼리프주의'라고 해서 범 이슬람국가를 건설하되 그것도 수니파를 중심으로 한다는 거야. 수니파의 대표는 모하메드의 직계자손이라야 된다나봐. 그러니 아무나 지도자가 될 수 있는 시아파는 안 된다는 거지. 그 말은 시아파는 피가 다른 사람들이 수장이 되니까 모하메드가 창시한 정통 이슬람이 아니라고 보는 거겠지. 우리 식으로 말하면 장자상속의 순수혈통주의를 표방하는 거지 뭐. 그러기 위해 동시에 이슬람 복고주의 운동을 함께 전개해 나간다고 하더라고. 결국 세계는 이념전쟁을 끝으로 종교전쟁으로 옮겨가는 모양새야. 우리나라도 저들이 말하는 타도 대상국에 들어 있다는 거야. 잘 모르기는 해도 우리 역시 언젠가는 테러 대상이 될 것이라는 의미지."

"무서워요."

"내가 보기에 이론적으로는 가능할지 모르지만 현실적으로는 불가능한 이야기지. 그렇게 하려면 이슬람이 아닌 모든 종교를 말살해야 하고, 그러려면 기독교인이나 불교인 등 이교도가 존재하는 국가를 모두 없애야 하는데 그게 어느 천 년에 가능하겠어. 그리고 누가 당하고만 있겠어. 분란만 일으킬 뿐이지. 결국 세계를 공포로 몰아넣고 사람들을 두려움 속에 가두는 일밖에는 할 수가 없지. 그러는 과정에서 피해자가 속출하겠지, 오늘처럼. 편견, 특히 종교적 편견이 무서운 거야. 하나님의 계시를 받았다고 우기면 어쩔 수 없는 거지 뭐. 지금처럼 추종하는 세력이 생겨 가담하면 더 무섭고.

내 생각이지만 종교전쟁은 아닐지 모르지만 이미 전쟁은 시작됐어.

미국을 중심으로 한 서방이 더 이상 IS의 존재를 용납하지 않고 응징을 시작했잖아. 이제 끝없는 전쟁이 시작된 거야. 우리 다음 세대는 그 전쟁의 소용돌이 속에서 헤매게 될지도 몰라. 종교가, 특히 이슬람교가 본래의 그 모습을 잃고 자체적 모순에 빠지게 된 거야. 자비도, 사랑도, 화해도, 용서도 없는 그야말로 종교적 이기주의에서 빠져나오지 못하게 될 것이고, 그것은 이념전쟁보다 몇 배 더 무서운 싸움을 불러오고야 말겠지. 어쩌면 영원히 끝나지 않을 싸움이 시작된 거라고 보여. 잘 되었건 잘못 되었건 같은 종교 안에서 '신념의 전쟁'이 되고 만 거야.

세계가 다원화되는 느낌이야. 말하자면 자유민주주의와 그에 반하는 세계 하나 그리고 이슬람과 비 이슬람종교권이지. 게다가 이슬람 내부에서의 싸움 등 단순히 네 가지이지만 그 안에서 분열이 시작되면 끝이 없게 되겠지. 모두 뒤엉켜 싸우게 되겠지만 누가 적인지 아군인지도 모르게 되고 말 거야. 끝이 안 보여. 종교는 신의 영역이지만 인간이 맡음으로써 엉망이 되고 있는 느낌이야. 종교를 잘못 이해한 데서 비롯되었겠지. 전에는 이념 간 전쟁만 가능했는데 앞으로는 이념과 종교 간에도 전쟁이 일어날 것 같아. 물론 예전에도 종교전쟁이 있기는 했지. 그건 정말 대책 없는 전쟁이지. 예를 들면 미국과 이슬람과의 전쟁 같은 거겠지. 다면체 같은 '입체전쟁'이 될 거야. 하기야 미국의 국교는 기독교로 보는 게 옳지. 대통령이 선서할 때 『성경』에 손을 얹고 하데."

"그럼 어떻게 해야 돼요?"

"뭘 어떻게 해, 사랑해야지. 우리가 어떻게 할 수 있는 방법은 없어. 역사의 흐름과 그 물결에 맡기는 거지. 사랑해야 해. 용서해야 해. 인내

해야 해. 화해하고 화합해야 해. 우리는 그 소용돌이 속에서 어떻게든 견뎌야겠지. 하나님의 자비를 말하기 전에 우리가 먼저 자비를 행해야 해. 그래야만 하나님도 자비를 베푸실 거야. 문제는 사랑하는 방법이 서로 다르다는 것이야. 인간의 가슴과 손에서 먼저 자비가 시작되기 전에는 어떤 해결책도 나올 수가 없어. 사람들은 대체적으로 자비는 절대자가 베풀고 자신은 베풂을 당하는 것이라고 생각하는 것 같아. 만약 그런 것들이 하나님이 하는 일 중 하나라면 우리는 스스로 하나님의 일을 대신하는 솔선수범이 필요하지. 바쁘신 하나님께 다 맡기는 건 너무 무책임해. 인간이 하지 않는 일은 하나님도 하지 않아. 회개하고 깨닫는 일을 하지 못하면 어떤 노력도 할 수가 없어. 인간은 무자비하게 싸우고 있는데 신이 어떤 자비를 베풀 수가 있겠어. 뜯어 말리기도 힘겨울 텐데. 제2의 노아의 방주가 시작된 것인지도 몰라. 다만 지금은 그 물결이 약해서 아무도 느끼지 못하지만 말이야. 누가 그 배에 오를 것인지가 관건이지. 아무튼 보기에 따라서는 흥미 있는 일야."

"우리는 어떻게 돼요?"

"걱정 마. 적어도 우리가 죽고 난 후의 일일 테니까. 그렇지만 그 전조로서 나타나게 되는 끔찍한 일들을 수도 없이 보게 되겠지. 우리 자손들이 조상들의 잘못으로 인해 큰 고통을 당하게 될 텐데 그게 미안하고 죄스러워. 우리 역시 조상의 잘못으로 인해 그런 아픔을 맛보면서도 그걸 깨닫지 못하고 자손에게 대물림하는 오류를 되풀이하고 있잖아."

"전조라는 게 어떤 식으로 나타날까요?"

"모르기는 해도 인간을 전율케 하는 아주 비인간적이고, 몰상식하며,

몰인격적이고, 무자비한 그런 일들이 횡행하게 된다고 봐. 우리도 모르는 사이에 그런 일이 여기저기서 일어나는 걸 좀 더 자연스럽게 보게 될 때가 올 거야. 인류의 발전이 불러오게 될 재앙이지. 지금 보거나 겪고 있는 일이 그것인지도 모르지. 그런 모든 행위들이 사람의 현란한 말 뒤에 가려지게 될 거야. 사랑이라는 말, 자비라는 말, 은혜라는 말 등이지. 사실 따지고 보면 그런 말들 뒤에 숨어 있는 폭력성이랄까, 무자비함이랄까 하는 것은 말로 다 표현하기 어렵지. 지금도 테러건 뭐건 저지르고 나서는 다 하나님의 뜻이라고 둘러대고 있잖아. 사랑함으로 그랬다고 하고, 하나님이 자비를 베풀 것이라고도 하지. 결국 사람의 혀가 세상을 뒤흔들고 말거야. 정말 무서워.

지금 IS니 탈레반이니 하는 것들의 무차별적인 테러, 핵발전소의 붕괴 사고, 남극의 온난화 등이 혹시 그 전조 아닐까? 본격적인 건 언제쯤일까? 내일, 한 백 년 후, 천 년 후쯤일까. 모르지 그게 언제가 될지는. 말하자면 IS가 미국, 프랑스, 독일, 벨기에 등을 공격하잖아. 그건 쉽게 말하면 IS가, 전통적 의미의 종교로서 이슬람은 아니지만 말이야, 그런 나라를 적이라고 생각하고 공격한 것이잖아. 그런데 만약 기독교나 미국 내의 다른 종교가 IS를 공격한다고 생각해봐. 그 반대의 경우도 마찬가지지만. 이건 걷잡을 수 없는 싸움의 소용돌이 속으로 세계가 말려들어 갈 거야. 그게 걱정이야. 그렇다고 그들이 공격하는데 참기도 어렵잖아. 나라 자존심도 있고, 국민에 대한 체면도 있으니 어쩌겠어.

우리가 걷는 길은 도처에 그런 위험이 도사리고 있는 길이야. 운에 맡기고 걷는 거지. 지나고 나면 터지든가, 터지고 난 길을 걷던가. 터질 때 그곳을 지나기도 하겠지. 우리 어머니 말씀 맞다나 다 팔자지 뭐. 하나님이 당신을 대신해 누구를 벌해 달라고 하신 적이 있었나? 왜들 나서서 그런 난리를 펴는 것인지 이해가 되지 않아. 엎드려 잘못을 고하고, 뉘우치고, 회개하고, 용서하면 될 일을 원수를 갚고야 말겠다고 나서니 어쩌면 좋아. 이기심이지. 그릇된 정의지."

"어떻게 그걸 아세요?"

"알기는 뭘 알아. 세상 돌아가는 꼴이 그러니까 아는 척해 보는 거지. 잡시다. 잠들면 다 잊어버리니까."

"내일 몇 시 비행기예요?"

"열 시 사십 분이니까 아침 먹고 나가면 돼."

잠이 들 무렵 마지막으로 구급차의 사이렌 소리가 울렸던 것 같다.

제13장 … 그리고 브뤼셀

그랑플리스로 왔을 때는 구름에 가렸던 해가 광장을 비추고 있었다.
광장을 둘러싸고 있는 건물의 첨탑이 찬란하게 빛났다.
사방에서 사람들이 쏟아져 들어왔다.

눈이 떠졌을 때는 시계가 여섯 시 반을 가리키고 있었다. 한 시간 정도는 더 자도 충분했지만 아무래도 아침잠은 깊이 들고 시간을 가늠하기 어려워 일어나야겠다고 생각했다. 그녀가 뒤척였다. 내 몸의 위치가 바뀐 걸 용케도 알아내고는 눈을 떴다.

"몇 시예요? 벌써 일어나신 거예요?"

"아직 좀 이르기는 한 것 같은데 지금 잠들면 못 일어날 것 같아서 일어날까 망설이는 중야. 여섯 시 반 막 지났어. 김군은 좀 더 자."

그녀는 내 품에 파고들며 가슴에 얼굴을 묻었다. 등을 손으로 쓸어내리자 가렵다며 긁어달라고 했다. 조심스레 등을 문질렀다. 더 세게 긁어달라고 했지만 손톱자국이 날까 겁이 나 살살 문지르기만 했다.

순간 그녀의 입김이 가슴을 달궜다. 손을 빼 두 손으로 그녀의 볼을 감쌌지만 눈을 감은 채 내가 하는 대로 내맡기고 있었다. 입을 맞췄다. 살그머니 꽃잎이 열렸다. 향기가 퍼졌다. 잠시 후 바람이 살랑 불었다. 꽃이 통째로 크게 흔들렸다. 보스포루스 해협의 금빛 물결이 막 떠오른 아름다운 아침 햇살을 타고 덩달아 출렁거렸다. 멀리서 갈매기 울음소리가 들렸다. 파도가 높이 일었다. 파도 소리가 이내 잠잠해졌다. 그녀의 가슴에 얼굴을 묻고 잠시 울렁이는 가슴을 진정시켰다. 그녀가 등을 토닥이며 말했다. 조금만 참아요, 조금만 참아요. 아! 이제 곧 바다가 잔잔해질 거예요.

꿈결에 배가 지나가고, 파도가 가슴을 철썩, 때리고 스러졌다. 나는 그녀를 꼭 껴안았다. 거대한 파도가 우리를 곤두박질치게 했다. 그녀의 가슴이 너무 따듯했다. 눈이 스르르 감기고 잠이 들 것만 같았다. 아, 일어나야 해. 잠들면 안 돼. 도대체 여기가 어디지?

깜짝 놀라 눈을 떴을 때는 여덟 시가 지나고 있었다. 그녀를 흔들어 깨웠다.

"일어나요. 일어나야 해. 비행기 놓치겠어."

"아, 몇 신데요?"

"여덟 시가 넘었어. 아침잠이 이렇다니까. 한 십 분 잔 것 같은데 두 시간이 다 되었어."

욕실로 들어가 대충 세수만 하고 머리에 물을 묻혀 헝클어진 머리를 골랐다. 그리고는 세면도구를 챙겨 들고 나왔다. 그녀가 뒤따라 들어왔다.

"비행기 놓치면 어떻게요?"

"서두르면 탈 수 있을 거야. 문제는 차가 막히면 곤란해. 일요일이라 차는 그리 붐비지는 않을지도 몰라. 하여간 서두르자고. 아침은 못 먹어."

택시를 불러달라고 하고 짐을 챙겨 내려왔다. 다행히 어제 저녁 짐을 싸놓았기 때문에 시간이 많이 걸리지는 않았다. 프런트에 삼일 후에 다시 오겠노라고 예약을 확인하고 호텔을 떠났다.

호텔 직원의 설명을 들은 택시운전사는 시간에 맞추느라 이리저리 빠져나가며 카레이서처럼 질주했다. 여전히 마르마라 해협은 아침 햇살에 반짝이고, 어젯밤에 들어온 화물선들은 깊은 잠에 빠져 있었다. 갈매기도 휴일을 즐기려는지 한가롭게 날았다. 공항에 도착했을 때는 사십오 분 정도의 시간이 남아 있었다. 카운터에는 우리 앞에 서너 명의 손님이 탑승 수속 중이었다.

"됐네."

"탈 수 있는 거예요?"

"조용히 해. 천천히 시간에 대서 온 것처럼 여유 있게 보이자고. 창피하잖아."

그녀의 귀에 대고 속삭이듯 말했다.

"알았어요."

마주 보며 웃었다. 수속을 마치고 탑승구로 갈 때까지도 아직 탑승수속은 진행되지 않고 있었다. 주위를 둘러보고 한마디 했다.

"다음부터는 이런 불상사가 없도록 하자고. 다 김군 때문이야. 다음부터 내 가슴에 입김 쐬지 말아요. 나, 속삭임에 약한 남자야. 알았지?"

"싫어요. 그리고 왜 나 때문예요. 스릴 있고 좋잖아요. 너무 민숭민숭하면 인생이 싱거워요. 비행기 좀 놓치면 어때요. 다음 비행기 타면 되지, 안 그래요?"

"본전도 못 찾았군. 알았어요. 그런데 왜 잘 알면서 비행기 놓치면 어떻게 되는 거냐고 물었어?"

그녀는 대꾸하지 않고 딴전을 피웠다.

"아, 좋다. 오늘 아침은 여러 가지로 최고였어. 기분 짱!"

"하여간 김군의 어깃장은 못 말려. 혹시 그래서 시장하고 한 판 한 것 아냐?"

"저 틀린 말한 적 없어요."

그녀는 시장 이야기가 나오자 정색을 하고 말했다.

"그건 아니겠지만."

"시장도 솔직히 아닌 건 아니라고 하고 물러섰으면 그만인데, 그걸 못하더라고요. 그리고 나보고 물러나라니 그게 시민이 주는 월급 타먹는 사람이 할 말은 아니잖아요. 야비해요. 슬슬 여자 자존심이나 건드리고. 선생님처럼 싹싹했으면 얼마나 좋았겠어요."

"왜 나를 시장하고 비교하나? 그 훌륭한 시장님을 감히 나 같은 무지렁이와 비교하면 쓰나? 그리고 김군이 물러나야 그 자리 자기 사람에게 주잖아. 완전 당한 거지 뭐야."

"그랬는지도 모르죠. 훌륭하죠. 고집 하나는 최고로 훌륭하죠. 세상에서 저만큼 똑똑하고 잘난 사람은 없는 줄 알아요. 뭘 몰라도 너무 몰라요. 그것보고 우물 안 개구리라고 하죠? 별명이 늙은 개구리예요. 표만 된다면 양잿물도 마실 사람예요. 그만하죠."

"아침을 못 먹어서 그런가, 되게 씹네."

"하기는 남의 말할 처지도 못 되지만 지자제 참 문제 많아요. 아직 준비가 덜 된 것 같아요. 그저 표 얻을 생각만 하지 어떻게 하면 좋은 마을 만들까 하는 생각은 뒷전예요. 비행기 타면 밥 주나요?"

"배고픈가 봐."

"안 고팠는데 시장 얘기하니까 갑자기 시장해졌어요. 허기가 지네요. 나쁜 새끼! 나쁜 놈! 아무튼. 욕이나 실컷 해야지."

"아, 저 재치. 역시 그 시장 못 쓰겠네. 날 씹으면 안 될까?"

"저 이빨 좋아요. 다 아작 나요. 선생님은 제가 두고, 두고 씹을 거예요. 그러니까 모르는 척하고 가만히 계세요."

"예뻐할라야 예뻐할 수가 없네."

"억지로라도 예뻐해 주시죠?"

"네, 알아 모시겠습니다. 그런데 앞으로 시장 욕하는 건 좋은데 개를 모독하지는 마. 신성한 음식을 함부로 못된 인간에 빗대고 욕하면 못써."

"안 하려고 해도 문득 문득 생각이 나면 열이 나요. 개고기 드세요?"

"나는 안 먹지만 훌륭한 음식이지."

이스탄불 공항에서의 출발과 도착 시간은 국제공항답지 않게 잘 지켜지지 않았다. 이번에도 비행기가 예정 시간보다 삼십 분 늦게 이륙해 날고 있었다.

"저걸 무어라고 부르면 좋을까?"

"뭘요?"

"우리는 지금 구름 위를 날고 있잖아. 저 구름 끝 보이지? 저걸 이름 한번 지어 보자는 말이지."

"운평선雲平線?"

그녀는 말이 떨어지기가 무섭게 대답했다.

"야, 내가 생각했던 것과 똑같네. 운평선이지, 그지?"

"맞아요."

"위에서 내려다보는 구름도 운치가 있네. 전에 스위스에서 이탈리아 갈 때 구름은 정말 멋있었어. 옛날에 할머니가 솜틀에서 막 빼낸 솜 같았는데 뛰어내리고 싶더라고. 푹신할 것 같았어. 어렸을 때 솜 위로 굴렀다가 엄마한테 혼났거든. 그런데 할머니가 엄마를 야단쳤어. 애가 그런 걸 가지고 뭘 큰소리냐고. 할머니는 어이구, 내 새끼하면서 내 궁둥이를 투덕거리셨지. 난 그 기억이 너무 또렷해. 한 서너 살 때 일이지. 지금 돌이켜보면 야단은 맞았지만 엄마도 기분은 좋았을 거야. 제 새끼 두둔하는데 싫어할 사람 있나? 근데 왜 할머니가 아니라 엄마가 보고 싶지."

"지난 번에 선생님이 형亨에 대해 말씀하셨잖아요. 그 다음이 리利라고 하셨죠? 그 얘기 해주세요."

"참, 그보다 벨기에 공항에 내리면 표 바꾸자고 해. 또 잊어버릴라. 이스탄불에서 일정 변경한다는 게 늦는 바람에 못했거든. 시간이 충분했는데. 벨기에 공항에서 해가지고 와야지. 알았지? 리利는 욕심이 생기고 이기심이 생기는 때지. 순진무구한 아이가 야망을 품기 시작하는 때를 말하는 거래. 그때부터 싸움도 시작되고, 투쟁도 시작되고, 혁명도 시작되는 거지. 한마디로 머리를 쓰기 시작하는 시기지. 계절로 따지면 여름부터 가을 전까지라고 할까. 생각해보면 세상의 혁명가들이 다 이 나이야. 빠르면 이십대 후반부터 삼십대까지가 많아. 사십만 넘어도 혁명은 꿈도 못 꾸지. 나쁘게 말하면 리의 시기가 세상의 혼동과 무질서Disorder, Lawless의 시기야. 그건 카오스와는 전혀 다른 현실세계의 무질서를 말하는 거겠지. 아마 세상이 무언가에 신경을 써야 한다면 이때가 할 일이 제일 많을 때일 걸. 온갖 말썽은 다 이때 일어나니까. 하지만 왕성한 에너지가 생기고 가장 활발한 시기이기도 해. 세상이 발전한다면 또한 이때가 발전을 주도하는 때라고 봐. 그러니 세상은 항상 이율배반적이지. 그런 시기가 지나면 비로소 정貞의 시기가 오는 거래. 겨울이 되는 거지. 정리하면 '원형리정元亨利貞'이라는 말이 되지. 생노병사, 춘하추동, 동서남북 다 같은 이치로 이해하면 돼. 그런데 인간이 태어나고 죽고 하는 일이 계속되니 그런 이치도 끊임없이 반복되는 거야. 세상이 늘 같은 모습으로 존재하는 이유지. 나도 빨리 정의 세계로 들어갔으면 좋겠어."

"아, 원형리정이라는 말은 많이 들어봤는데 그런 뜻이라는 건 이제 알았어요. 근데 선생님, 왜 빨리 정의 세계로 가고 싶다는 거예요?"

"건강해야 어디든 내 마음대로 갈 것 아닌가? 그래서 빨리 건강할 때 가고 싶다는 거지. 궁금하면『주역周易』을 읽어 봐. 거기 자세하게 나와 있으니까 말이야."

"주역은 점보는 책 아녜요?"

"맞아. 그런데 그렇게 단순하게 생각하면 안 돼. 그건 철학서야. 나도 해설서를 조금 읽기는 읽어 보았는데 틀린 말 하나 없더라고. 점이라는 것에 대한 이해도 필요해. 점이라고 하면 언제 나에게 무슨 일이 닥칠지, 돈은 벌게 되는 건지, 건강은 계속 유지되는 건지, 가족은 무탈할 것인지 등을 생각하는데 알고 보면 그런 것들도 모두 자연의 이치와 무관하지 않다는 거야. 그 이치를 설명한 책이 『주역』이라고 보면 되겠지. 그 이치란 것이 철학적 깊이 없이는 이해가 불가능해. 실제 철학적이고. 공부하지 않고는 자연의 이치가 돌아가는 걸 알 수 없고 그걸 모르면 점도 볼 수 없겠지. 오히려 그 책 읽고 점보겠다고 하면 그게 더 어려울 것 같아. 그건 더 깊은 공부가 필요해. 김군은 잘할 수 있을 거야. 원래 『주역』은 문자가 없던 시절에 만들어진 철학서라지. 어떤 해설서 보니까 도형도 나오고 숫자도 나오는 것 같던데."

"그 책이나 읽고 돗자리 깔까?"

그녀는 혼잣말처럼 말했다.

"이제는 나이도 지긋하시고, 장사도 좀 될 것 같은데. 한번 해 보시지. 공부할 시간이 부족할 것 같기는 한데 대충 원리만 깨닫고 아는 척해 보는 거지 뭐. 세상 점쟁이들이 『주역』 공부한 사람들이 있나? 공부 많이 한 사람들은 철학가가 되었고, 대충 한 사람들은 점쟁이가 되었을 걸. 내가 발이 넓으니까 영업해볼게. 어디 가면 용한 점쟁이 있다고 소문이나 내고 다니지 뭐."

비행기에서 바퀴를 내리는 소리가 들리고 곧 착륙한다는 방송이 나왔다. 잠시 후 옅은 구름 속을 빠져나온 비행기가 착륙했다. 여기서부터는 우리를 도와주는 사람이 없었다. 항공사 카운터에 가 예약을 변경한 후 택시를 타고 호텔로 갔다. 이스탄불과는 전혀 다른 모습이었다. 벨보이들의 서비스나 언어가 우선 달랐다. 친절하고 서비스가 매끄러웠다.

여장을 풀고 호텔 밖으로 나왔다. 날이 차기는 했지만 추위가 매섭지는 않았다. 겨울에 이곳 중유럽에 오면 느끼는 바지만 이곳의 날씨는 늘 기분이 나빴다. 우중충하기도 하고 을씨년스럽기도 했다. 꼭 이곳 사람들처럼 겨울의 싸한 날씨는 해가 나도 매서웠다. 특히 런던이나 파리가 더 심했다.

그런 날씨를 이곳 사람이 닮고 있었다. 터키도 마찬가지이기는 했지만 심지어 이곳에서는 백화점 안에 있는 화장실을 가도 돈을 내야 했다. 돈에 눈이 먼 건지, 원한을 진 건지는 몰라도 인심이라고는 찾아볼라야 찾아볼 수가 없었다. 꼭 사람 약점을 노리는 것 같았다. 길을 건너 백화점 앞길로 접어들었을 때 그녀가 말했다.

"선생님, 저기 햄버거집 있네요. 저녁으로 햄버거 먹으면 좀 약할까요?"

"좋지. 난 아무거나 잘 먹어. 만만한 게 햄버거라 옛날에는 늘 저것만 먹고도 살았는데 뭘. 오랜만에 한번 먹어볼까. 맛있겠다."

"근데 약을 안 가지고 왔잖아요."

"나중에 호텔에 가서 먹어도 돼."

"그럼 햄버거 사주셔요."

"그러자고."

오랜만에 햄버거를 먹었다. 터키에도 햄버거집이 있기는 했지만 돼지고기가 들어가지 않아서인지 영 맛이 나지를 않았다. 천천히 길을 걸어 인노INNO 백화점 앞을 지나 돌아나왔다. 거리의 상점은 모두 문을 닫고 쇼윈도에만 조명을 밝히고 있었다. 밤 늦도록 문을 여는 터키와는 전혀 다른 거리 풍경이었다.

"여기도 잘 아세요?"

"한 십오륙 년 전쯤에 몇 달 묵은 적이 있어서 중심가는 좀 알아."

"하여간 팔방미인이셔."

"그게 아니고 아는 데만 다니니까 아는 것처럼 보이는 거지 뭐."

"무슨 일로 몇 달씩 계셨어요?"

"일 때문이었지. 중학생 축구선수들 데리고 축구 연수차 세 달 동안 와 있었어. 그래서 좀 알아."

"아아, 그때부터 축구 관계되는 일을 하셨구나."

"그때 ㄷ중학교 축구팀 아이들이 한 스물댓 명 연수를 왔었어. 벌써 그 애들이 서른 중반이 되어 오네. 아들 또래니까."

"그랬어요?"

그녀는 놀랐다는 듯 말했다.

"한번 우리 고장의 축구를 발전시켜보려고 했는데 결국 감독의 못된 욕심과 의심 때문에 안 되고 말았지."

"무슨 욕심에요?"

"설명이 긴데, 고명하신 감독께서 우리가 선수를 모두 빼돌려 장사를 하고 나면 자기는 남는 게 없다는 거지. 우리를 보따리장사꾼으로 안 거지. 사실 한국의 중고교 심지어는 대학 감독이 에이전트 역할을 겸하던 때가 있었어. 월급쟁이 감독이 아니니까 수단과 방법을 가리지 않고 자신의 수입을 챙겨야 했거든. 요새는 어떤지 몰라. 뭐 변했겠어? 그러니까 한마디로 선수 잘 키워서 상급학교에 팔아먹는 거지. 학교에서는 이름만 빌려주고 감독 당신이 알아서 축구팀 운영하고 잘 되면 학교 이름도 나고 그런 거지. 학교에서는 축구팀 운영에 관한 한 일체 간섭을 안 했으니까. 단지 사고 나면 학교 책임이니까 그런 것에만 온통 신경을 썼어. 그러니까 학교도 한심한 거지 뭐."

"그렇군요."

"그래서 그 친구한테 별 욕을 다 먹고는 포기하고 말았어. 그때 우리가 그 학교 축구팀에 버스도 한 대 기증했는데, 그조차도 순수하게 보질 않더라고. 뭐 눈에는 뭐만 보인다고 말이야."

"그런 일이 있었구나."

"다 지난 일이지 뭐. 그때 감독이 생각 잘했으면 저도 좋고 그 학교 축구도 달라졌을 거야. 지금은 축구부가 거의 유명무실해졌더라고."

저녁의 브뤼셀은 이스탄불과는 달리 한산했다. 모두들 집으로 돌아간 거리에는 간간이 차만 질주하고 있었다. 더 다니고 싶어도 들어가볼 곳도, 먹을거리도 없었다. 희미한 조명만이 주인이 떠난 가게를 밝히고 있었다. 걸음을 재촉해 호텔로 돌아왔다. 사람이 있건 없건 신호등 불빛은 바뀌고 차는 신호를 잘 지켰다. 호텔에 들어서자 따듯한 공기가 몸을 감쌌다. 찬 밤공기에 그녀의 얼굴이 발그레해져 있었다.

옛날 생각이 났다. 2000년도쯤 당시 축구국가대표였던 L선수를 한 달 간 터키 프로팀에 임대하기 위해 그곳으로 가던 중 이곳에 들러 며칠 머문 적이 있었다. 그는 호텔에 도착하자마자 근처에 운동할 곳이 있느냐고 물었고, 프런트에 수소문해 공원을 소개해주자 아침마다 일어나 그곳에서 한 시간 정도 운동을 하는 것이었다. 습관이었다. 습관이란 무서운 것이어서 좋은 습관이건 나쁜 습관이건 한번 몸에 배면 물리치기 어렵다. 어렸을 때부터 좋은 습관이 몸에 배도록 교육하는 것은 장차 그가 어른이 되었을 때 좋은 습관대로 살아갈 수 있도록 하는 최고의 교육방법이다. 그는 이를 알고 있었고 습관대로 일상적으로 하고 있었다.

당시만 해도 축구 쪽 상황을 몰랐던 나는 선수라면 누구나 그렇게 하는 줄 알았다. 훗날 몇몇 선수를 이적시키기 위해 동행해 보았지만 스스로 운동하는 선수는 없었다. 그때, 좋은 선수는 태어나지 않는다는 것, 스스로 노력하는 자만이 훌륭한 선수가 된다는 걸 알았다. 살아가는 데 도움이 되었지만 그렇게 하지는 못했다.

잠자리는 편안했다. 객실 안에 있는 모든 것들이 터키보다는 품질도 디자인도 뛰어났다. 물론 호텔비도 비쌌다. 소위 말하는 선진국과 후진국과의 차이는 어디에서나 느낄 수 있었다. 하다못해 샤워기에서 떨어지는 물의 양도 온도도 일정했다. 돈 적게 냈다고 갑자기 뜨겁거나 찬물을 흘려보내지 않았다.

그러나 나쁜 점도 눈에 띄었다. 어딘지 모르게 사람들이 사무적이고 냉정했다. 터키에서 느끼던 사람의 온기가 느껴지지 않았다. 돈의 위력도 느껴졌던 것이 호텔 종업원도 팁을 주면 좋아했다. 그것이 편리하기도 했다. 차라리 그렇게라도 대가를 받고 손님이 불편하지 않도록 해주는 것이 손님을 대책 없이 내버려두는 것보다 훨씬 편했다. 어쨌든 자연 속을 걷는 느낌이 콘크리트 숲속을 걷는 느낌으로 바뀌어 다가왔다.

이 나라도 머리가 아픈 나라다. 한반도의 팔 분의 일 정도밖에 안 되는 작은 나라에 인구는 1,300만 명 정도인데 그것도 프랑스어와 네덜란드어를 쓰는 사람들로 나누어져 있어서 심심치 않게 분리니 독립이니 하는 말들이 나오고 있다. 유럽식 사회주의의 대표적인 나라로 사회보장제도는 잘 되어 있었다.

무릇 모든 제도가 그렇듯 아무리 잘 되어 있는 제도도 보는 사람에 따라 다른데 부자들은 여전히 불만을 지니고 있었다. 세금이 너무 많다는 것이다. 열심히 벌어서 상대적 빈곤층에게 나누어주어야 하는 것에 대한 불만이다. 거지에게 주는 것도 아니고 기껏 벌어서 일하기 싫어서 안 하는 사람에게 나누어주어야 한다. 결코 기분 좋은 일은 아니었다. 우리나라 어느 정당이 추구하고자 하는 사회보장제도가 그랬다.

오늘 아침은 그녀가 먼저 일어나 나를 깨웠다. 따듯한 물수건을 가져와 얼굴을 닦아주었다. 눈을 감은 채 빙그레 웃었다.

"잠꾸러기 선생님, 일어나세요. 뭐 하느라 밤에는 안 주무시고 늦잠이죠?"

"간지러워. 김군과 아무 일 없었으면 나는 한 일이 없네요. 여행이 길어질수록 나이 먹은 내가 좀 불리해지겠지. 특별히 힘이든 건 아닌데 한번 잠이 들면 깊은 잠에 빠지게 되네."

그녀는 내 손을 잡아 끌어당겼다.

"오늘은 어디 가요?"

"벨기에 왕립미술관에 갑시다. 루벤스를 만나는 거야. 거기 가면 샤갈의 작품도 있고, 17세기 궁정화가인 다비드, 그리고 19세기에서 20세기에 걸쳐서 활동한 르네 마그리트라는 초현실주의 작가와도 만날 수 있다지. 전에 왔을 때는 백남준 선생의 작품도 전시가 되어 있었어. 지금도 그대로 전시가 되어 있는지는 모르겠어. 그걸 모두 보자고. 그리고 그랑플라스Grand Place로 가는 거야. 오줌싸개 동상이 거기 있어. 근방 음식점 거리에서 점심으로 홍합요리를 먹는 거지."

"왜 하필이면 홍합 요리를 먹어요?"

"우리나라에서는 홍합이 푸대접을 받았잖아. 포장마차에서 소주 시키면 우선 안주 내오기 전에 삶은 홍합 한 대접 그릇이 넘치도록 공짜로 퍼주었잖아. 여기서는 고급 요리야. 버터에다 요리를 하는데 맛이 꽤 좋아. 그동안 홍합을 푸대접한 죄를 속죄하자고. 그리고 벨기에 와플도 맛이 있지. 어제 저녁에 지나갔던 인노 백화점이 여기서 멀지 않거든. 그 근처에 와플집이 있어. 그리 가자고."

미술관은 한가했다. 우리는 천천히 구경을 하고 밖으로 나왔다. 그림을 볼 줄은 모르지만 루벤스라는 대가와 대면하는 건 몹시 흥분이 되고 기뻤다. 단지 루브르에서처럼 길게 줄을 서서 표를 사려고 기다리거나 인파의 물결에 휩쓸려 다니는 그런 분위기를 경험할 수가 없어서 그곳보다 다소 흥분이 덜 되었다. 그래서 그런지 루브르보다는 격이 지는 것 같았다. 그러나 형식이 본질을 뛰어넘을 수 없듯이 여전히 예술품의 품격은 조금도 손색이 없었다. 규모만 작았지 박물관 분위기는 차분하고 조용했다. 오히려 이런 차분하고 방해받지 않는 분위기가 좋았다.

그랑플라스로 왔을 때는 구름에 가렸던 해가 광장을 비추고 있었다. 광장을 둘러싸고 있는 건물의 금빛 첨탑이 찬란하게 빛났다. 사방에서 사람들이 쏟아져 들어왔다. 장방형 광장은 인파로 북적였다. 광장에 있는 찻집으로 들어가 커피를 마시며 여유를 즐겼다. 오래된 건물에서는 15세기 전투사의 퀴퀴한 가죽갑옷 냄새가 나는 듯했다.

그녀는 벨기에는 무엇이 유명하냐고 물었다. 벨기에 유명품은 초콜릿과 다이아몬드다. 물론 와플도 유명하다. 여기서 한 시간 거리에 있는 앤트워프Antwerp란 도시는 다이아몬드 가공으로 유명한데 세계 다이아몬드 가공의 90%를 차지한다고 하니 알만하지 않은가. 그곳에 두어 번 가본 적이 있지만 정작 다이아몬드 가게에 들른 적은 없었다. 누군가가 그곳에서 다이아몬드를 사오면 비행기 삯이 떨어진다고 했지만 그냥 흘려듣고 말았다. 비행기 삯 챙기려고 밀수꾼이 될 수는 없었다.

찻집을 나와 오줌싸개 동상을 구경하고 음식점이 있는 골목에 들러 홍합 요리를 먹었다. 처음에는 버터와 양념 맛으로 그럴 듯했지만, 결국 남는 것은 서울서 먹던 홍합 맛이라며 자신의 생각으로는 그래서 홍합이 고급 요리가 될 수 없는 것이라고 말했다. 듣고 보니 그도 그럴 듯했다. 원죄는 홍합에 있었다. 기껏 대접했지만 마음에 안 든다는 말이었다.

음식점을 나와 천천히 걸어 인노 백화점까지 왔을 때 누군가가 뒤에서 갑자기 두 손으로 내 눈을 가렸다. 깜짝 놀라 돌아다보았다. 터키에서 프로 축구팀 감독을 하고 있는 매흐멧이었다. 반가움에 얼싸안고 한

동안 인사를 나눴다.

영어가 서툴러 더듬거리며 의사소통을 했지만 그는 축구선수를 보기 위해 왔다며 연신 웃는 얼굴로 반가워했다. 전보다는 영어 실력이 많이 향상되어 있었다. 그는 며칠 더 머무를 것이라며 즐거운 여행이 되라고 하고 길을 재촉했다. 그 시간의 백화점은 한산했다. 그녀는 우스꽝스럽게 생긴 여성용 벙어리장갑을 한 켤레 샀다.

유럽을 여행하면서 영국, 프랑스, 독일 등 선진국 백화점에 들러보았지만 쇼핑하기에는 벨기에가 가장 좋았다. 그 까닭은 중산층이 상대적으로 많다보니 물건 값이 그래도 만만한 편이기 때문이었다. 아마도 사회보장제도가 잘 되어 있는 만큼 모두 잘 살기는 하지만, 세금을 내고 나면 돈을 펑펑 써도 될 정도로 여유가 있는 사람은 상대적으로 적은 까닭인 듯했다.

백화점 앞에는 점심을 먹고 일터로 돌아가는 사람들로 넘실거렸다. 다시 그랑플라스 쪽으로 가 음반가게에 들렀다. 이곳에 오면 늘 들르는 그곳에서는 중고 LP판도 팔고 있었는데 한참을 뒤적여 2유로를 주고 멘델스존과 베토벤의 앨범 두 장을 골라들고 나왔다. 두 장 모두 모노로 녹음된 꽤 오래된 것이었다. 늘 이곳에 오면 기념 삼아 한두 장씩 앨범을 사가지고 간다. 청계천 중고 책방에서 윤동주의「서시」가 수록되어 있는 시집을 찾아낸 기분이었다. 그래서인지 하루 종일 기분이 좋았다.

"우리 카페에 걸려 있는 그림 두 장이 이 광장에서 산 그림이야. 그때는 화가가 직접 그려서 팔았는데 지금은 추워서 그런가 안 보이네."

"생각나요. 그러고 보니 그 그림에 있는 건물이 저거네요."

"맞아. 저 건물이야. 십오 년 전쯤이니까 지금은 그 화가가 살았는지 죽었는지도 모르지. 기억으로는 그때도 그리 젊어 보이지 않았거든. 저 왼쪽 건물에는 재미있는 일화가 있어. 건물 기둥을 보면 문이 중간에 있지를 않아. 왼쪽 기둥이 한 개 더 많잖아, 그지? 그래서 저 건물을 완성해놓고 비난이 일자 건물을 설계한 건축가가 건물에서 뛰어내려 자살을 했다네. 왕이 뭐랬다나, 하여간 정부 당국자가 뭐라고 했겠지."

"그래요? 선생님 그림 값 오르겠네요."

"그런 정도로 정성을 들여서 그린 그림은 아니지. 그저 스케치 한 정도인데 값은 무슨 값이 있겠어. 그렇지만 나에게는 추억이 있는 귀한 그림이야. 난 그때 이 그림을 카페를 차리면 그곳에 걸겠다고 했었는데 그 약속을 지켰어. 그런대로 이곳 풍경을 기억해내는 데는 효과가 있어."

"우리 저기 가서 초콜릿 사서 호텔에 가서 먹자고. 저 브랜드가 제일 맛이 있다더라고. 그래서 그런지 좀 비싸. 여기 초콜릿과 중국차 값은 금값이야. 저울눈금을 조금도 넘기는 법이 없어. 웃기는 게 맛보겠다면 주는데 물건 사고 덤으로 좀 더 달라면 절대 안 줘요. 중국에서도 차 맛은 보여주는데 덤은 일절 안 주거든."

250g짜리 한 통을 샀다. 역시 비싸기는 비쌌다. 도시가 작아서 볼 만한 곳은 그리 많지 않았다. 내일은 앤트워프를 돌아보기로 했다. 상대적으로 잠은 여유 있게 잘 수가 있었다. 시내에서 밥에다 통닭 반 마리를 얹은 것으로 저녁을 때우고 돌아왔다. 오는 길에 포도주가게에 들러서 포도주를 한 병 샀다. 이쯤 되면 포도주 마니아를 넘어서 아예 중독

자가 될 판이었다.

방에 들어오자마자 그녀는 아, 좋다 하고 침대에 벌렁 누워버렸다. 그러고는 손바닥으로 침대를 두드리며 말했다.

"선생님도 이리 오세요. 되게 편해요."

모르는 체하고 곁으로 가 누워버렸다. 그녀는 반 바퀴 굴러서 내게로 다가왔다. 그리고 말했다.

"저, 아무리 생각해봐도 김군보다 더 좋은 호칭은 없는 것 같아요, 그쵸?"

"그게 무슨 말이야. 왜 호칭이 마음에 안 들어?"

'갑자기'란 말을 넣을까 하다가 뺐다. 따지고 보면 그렇게 호칭하는 것도 오래 되었고, 어울리지 않는다는 생각을 안 한 건 아니었다. 그렇다고 달리 호칭을 바꾸기도 어려웠다.

알고 보면 우리는 스승과 제자 사이는 아니었다. 편의상 선생님이라 불렀던 것인데 시간이 지나면서 왜 선생님이어야 하고, 김군이어야 하는지 그 근거가 애매모호해졌다. 참 적절한 때 말을 꺼냈지만 대답하기는 때가 적절치 않았다.

"쭉 생각해봤는데, 이제는 안 어울리는 것 같아요. 근데 마땅히 다른 호칭도 없네요. 그냥 김군이라고 부르셔도 돼요."

"북 치고 장구 치고 다 하시네."

"그랬나요?"

"못마땅하다는 말인데, 뭐라고 불러야 좋겠나?"

그녀는 내 얼굴을 쓰다듬듯 만지면서 빙그레 웃기만 했다.

"이연 씨, 어이, 자네, 김 씨, 자기? 골라 봐."

순간적으로 너무 가볍게 말을 했다는 생각에 겸연쩍기는 했지만 달리 수습하기도 어려웠다. 그녀가 말머리를 슬쩍 돌려 나를 편하게 했다.

"오늘 아침 면도 안 하셨죠. 꺼칠꺼칠해요. 아무리 생각해봐도 마땅한 게 없죠?"

그녀가 시큰둥하게 말했다.

"그럼, 김군이 말해봐."

"그냥 김군이 제일 적당해요."

"싱겁기는……."

호칭이 중요한 것은 아니다. 누구든 부르고 불러주는 사람과의 관계가 어떻게 설정되어 있는가에 따라 호칭은 변한다. 자연스럽게 달라진 관계에 맞는 호칭을 부르면 된다. 그래서 중요하다. 우리의 관계는 무엇인가? 처음에는 그 호칭이 괜찮게 느껴졌고 그렇게 부르기로 하는데도 고심하지 않은 것은 아니다. 그렇지만 결정하고 나자 어떤 불만도 거부감도 일지는 않았다. 함께 걸어오는 동안 손도 잡았다가 어깨동무도 했다가 하면서 아무래도 사이가 가까워진 것은 사실이었다. 그럼에도 늘 같은 호칭을 쓴다는 건 좀 억지스러웠다. 그걸 우리 모두 느끼고 있었던 것이다. 그러나 바꿀 용기도 자신도 없었다.

그렇지만 호칭을 달리하기에는 아직 무엇인가가 가로막고 있었다. 그게 극복될지는 모르는 일이다. 생각할 수 있을 때 뭐든 생각해야 하는데 이번에도 기회를 놓치고 말았다. 평생을 그렇게 살았다.

그러고는 누가 지적을 하면 생각하는 것도 게을러서야 뭘 할 수 있을까? 하고 후회하고는 했지만 쉽게 고쳐지지도 않았다. 만약 그렇게 살지 않았더라면 로또가 맞아도 몇 번은 맞았을 것이다. 물론 그렇다고 부자로 살았을 것이라는 말은 아니다.

원래 용기가 없어서 무슨 일이건 먼저 나서서 하는 성격이 못 되었다. 예측은 곧잘 맞기도 했지만 먼저 하지 못하는 용기 때문에 늘 그 공을 남에게 넘겨주고는 했다. 말하자면 다른 호칭을 써야 한다는 걸 알았지만 이번 역시 내가 먼저 그렇게 하지도 못했고, 그런 생각조차도 그녀에게 빼앗겼다. 결국 그녀의 입에서 먼저 그에 대한 말이 나오고 말았다.

내 인생은 '집중과 관심'에서 늘 실패하고 있었다. 무어라고 불러야 좋지? 생각만 꼬리를 물고 허공을 떠다녔다. 언제 잠이 들었는지도 모르게 슬며시 잠이 들고 말았다.

아침을 먹고 브뤼셀 중앙역에서 기차를 탔다. 앤트워프 중앙역에서 내려 어딘지도 모르고 무작정 번화가를 따라 걸었다. 한번 와본 기억이 있지만 어디를 다녔는지는 도무지 생각이 나지 않았다. 오히려 이런 거리도 있었나 싶었다. 높다란 첨탑이 있었던 기억, 천육백 몇 년이라고 써져 있었던 고풍스런 건물 그리고 차를 마셨던 작지만 정감이 있는 찻집이 떠올랐지만 그곳이 어디인지, 앤트워프에서의 일이었는지조차 머리에서 혼란이 일고 있었다. 거기가 다 거기 같았다.

참 오래된 도시였다. '플란다스의 개' 기념비가 있는 성당 앞에 머물러 구경을 하고 다시 인노 백화점 앞으로 나왔다. 백화점은 브뤼셀 시내의 그것과 크게 다르지 않았다. 길 양쪽으로는 옷가게가 들어차 있는 모습이 우리의 명동을 연상케 했다. 역 앞으로는 다이아몬드가게가 줄지어 들어서 있었다.

적어도 오늘은 세상의 편안함은 이곳에 다 모여 있었다. 다른 사람들은 무엇 때문에 이 거리를 지나고 있는지 몰라도 우리는 아무런 목적 없이, 발길 내키는 대로 걷고 있으니 이보다 더 좋은 팔자는 없었다. 이따금 돌아갈 날이 가까워오고 있다는 걸 느낄 때는 마음이 조급해지고 불안해졌다.

거리는 한가했고, 햇빛은 밝게 빛났으며, 모든 것이 마치 우리를 위해 축복이라도 하고 있다는 생각뿐이었다. 가로수의 농담이 뚜렷해 운치를 더했다. 무엇이든 하고 싶은 것이 있으면 하면 되었다. 죽음! 한번 와봐, 하고 소리라도 치고 싶었다.

인노 백화점 옆 커피가게에 들렀다. 커피를 마신 후, 그녀가 입술이 건조하다고 해서 백화점에 들러 입술 크림을 하나 샀다. 서울 같았으면 참고 집으로 갔을 것이다. 길거리를 걸으며 아이스크림도 먹었다. 그녀의 입술 위에 아이스크림이 하얗게 입술연지를 그렸다. 이런 자유스러움이 간혹 불안하게 다가오기도 했지만 곧 잊었다.

우리를 사로잡는 것은 건축 연대가 표시되어 있는 옛날 건물과 그것이 그려내는 유럽풍의 거리뿐이었다. 몇 백 년 전쯤에 지어진 성당은 여기에도 있었고, 거리에는 관이 길고 높은 모자를 쓰고 유태인 복장을 한 사람들이 지나갔다. 우리도 그들과 섞여서 흐르고 있었다.

저들이 다이아몬드 가공업에 종사하며 이곳 부의 대부분을 장악한다. 오후가 되자 거리에 사람들이 늘어나기 시작했다. 우리는 백화점 근처에서 점심을 먹은 후 기차 시간에 맞춰 역으로 나왔다. 역은 깨끗하고 질서가 잘 잡혀 있었다.

"벨기에도 잘 사는 나라 같아요."

"잘 살지. 국민소득이 사만 달러쯤 될 걸."

"근데 옷 입은 거 보면 그렇게 부유해 보이지는 않아요."

"그렇지? 내 생각에도 나라는 부자인데 국민은 가난한 것 같아. 벌기는 많이 버는데 세금이 많아. 근 절반 정도는 세금으로 떼어가지. 그러니 실상은 이만 달러 정도의 소득밖에는 안 되는 거지. 우리가 삼만 달러 조금 안 되는데 20%쯤 세금을 내면 거의 벌이는 같아지지 않아? 그러니 백화점에 가도 비싼 물건은 없을 수밖에. 명품거리에나 가야 비싼 것들이 있어. 그렇게 세금을 내면 그게 의료, 교육 등 사회보장제도로 돌아오거든. 그러니 개인적으로 쓸 돈은 그리 많지가 않아. 그래서 부자들이 불만이 많아. 못 사는 사람도 없지만 잘 사는 사람도 없는 거지. 대부분은 좋은 옷 사 입을 여유가 없다고 봐야지. 세금 내고 나면 남는 게 우리와 비슷하니 말이야. 여담이지만 우리나라가 만약 유럽식 사회주의의 복지제도를 따르려면 국민소득이 지금의 두 배는 되어야 해. 지금은 안 돼. 자칫하면 다 거지로 평등화될 거야."

"그렇겠군요."

"사실 나도 못 살지만 그런 제도에는 좀 불만이 있어. 누구에게나 기회가 균등하면 되는 거야. 결과가 균등해야 한다는 건 공산주의거나, 그것이 발전적으로 변형된 유럽식 사회주의지. 펑펑 놀면서도 먹고 사는 데 지장이 없거든. 사회보장제도가 워낙 잘 되어 있으니까 말이야.

개까지 두 마리씩 끌고 다니면서 구걸을 해도 떳떳한 거지들이 이곳 거지야. 자기는 안 벌어도 나라가 책임을 져야 한다는 데 익숙해져서 얻어먹는 걸 당연시하거든. 주기 싫으면 마는 거지 남이 개를 두 마리를 데리고 다니던 마차로 싣고 다니던 시비 걸지 말라는 거야. 유럽에는 말 탄 거지가 있었다는 거 아냐. 보지는 못 했지만.

미국식 자본주의는 출발선이 같고, 유럽식 사회주의는 골인 지점이 같아. 결국은 게임이 공정하지 않다는 거야. 같이 출발해서 뜀박질을 하면 열심히 그리고 잘 훈련된 사람이 먼저 도착해야 하는데, 유럽의 사회주의는 아무리 훈련을 많이 하고, 열심히 뛰어도 골인 지점에 동시에 들어오게 되니까 누가 열심히 뛰려고 하겠어. 그러니 불만이 생길 수밖에. 하긴 불만은 천국에도 있으니까. 그렇지만 그건 국민들의 생각이고 국가 입장에서는 못 먹어 굶는 사람 없이 국민 모두가 잘 살도록 해야 할 의무가 있지. 그러니 국민들이 좀 불만스러워 해도 대다수 국민이 만족할 수 있다면 그리할 수밖에는 없겠지. 그게 유럽식 사회주의야. 어느 것이 좋은지는 몰라도 인정 있기로 따지면 나쁜 제도도 아니지. 하지만 미국식 자본주의는 기부문화가 잘 발달되어 있어서 그 일부를 채우기는 해."

내가 왜 유럽식 사회주의를 썩 좋아하지 않는지를 설명했다. 그보다는 차라리 좀 어렵더라도 미국처럼 기부문화가 확산되는 것이 바람직했다. 벌어서 쓰는 재미가 없는 것이 유럽식 사회주의다. 좋은 점도 있기는 한데 사회구성원 간의 소득 격차가 적어 상대적으로 불만이 덜하다. 뭐가 정답인지 알 수가 없다.

한 시간쯤 후에 기차가 브뤼셀에 도착했고, 브뤼셀 중앙역에서 호텔까지는 걸어서 그리 멀지 않았다. 우리는 천천히 걸어서 호텔로 돌아왔다.

"우리가 지내기에는 여기보다 터키가 편한 것 같아요."

"그건 그래. 여행을 해보면 선진국보다는 후진국이 좋아. 돈 쓰기도 좋고 사람들이 대접하는 것도 달라. 사실 여기서는 웬만큼 돈을 써서는 생색도 안 나. 그 돈을 후진국에 가서 써봐. 완전 VIP지. 그리고 유럽에는 동양인에 대한 편견이랄까 은근히 무시하는 그런 경향이 있어. 어떤 때는 좀 기분이 나빠."

"저도 무의식 중에 그런 걸 느꼈어요."

"그런 게 공기 중에 떠다녀. 내일부터는 다시 대접 받을 수 있을 거야. 밖에 나가서 기분 잡치지 말고 자자고."

"이 밤중에 어딜 가요."

어딘가 그녀의 말에 껄끄러움이 일고 있음을 느꼈다.

"그러니까 기분 좋게 자자는 말이죠. 나가도 갈 곳도 없어. 저녁 파는 사람들도 남 저녁 먹을 때 되면 문 닫고 들어가 저도 저녁 먹으니까. 어찌 보면 사람 사는 맛이 있기는 해. 그런데 서비스업의 본질이 사라지고 마니까 돈이 있어도 서비스를 받을 수가 없지. 그게 싫어. 하기는 세금으로 낼 걸 밤 늦게까지 벌어서 뭐 하겠어."

"여자들은 좋겠어요. 식구들이 모두 모여 저녁을 먹으니까. 저 먼저 씻을게요."

"그러시죠, 사모님."

"갑자기 웬 사모님은요?"

아차 싶었다. 그렇지 않아도 호칭이 거치적거릴 때 호칭을 바꿔 부른 것은 농담을 넘어서서 경솔해 상대방의 감정을 건드릴 수도 있다 싶었다.

"그냥 한번 불러봤지. 어서 씻어."

잠시 후 수건 띠를 머리에 동여매고 그녀가 욕실에서 나왔다.

"이마 처음 보네."

"오늘 작정하고 화장 좀 하려고요. 통 화장을 안 했더니 얼굴이 영 엉망인 것 같아서요."

"그래? 나 씻고 나오는 동안 예쁘게 하라고?"

"빨리 씻기나 하세요."

세수를 할까 하다가 아예 욕조에 물을 받기 시작했다. 몸이 찌뿌듯해 뜨거운 물속에 들어앉고 싶었다. 욕조에 물이 어느 정도 찼을 때 자리를 잡고 들어앉았다. 좀 뜨거운 듯했지만 견딜 만했다. 눈을 감았다.

제14장 … 카오스Chaos

새장 안에서 혼자서 누리는 '자유'란 얼마나 자유로운가.
매가 떠돌아도 잠을 잘 수 있고, 먹이를 찾아서 날 필요도 없다.

꿈같은 여행이었다. 단순히 여인과 여행을 해서가 아니라 모처럼 마음 편히 여행할 수 있는 동행자가 있다는 게 즐거웠다. 무엇보다도 그녀가 고마웠다. 그녀에 대해 다시 생각해 보았다.

함께 무슨 일인가를 하면서 상처를 내거나 흠집을 남기지 않는다는 건 좋은 일이다. 한번도 여행을 하는 동안 부딪거나 거치적거리지 않았다. 마음도 편했지만 대화가 잘 통해 좋았다. 잘 통했다고 하기보다는 피차 반대하지 않고 상대방이 하는 대로 따랐다고 하는 편이 옳았다.

나는 어떠했을까? 그건 모르겠다. 그런 생각에 미치자 어떻게 그 고마움을 표시하는 것이 좋을까 하는 데서 생각이 멈췄다. 무슨 작은 선물이라도 해주고 싶었다. 받지 않을 것이 빤했다. 오히려 그런 선물이 여행을 망치게 할 수도 있을지 모른다. 혹시 내가 모르는 점이 있겠지만 적어도 지금까지 우리는 완벽한 동행자였다. 모르던 것이 튀어나오면 감당할 수 없을 수도 있다. 그 점이 두려웠다.

그녀는 늘 솔직했다. 감정도 솔직했고, 생활도 그랬다. 좀 더 긴 여행이라도 그럴는지는 모르지만 지금까지 한 것으로 보아 그럴 것이라는 생각이 들었다. 좋은 사람이었다. 구름 뒤에는 비도 있고, 바람도 있고, 태양도 있을 테지만 빛나는 태양 앞에는 무엇이 있는가? 그녀는 태양처럼 밝았다. 여행 내내 편했다. 햇살 아래를 걷는 기분이었다.

"선생님, 주무세요?"

"아니, 깜짝야."

"뭘 하는데 삼십 분이 지나도 안 나오시는 거예요."

"묵상 중. 방해하지 마시오, 라고 써 붙인다는 걸 잊었네."

"묵상 끝났으면 나오시죠. 졸려요."

"그래? 나갈게."

그녀는 수건을 꺼내 행거에 걸어놓고 조용히 욕실 문을 닫고 나갔다. 여전히 하는 짓이 예뻤지만 오늘은 어쩐지 격식을 갖춘 것 같다는 생각이 들었다. 불안하기도 했다.

"김군? 이리 와봐."

"왜요? 부르셨어요?"

"기왕에 온 김에 그냥 나가지 말고 등에 비누칠 좀 해줘요."

"아, 제가 때밀이 한 것 아셨나보네. 돌아앉으세요. 옛날 실력 한번 발휘해볼까!"

"아냐. 그만둬. 내가 할게."

"왜 그러세요. 괜찮으니까 돌아앉으세요."

그녀는 수건에 거품을 내 등을 밀기 시작했다.

"때 밀리니까, 그냥 비누칠만 해요."

"알았습다, 손님."

공무원 시절 할머니들 목욕봉사를 한 적이 있다고 했다. 할아버지는 처음이라고 했다. 우리는 킥킥대며 웃었다. 잠시 후 비눗물을 씻어내고 밖으로 나왔다.

함께 여행을 하면서 좀 뻔뻔스러워진 것 같아 이래도 되는 건지 하는 생각이 문득 들었다. 스스럼이 없는 건 좋은데 혹시라도 함부로 대한다는 느낌을 줄까봐 걱정이 되었다. 그렇다고 새삼 옷을 입고 나오기도 어색했다. 그래서 나는 그녀가 샤워를 하고 나오면 일부러 딴청을 피거나 얼굴을 돌려 모르는 척하곤 했다.

"약간 춥다."

"빨리 이리 들어오세요."

"옷 좀 입고."

"그냥 오시죠. 새삼스럽게 무슨 옷을 입는다는 거예요. 괜찮으니까 그냥 오세요."

"그래도 그렇지."

"갑자기 순진하시기는, 좋게 말할 때 빨리 이리 오세요."

침대 근처로 가 수건을 벗어버리고 침대 속으로 뛰어들었다. 그녀의 체온으로 침대 속이 따듯하게 데워져 있었다.

"따듯하죠?"

"응, 따듯해. 그런데 왜 나만 벗으래?"

"아직 물기가 남아 있네요."

그녀는 내 말에는 대꾸도 않은 채 손바닥으로 등의 물기를 쓸어내렸다. 그녀의 손길은 따듯하고 부드러웠다. 그녀는 꼼지락거리며 옷을 벗어던졌다. 우리는 외부 세계와 완전히 단절되어 있었다. 적어도 내가 알던 것들은 이곳에 없었다. 그런 것이 우리를 자유롭게 했다.

새장에 갇힌 새는 자유가 없다고 생각했다. 그러나 새장 안에서 그 새 혼자서 누리는 '자유'란 얼마나 자유로운가. 매가 떠돌아도 잠을 잘 수가 있고, 먹이를 찾아 날 필요도 없다. 세상이 가물어도 늘 맑고 찬 물을 주인이 주지 않는가. 단 한 가지만 포기하면 되었다. 창공을 나는 일. 그렇다. 다 준다고 해도 다 가질 수는 없다. 적어도 나는 여기서만은 그런 새이고 싶었다.

이곳은 낙원이었다. 우리는 가끔 낯설었지만 그때마다 그녀는 특유의 언어로 나를 안심시키고는 했다. 이제 서서히 현실로 돌아가야 한다. 정말 싫지만 그건 어쩔 수 없는 일이다. 공중을 나는 새처럼 사주를 경계하며 살아야 한다. 일을 끝낸 사람들을 싣고 귀가하는 전철 안 사람들의 지친 모습이 얼핏 보였다.

귀국이 가까워올수록 아침이 점점 빨리 왔다. 아침이 빨리 올수록 우리는 침대 안에서 게으름을 피웠다. 십 분만 더 있자고 말하지 않아도 십 분씩 연장해가며 머물렀다.

점점 더 할 수 있는 일이 없어지고 있다는 것이 목을 조여 오는 듯했다. 길을 걸으면서 우리도 모르게 손을 놓는 일이 생겼다. 그때마다 깜짝 놀라 누가 먼저랄 것도 없이 다시 다가가서 손을 잡았다.

내색하지는 않았지만 행동이 어색해졌다. 이렇게 무기력해 보기는 처음이었다. 점점 더 동행이 힘들다는 걸 느꼈다. 둘이서는 무슨 일이건 다 할 수 있다고 생각했었는데 이제는 아무 일도 할 수 없을 것 같았다. 그렇지만 혼자서는 아, 정말 상상하기도 싫었다. 생각만 해도 무기력해지는 기분이었다.

그녀는 자주 뒷모습을 보였다. 그 모습이 쓸쓸해 보였다. 얼굴에는 올 때와 달리 어두운 그림자가 드리운 것 같았다. 어떤 때는 울고 있다고 느껴졌지만 왠지 모를 두려움 때문에 까닭을 묻지 않았다. 같이 있어도 말없이 지내는 시간이 길어졌다. 묻는 횟수도 적어졌고 대답도 시큰둥했다. 그럴수록 우리의 포옹은 더욱 강렬해졌다. 혹시 그녀가 떠나가고 있는 것은 아닐까. 길을 잃고 돌아오지 못하고 있는지도 모른다는 생각이 들었다.

아침 일찍 브뤼셀 자벤뎀Zaventem 공항을 떠나 다시 이스탄불에 도착했을 때는 막 점심시간이 지날 무렵이었다. 꿈도, 희망도, 설렘도 없이 떠도는 부랑배가 되어가고 있는 기분이었다. 점심을 먹자고 했으나 별로 생각이 없다고 했다.

딱히 어디를 가자는 계획도 없었지만, 가방도 채 풀기 전에 그녀가 옷을 챙겨 입고 방문 앞에서 서성이고 있었기 때문에 무의식적으로 밖으로 나왔다. 정작 서성이는 것이 밖으로 나가자는 의사표시였는지도 확실하지 않았다는 걸 알았지만 내색할 수도 없었다. 뭔가 정서적으로 불안해 보였다. 자신의 의도와는 무관한 행동이 불쑥불쑥 튀어나오는 느낌을 받았다.

물론 가보기로 한 곳이기는 했지만, 택시를 타고 돌마바체Dolmabache 궁전으로 향한 것도 무의식적이었다. 오스만 터키제국이 세운 유럽식 왕궁 건물로 보스포루스 해협에 면해 있는 호화롭고 아름다운 건물이었지만 그녀는 감탄하지 않았다. 아름답지 않느냐는 물음에 그저 고개를 끄덕였을 뿐이었다. 이렇게 아름다운 건물을 보고도 감탄하지 않는 모습은 이번 여행을 통해 처음이었고, 무엇보다도 감탄하는 예의(?)조차 갖추지 않는다는 것이, 불쾌하지는 않았지만, 적어도 나를 불안하게 했다.

오늘 따라 물결도 출렁이지 않고 바다마저 짜증스레 맑은 햇살을 튕겨내고 있었다. 갈매기들도 입을 꽉 다문 채 조용히 날고 있었다. 순간적으로 주위를 살폈지만 갈매기에게 집어던질 만한 먹이는 아무것도 없었다. 아니, 거기에는 돌 한 조각 없었다. 밝은 햇살도 이럴 때는 구름 낀 하늘보다 나을 것이 없었다. 저런 무례한 햇살을 보았나!

궁전을 돌아본 후에 근처 찻집에 들러 차를 한 잔 마시자고 했지만 그녀는 호텔로 돌아가자고 했다. 그녀가 그 집에서 차를 마시지 않은 것에 대해 후회한다는 걸 알면서도 오늘은 뭐가 잘하는 것인지 판단이 서지 않았다. 갈래길에 서 있었지만 내가 가고 싶은 길을 갈 수만은 없다는 생각에 그녀가 하자는 대로 하기로 마음을 바꿨다. 일순간에 모든 것이 실타래처럼 꼬여버리고 갈피를 못 잡고 있었다.

택시를 타고 호텔로 돌아왔다. 여전히 내 손을 꼭 잡고 있었지만 따듯함보다는 어딘지 모르게 애잔함이 느껴졌다. 손바닥에 난 땀도 차갑

기만 했다. 손에 힘도 느껴지지 않았다. 어디 아프냐고 물었으나 아니라고 고개를 저었다. 눈이 슬퍼보였다. 이런 모습을 보는 것도 처음이었지만 상상조차 되지 않았다. 나도 모르게 고개를 흔들었다.

"김군, 왜 그래?"

"아무것도 아녜요."

"서울 가기 싫어?"

"아뇨."

더 이상 묻지 않았다. 순간 당혹감이 밀려왔다. 전과는 달리 적어도 내가 기대했던 대답도 없었고, 말수도 적어졌으며, 모습도 어두워져 어찌해야 좋을지 분간이 되지 않았다. 내 질문도 다른 때와는 달리 이 무슨 질문이 이래, 하는 생각이 들었다. 이제는 어떤 말도 할 수가 없었다. 농담도 진담도 더 이상 통하지 않았다. 때 이르게 시들고 있는 꽃을 보는 기분이었다. 힘이 빠지고 허리께가 아파왔다. 목도 아파왔다. 헛기침이 났다. 감기 들었냐고 물어왔지만 아니라고 맥없이 대답하고 말았다.

이튿날 아침에는 그녀의 눈치를 살피느라 더욱 조심스러워해야했다. 욕실 문을 열고 닫을 때도 소리를 내지 않으려고 바짝 신경을 썼다.

"선생님, 제 눈치 보시는 거예요?"

"아니, 뭐, 그런 건 아니지만……. 왜 눈치 보일 일 했나?"

모르는 척 천연덕스럽게 말하려고 애를 쓰며 말끝을 흐렸다.

"그러실 필요 없어요. 어제는 좀 우울했는데 오늘은 좋아졌어요."

뭔가 생각을 고쳐먹고 결심을 새롭게 했으니 걱정하지 않아도 된다는 말로 들렸다. 그럼에도 별로 반가워해야 할 뉘앙스를 풍기고 있지 않았다.

"그랬나. 그럼 날 좀 안아줘 봐."

그녀의 가슴에 얼굴을 묻었다. 그녀는 내 머리를 쓰다듬고 있었지만 말은 없었다. 안았다기보다는 건성 안겨 있었다. 그래도 더러 안심이 되었다. 고개를 들어 얼굴을 보려고 하자 그때서야 고개를 들지 못하게 힘을 주어 껴안았다.

눈물 한 방울이 툭 하고 내 뺨 위로 떨어졌다. 둑이 무너져 내리고 있었다. 가만히 일어나 그녀를 껴안았다. 이번에는 그녀가 내 가슴에 얼굴을 묻었다. 그녀의 머릿결을 쓰다듬으며 말했다.

"서울에 돌아가면 우리 어쩔 거지?"

그녀에게 질문했지만 실상은 나에게 묻고 있었다. 그녀는 아무 말도 하지 않았다. 화가 난 딸애의 모습이 얼핏 지나간 것 같기도 했다. 아무것도 모르는 외손자의 얼굴이 잠시 떠올랐다가 사라졌다. 뭔가 잘못된 것 같아. 같이 오는 게 아니었어, 하는 생각이 문득 머리를 스쳤다. 나는 후회하고 있었고, 순간 얼굴이 후끈 달아올랐다. 너무 감상적으로 여행을 계획했던 것에 대한 후회였다. 차라리 도깨비 풀씨를 바짓가랑이에 묻히고 활짝 웃으며 카페로 들어오는 그녀를 두고 보는 것이 나을 뻔했다. 지난 일이니 어떻게든 이 상황을 잘 마무리하고 넘어가야 했다.

"잘 모르겠어요."

"조금 있다가 크루징 하러 갑시다. 한 시간 정도 바다 여행을 하고나면 기분이 좋아질 거야. 그리고 멋진 저녁식사를 할까?"

"그건 싫어요. 왜 멋진 저녁식사를 해야 하는 거죠?"

마치 반항하듯 짜증스럽게 말했다. 너무 대답이 강해서 망치로 한 방크게 얻어맞은 듯했다. 말에 가시가 돋친 듯 가슴을 찔러왔다. 지금까지의 그녀가 아니었다. 내가 사람을 잘못 본 것은 아닌가 하는 생각이 들 정도였다.

"그냥. 오늘이 이스탄불에서 마지막 밤이잖아."

"그 말도 싫어요. 그냥 평범한 식사가 좋아요. 어떤 의미도 부여하는 그런 행위는 안 할 거예요. 마지막, 마지막! 그래요, 마지막이라는 말, 그 말도 마찬가지예요. 선생님이 지난 번에 말씀하셨죠. 죽음이란 그냥 삶의 끝이라고. 마찬가지로 여행의 끝일 뿐이지 마지막은 아니죠. 왜 모든 게 마지막이어야 해요?"

그녀 입에서 선생님은 위선자예요, 라는 말이 나올지도 모른다는 생각이 들자 두렵기도 하고, 혼란이 일기 시작했다. 말한 대로 살 수는 없지만 말하지 않은 대로는 얼마든지 살 수 있지 않은가. 공연히 아는 척한 것이 자책하게 하고 있었다. 솔직히 떠날 때의 기쁨을 돌아올 때도 간직할 수 있을지 잘 따져보지 않은 것이 부끄러웠다. 나이를 먹었다는 게 이리도 부끄러울 수가 있는가. 한심해, 한심하군.

"그래? 미안해. 난 거기까지는 미처 생각을 못했어. 호텔에 돌아가 갈매기새끼 빵이나 주면서 평소처럼 먹도록 하지 뭐."

순간적으로 말문이 막혔지만 무슨 말인가 해야 한다고 생각하고 한 말이 앞뒤가 맞지 않았다. 그녀도 눈치를 챈 것 같았다. 내 말이 얼토당토하지 않게 나가자 다소 당황해하는 것 같았다. 아니, 황당한 말실수에 억지로 웃음을 참고 있는 듯 보였다.

"선생님, 죄송해요."

그녀는 마지못해 웃었다. 어쨌거나 그 웃음이 다소 분위기를 바꾸고 있었다.

"그런 말 하지 마."

한 시간여 배를 타는 동안 그녀는 경치를 구경하고 있지 않았고 단지 밖을 응시하고 있었다. 그녀의 머릿속에 무엇인가가 가득 차올랐다 비웠다 하고 있다고 느껴졌다. 그것이 무엇인지 알아채느라 애쓰고 있었지만 점점 더 혼란 속으로 빠져들었다.

배가 유럽과 아시아를 연결하고 있는 보스포루스 대교를 돌아내려오기 시작했을 때 어깨에 머리를 기대왔다. 그 다리가 그런 다리라는 설명도 하지 못했다. 조금 마음이 놓이기는 했지만 그조차도 나를 안심시키려는 의도로 밖에는 읽히지 않았다. 그녀의 어깨를 힘없이 감싸안았다. 내 손에서 힘이 빠져나가는 걸 느낀 그녀가 내 얼굴을 잠시 쳐다보았지만 나는 어찌해야 좋을지 몰라 딴청을 피우고 있었다.

떠난 곳으로 배가 도착할 때까지 아무 말 없이 출렁이는 물만 바라보았다. 그녀는 가슴께로 내려온 내 손가락을 왼손으로 잡고 있었다. 그리고는 손가락을 꼼지락거리며 나에게 알 수 없는 신호를 보냈다. 해독이 어려웠지만 뭔지 모를 전해오는 울림 같은 게 있기는 있었다. 운명을 헤아려보고 있는 것 같기도 했다. 어머니 말씀대로 팔자지 운명은 무슨 운명인가. 뭘 그리 고급스럽게 살았던가. 팔이 저렸지만 팔을 빼면 영원히 놓칠 것 같아 참았다.

우리는 손을 잡은 채로 걸어서 호텔로 돌아왔다. 마치 다시는 잡을 수 없는 손, 놓치면 그만인 손을 잡고 있다고 느껴졌다. 어떻게든 이 손을 놓아서는 안 된다는 생각이 들었지만 영 자신이 없었다. 손을 잡고는 있었지만 서로 생각이 같은지도 알 수 없었다. 동상이몽을 꾸고 있는 건지도 모른다는 생각이 들자 불안해지기 시작했다. 걸을 수도 뛸 수도 없어서 어정쩡해 해야만 했다.

알 수 없는 두려움 때문에 누구도 먼저 말을 꺼내지 못하고 있었다. 우리는 그즈음 한마디 말이 영원히 뽑을 수 없는 비수가 되어 가슴에 꽂힐 수도 있다는 걸 알았다. 함부로 칼을 빼들 수도 없었다. 해가 지고 있었다. 웅장하고 감탄을 자아내게 하던 술탄 아흐멧 광장 주변의 모습도, 거리를 오가는 수많은 관광객의 들뜬 모습도 눈에 들어오지 않았다. 쓸쓸한 저녁일 뿐이었다. 결정은 망설임 끝에 오고야 마는가? 서로 말은 안 하고 있었지만 마음속에서는 뭔지 모를 망설임이 오락가락하고 있었다.

그녀는 쓰러지듯 침대에 눕는가 싶더니 곧 몸을 뒤척여 엎드리고 말았다. 그녀가 엎드리는 것을 확인하고 말없이 문을 열고 밖으로 나왔다. 순식간에 일어난 일이어서인지 어디 가느냐고 묻지도 않았다. 물었어도 어디 간다고 대답할 수도 없었다. 나도 어디로 가는지 모르고 있었으니까.

소피아 성당이 내려다보이는 벤치에 앉았다. 가끔 사람들이 지나다니고는 있었지만 한낮의 분주함과 소란스러움은 다 사라지고 없었다. 붉은 가로등 아래로 검은 쓰레기봉지만 날리고 있었고, 일을 마치고 집으로 돌아가는 사람들의 발자국 소리만 이따금씩 들려왔다.

광장에서는 낮에 어질러놓은 쓰레기를 치우느라 쓰레기차가 분주하게 움직이고 있었다. 잘 곳을 찾아 헤매는 노숙자들이 주위를 맴돌았다. 동료로 착각한 모양이었다. 어쩌면 그들의 잠자리를 빼앗고 있는지도 모른다는 생각이 들자 곧 자리에서 일어났다.

방향을 잃었다. 어디에 있는지, 어디로 가야 하는지 종잡을 수가 없었다. 세상에 이렇게 난감할 수가 있나. 스스로 위기에 강하다고 자부해왔었는데 한순간에 아무것도 하지 못하는 나약하고 무기력한 인간으로 변해 있었다. 다 틀렸다는 생각이 들었다. 며칠 전 테러 때문인지 무장경찰이 광장에 군데군데 서 있었다. 그들 앞에서는 방향을 잃은 사람처럼 보여서는 안 된다는 생각이 들었다.

항상 그랬다. 내 손에 들어와 온전하게 보존된 것이 있었는가. 무엇이든 절단이 나고서야 후회를 했지만 그때마다 내가 한 일이라고는 한숨을 내쉬는 일뿐이었다. 멀쩡한 시계도 내 손에 들어오면 망가지고 말았다. 모처럼 망치질이라도 한번 하면 귀퉁이가 깨져나갔다. 손을 두드려 멍 자국을 남겼다. 그게 나의 삶이었다.

아버지는 할머니의 채근에 못 이겨 어느 해 정월, 초등학생이었던 나에게 연실감기를 만들어 주셨다. 연은 할아버지가 비닐우산대를 구해 만들어주셨다. 연실감기 회전축에 실이 말려들어가 그걸 풀어낸다는 것이 잘못해 축을 부러뜨리고 말았다.

아버지께 말씀드리지 못한 채 그 해 겨울을 났다. 목수인 아버지의 역작이었다. 꾸중이 두려워 말씀조차 드리지 못했는데 지금 생각하면 꾸중 들을 일은 아니었다. 그렇게 아름답고 튼튼한 연실감기는 여태껏

본 적이 없다. 겨울을 나고 초등학교를 졸업하고 서울로 오는 바람에 연실감기는 추억이 되고 말았다. 돌이켜보면 아버지께 말씀드려 다시 수리해 가지고 있었어야 옳았다. 나는 언제나 그런 아이였다.

이제야말로 우리의 관계도 어딘가 고장이 나고야 말 것이다. 아, 난 아무래도 나이를 헛먹은 거야. 무엇이건 내 손에 들어와 망가지지 않은 것이 없었잖아.

이번에도 마찬가지였다. 그녀라고 별 수 있나! 평생을 실수만 하고 살다니! 그녀의 앞으로의 삶이 걱정이 되었다. 만일 그녀가 잘못되기라도 한다면 그건 전적으로 내 책임이라는 생각이 떠나지 않았다. 아, 엄마, 난 어쩌면 좋아요? 이제는 망가진 것들을 수습해줄 어머니도 돌아가시고 계시지 않았다. 누구에게도 하소연할 수 없는 일이었다. 나는 엄마, 하고 입속으로 되뇌었다. 동시에 당신이 나 좀 일으켜 세워줄 수는 없는가 하는 생각이 떠올랐다. 웃음이 다 났다. 씁쓸했다.

몸을 일으켜 소매로 눈물을 훔치고는 아직은 사람들이 제법 모여 다니는 트렘 길 쪽으로 걸어 올라가 책방 근처에서 포도주 가게로 들어갔다. 가장 비싼 포도주로 한 병 달라고 했다. 가게 종업원은 손가락을 까닥거리며 여기저기 살피더니 포도주병 하나를 집어 건네며 무어라고 말했지만 그 표정은 시큰둥했다.

들여다보는 척하고는 다시 그에게 건네며 사겠다는 의사표시를 했다. 계산하기 전에 사야 하는지 잠시 망설였다. 혹시라도 혼자 마셔야 할 상황이 발생하면 그 또한 난감할 것이다. 밖으로 집어던질 용기가 없는 것이 나였다. 종업원이 포도주병을 든 채로 살 건지 말 건지를 결정하라는 듯 나를 쳐다보았다. 그때 카톡이 울었다.

"아빠, 여행 재밌나? 아주머니께 너무, 너어무 보고 싶다고 전해줘염. 사랑해, 아빠. 여행 잘하고 오세용."

큰딸애가 보낸 문자가 하트 표시를 서너 개나 달고 화면에 동그마니 떠 있었다. 둘째 산달을 앞두고 배가 불룩한 채 웃고 있는 아이의 모습이 떠올랐다.

비로소 호흡이 터지고 숨이 쉬어졌다. 눈물이 핑 돌았다. 카드를 꺼내 값을 치르고 호텔로 돌아오는데 하루는 걸린 것 같았다. 방문을 열고 들어갔지만 아무런 인기척도 없었다. 잠시 후 욕실 문이 열리면서 그녀가 나왔다.

"어디 갔다 오셨어요, 아무 말씀도 없이."

"왜, 기다렸나?"

그녀는 대답 대신 다가와 가슴에 안겼다. 얼굴에서 비누 냄새가 났다. 세수를 한 것이 틀림없었다. 그러고 보니 눈이 부어 있었다.

"기다렸죠. 당연히. 난 선생님이 날 버리고 혼자 어디론가 가셨을지도 모른다고 생각했어요."

"울었구먼. 왜, 그런 생각을 했을까?"

"어제, 오늘 제가 선생님께 너무 잘못한 게 많아요. 사실 그런 저의 행동이 선생님을 어디론가 멀리 떠나게 할지도 모른다고 깨닫게 했어요. 그리고 후회했어요. 아, 내가 너무 이기적이었구나. 다 내가 저지른 일인데, 왜 선생님께 괴로움을 드려야 하지, 하고요. 고의는 아니었어요. 저도 어떻게 할 수가 없었어요. 정말 어떻게 해야 하는지 미칠 것 같았어요."

아, 같은 일을 두고도 생각은 정반대일 수 있구나. 그녀는 말을 이었다.

"사실 이번 여행은 엄청난 모험이었다는 걸 알았어요. 그렇지만 이건 현실이었어요. 이제 말씀드리지만 저는 선생님을 사랑한다는 걸 알았죠. 어쩌면 출발하기 전부터 그랬었는지도 모르겠어요. 선생님이 저를 사랑하든 안 하든 그건 상관없어요. 대답도 필요 없어요. 그러니 대답하지 마세요. 두려워요. 제가 힘들어 했다면 이쯤에서 사랑을 멈춰야 하나 어쩌나 하는 것에 대한 판단 때문이었죠. 그런데 그게 제 마음 먹은 대로 되는 일이 아니라는 걸 조금 전에야 알았어요. 선생님이 말없이 방을 나가시는 순간 눈물이 왈칵 쏟아졌어요. 선생님이 드디어 나를 떠나는구나. 그리고 아, 저 사람, 난 놓치면 안 될지도 몰라, 하는 생각이 들었어요. 쫓아나가 잡아야 하는 것 아닌가 하고 생각했죠. 그리고 아주 쉬운 내기를 택했죠. 만약 선생님이 돌아오시면 그때는 어떤 일이 있어도 선생님 곁을 떠나지 않는 거야, 하고요. 쉽지만 어려운 결정이기도 했어요. 말해서 그르치는 경우도 있지만 말을 안 해서 그르치는 일도 많지요. 그래서 저는 선생님이 돌아오시면 말씀드리기로 했어요. 그건 선생님의 의지가 아니라 내 의지였지요. 선생님, 사랑해요. 그래도 되는 거죠?"

그녀는 잠시 나를 쳐다보더니 고개를 숙였다. 그녀를 꼭 껴안았다.

"난 아무것도 몰라. 다만, 내가 아는 것은 당신이 소중하다는 걸 알았을 뿐이고, 당신은 나에게 그 소중함을 일깨워주었을 뿐이야. 한 가지

데, 그동안 어떻게 하면 당신에게 미안해하지 않아도 될까 하고 많이 걱정했어. 그리고 당신과 함께 온 것을 후회하기도 했어. 그건 내 행동이 후회가 되어서 그런 것이 아니라 당신에게 잘못하고 있다는 생각이 들었기 때문이지. 그게 제일 힘이 들었어. 나도 당신에게 이제 묻겠는데, 내가 당신을 사랑해도 되겠나? 그럴 수만 있다면 후회하거나 미안해하지 않아도 된다는 걸 깨달았지. 당신을 어떻게 불러야 옳은지, 요 며칠 무척 고민했지. 얼마 전에 호칭에 관해 잠시 이야기한 적이 있었잖아. 그때부터 쭉 고민했어. 아니 그 전부터였는지도 몰라. 부를 명칭이 없어서 고민한 것이 아니라 부를 수 있는 것인지 확신이 서지 않았어. 어떤 일로 며칠씩 두고 고민해본 적도 별로 없었어."

"네, 적어도 지금은 '네'라고 대답할 수 있어요."

"고맙군. 그리고 당신에게 보여줄 게 있어."

나는 자연스럽게 당신이라고 호칭을 바꾸고 있었다. 전화기를 켜 그녀에게 내밀었다. 그녀는 카톡 문자를 확인하고는 두 손으로 전화기를 감싼 채 아무 말 없이 나를 올려다보았다. 그녀의 눈에 눈물이 돋아 블루 모스크의 첨탑처럼 반짝거리며 빛나고 있었다. 그녀답게 눈물을 떨어뜨리지 않으려 애썼지만 눈물은 볼을 타고 주르르 흘러내렸다.

사람은 간혹 말을 하지 않아도 그가 기다리던 것, 갈망하던 것이 무엇이었는지를 알아채고는 한다. 한 가지 행동, 안도의 한숨 소리, 잠시 스쳐 지나가는 얼굴 표정, 무심코 잡은 손에서 느끼는 따듯함 등을 통해서 말이다. 수백 마디의 말을 한들 그것이 다 무슨 소용인가. 오늘은 그녀의 눈물이 아름답고 감동적이었다.

"울보! 좋아. 오늘은 울어도 아무 말 하지 않을게. 그럼, 우리 지금부터 죽음처럼 긴 잠에 들어볼까?"

그녀를 안고 침대로 갔다. 밖은 눈이 오려는지 점점 더 흐려지고 있었다. 이스탄불에서 맞는 이월의 눈이라! 필시 축복의 눈일 터였다. 블루 모스크의 첨탑은 조명을 받아 금빛으로 빛나고 있었다. 창문의 커튼을 내렸다. 날이 흐리고 어두워져도 빛나는 것은 있게 마련이다. 그녀의 얼굴도 다시 빛나고 있을 터였다. 구름이 낀다고 태양이 사라지지는 않겠지. 그녀를 꼭 껴안았다.

나는 뭐든지 다 사랑할 수 있어. 혼잣말로 중얼거렸다. 뭐라 했느냐고 그녀가 물었지만 대답 대신 그녀를 꼭 끌어안았다. 그녀의 입술이 한층 뜨거워져 있었다. 그때 카톡이 울었다. 그녀가 내 등 뒤에 있는 전화기를 집어 건네주었다.

"아버지 혹시 누나한테서 카톡왔어요? 여행 재밌게 하세요. 아주머니께 골프연습장 예약해놓았다고 전해주세요. ㅋㅋㅋ"

급히 문자를 넣었다.

"망할 놈들! 애비, 내일 이탈리아로 떠난다. 기다리지 마라."

나무 밑에서 쉬며 내 삶의 여정을 돌아보듯

출판사로부터 받은 교정지를 훑어보는 중에 셋째 고모가 돌아가셨다는 소식을 들었습니다. 서너 해 전부터 요양원에 입원해 계셨는데 갑작스레 심정지가 와 끝내 회복을 못하고 유명을 달리하셨습니다. 아버지 형제 다섯 남매가 이로써 모두 돌아가시고 내가 대를 바꿔 항렬의 우두머리가 되었습니다.

셋째 고모는 막내 고모와 함께 시집 가기 전까지 어린 나를 돌봐주고 키워준 분이셨습니다. 한글을 깨치도록 가르쳤고, 구구단을 외우게 했는가 하면, 딱지도 접어주고, 구슬도 구해 또래의 아이들과 어울리도록 해주셨죠. 친정 곁에 집을 마련해 고향에서 살다 가셨습니다. 단언컨대 고모의 자식인 사촌들보다 당신의 사랑을 더 많이 받고 자랐습니다. 보이게, 보이지 않게 오늘날의 나를 만들어주신 분이 고모였습니다.

죽음이란 사는 끝이어서 별 것 아니라고 늘 생각해왔지만 막상 고모의 죽음을 보니 슬픔이 앞섭니다. 죽음이 슬픈 것이 아니라 오랫동안 함께 하던 이와의 이별이 슬픈 것이겠지만, 마지막이라고 생각하니 슬픔을 주체할 수가 없습니다. 다시 만나게 될지 누가 알겠습니까마는 기대할 수 없는 일이어서 고모, 안녕! 하고 (끝내 고모에게는 어리기만 하고 귀여운 조카였지요) 인사를 했습니다. 한 줌의 재로 변한 고모의 유골을 고모부 곁에 모셨습니다.

몇 해 전 내 카페 앞길에서 고양이가 차에 치어죽었습니다. 아차! 하는 순간에 일어난 일이었지만 죽음의 바퀴는 길을 건너던 고양이의 몸 위로 덮쳐왔습니다. 약은 고양이 밤눈 어둡다더니, 하고 돌아서서 들어오려다가 문득 안 되었다는 생각을 했습니다. 명복을 빌었습니다. 비록 짐승이지만 누군가가 집에서 기다리고 있었을 것입니다.

그해 가을로 기억됩니다. 카페 안에 풍뎅이가 한 마리 날아들었습니다. 시끄럽게 소리를 내며 날기 시작했습니다. 좌충우돌하는 풍뎅이를 잡으려고 파리채를 들고 쫓았지만 용케도 이리저리 피해 다녔습니다. 참 명도 질기다고 생각할 무렵 갑자기 날개 소리가 멈추고 말았지요. 순간 풍뎅이는 바닥에 떨어져 죽었습니다. 손바닥에 올려놓고 이리 굴리고 저리 굴려 보았지만 이미 몸은 뻣뻣하게 굳어 있었습니다. 운명이란 게…….

어느 죽음이 더 슬프다고 해야 하는지 모르겠습니다. 나는 다만 슬픔을 말할 수 있고, 슬픈 표정을 지을 수 있습니다. 인간 외의 것들에게서는 어떤 슬픔의 말이나 표정도 읽을 수가 없으니 죽음 그 자체 이상도 이하도 아니라고 느낍니다만, 인간보다 더 뛰어난 직관능력과 상상력을 지닌 그 누군가가 보았을 때 대체 죽음이란 게 뭐 그리 큰 차이가 있겠는지요. 그러니 사람이나, 고양이나, 풍뎅이나 그 죽음의 의미는 다를 바가 없습니다.

철학적 명제를 동반하는 모든 단어가 이와 같을 것입니다. 나는 누구를 죽도록 사랑해본 적이 없습니다. 그럴 만한 상대를 만나지 못했던 것이 아니라 아마도 그런 사랑을 가져보지 못했던 것이 아닌가 합니다. 억울하냐고요? 그럴 리가 있겠습니까. 모르기는 몰라도 그런 사랑 대신 다른 사랑을 했는지 누가 압니까. 수많은 사랑 중에 연인을 사랑하는 사랑이 대표적이기는 하지만 그것이 또한 사랑의 전부는 아니지요.

모든 말들이 지니는 대중성이 가끔 나를 옭아매고 있음을 느낍니다. 습관이나 관습으로부터 뛰쳐나오기가 쉽지 않아 마치 목숨이라도 걸어야 되는 것처럼 심각해 합니다. 세월이 흐르고 나니 아무 일도 아닙니다. 차라리 여행 한번 더 하지 못한 것이 아쉽습니다. 속으로 부르는 노래를 누가 들을 수 있겠습니까. 속으로만 한 사랑 누가 알겠는지요. 용기가 없어서였는지, 재주가 부족해서 그랬는지는 나도 모르겠습니다.

인생은 여행입니다. 돌아오는 길이 죽음을 향한 길일지라도 여행은 늘 즐겁습니다. 어디를 어떻게 지나왔는지 알 수 없지만 쉼 없이 걸었습니다. 어느 날 여행은 멈춰지고 잠시 나무 밑에서 쉬며 지나온 여정을 되돌아볼 것입니다. 즐거움이 가득했던 내 삶의 여정을 돌아보듯 나는 이 글을 그렇게 썼습니다.

특별히 도서출판 북인에 감사드립니다. 양주문학을 위해 애쓰는 문학회 동료들과 내 고향 양주의 문학을 위해 이 글을 바칩니다. 양주의 누구든 제 졸저를 불쏘시개로 삼아주기를 소망합니다. 양주문학의 개화를 꿈꿉니다.

2018년 2월 22일
〈카페 760〉에서
최호택 씀

최호택 소설집
여행 먼저 할까요

지은이_ 최호택
펴낸이_ 조현석
펴낸곳_ 북인
디자인_ 푸른영토

1판 1쇄_ 2018년 05월 25일
출판등록번호_ 313 - 2004 - 000111
주소_ 121 - 842 서울 마포구 서교동 467 - 4, 301호
전화_ 02 - 323 - 7767
팩스_ 02 - 323 - 7845

ISBN 979-11-87413-29-5 03810